FOLIO POLICIER

Pierre Magnan

Le sang des Atrides

Gallimard

Retrouvez Pierre Magnan sur son site Internet :
www.lemda.com.fr

ESSAI D'AUTOBIOGRAPHIE

Auteur français né à Manosque le 19 septembre 1922. Études succinctes au collège de sa ville natale jusqu'à douze ans. De treize à vingt ans, typographe dans une imprimerie locale, chantiers de jeunesse (équivalent d'alors du service militaire) puis réfractaire au Service du Travail Obligatoire, réfugié dans un maquis de l'Isère.

Publie son premier roman, *L'aube insolite*, en 1946 avec un certain succès d'estime, critique favorable notamment de Robert Kemp, Robert Kanters, mais le public n'adhère pas. Trois autres romans suivront avec un égal insuccès. L'auteur, pour vivre, entre alors dans une société de transports frigorifiques où il demeure vingt-sept ans, continuant toutefois à écrire des romans que personne ne publie.

En 1976, il est licencié pour raisons économiques et profite de ses loisirs forcés pour écrire un roman policier, *Le sang des Atrides*, qui obtient le prix du Quai des Orfèvres en 1978. C'est, à cinquante-six ans, le départ d'une nouvelle carrière où il obtient le prix RTL-Grand public pour *La maison assassinée*, le prix de la nouvelle Rotary-Club pour *Les secrets de Laviolette* et quelques autres.

Pierre Magnan vit avec son épouse en Haute-Provence dans un pigeonnier sur trois niveaux très étroits mais donnant sur une vue imprenable. L'exiguïté de sa maison l'oblige à une sélection stricte de ses livres, de ses meubles, de ses amis. Il aime les vins de Bordeaux (rouges), les promenades solitaires ou en groupe, les animaux, les conversations avec ses amis des Basses-Alpes, la contemplation de son cadre de vie.

Il est apolitique, asocial, atrabilaire, agnostique et, si l'on ose l'écrire, aphilosophique.

P. M.

A Dilou et
Charly Grupper,
leur ami.

1

C'était une nuit du dimanche au lundi. Entre le bruit de la Bléone sur ses galets et celui du torrent des Eaux-Chaudes, aux schistes jaune d'or, Digne dormait dans le calme.

Les feux de signalisation clignotaient en pure perte. La circulation était nulle en direction de Barrême, de Malijai ou de Barcelonnette. Aucun chien n'aboyait. Les autorails colorés du CP étaient au repos dans la gare déserte.

Au-delà des boulevards éclairés, au fin fond du cirque de nuit, sur les collines noires, vers les séminaires, quartier résidentiel, une lueur furtive pointillait le chemin de quelqu'un. Mais, entre ce quelqu'un et les deux torrents qui soulignaient le silence en rabotant leur lit, il n'y avait âme qui vive : il y avait âme qui meurt.

A quatre heures, sortit de son enclos la benne municipale. Il fallut aux éboueurs une heure ponctuée de sifflements stridents, de poubelles rejetées, de broyeurs emballés, d'arrêts, de départs, de joyeuses interpellations d'un bord à l'autre de la chaussée, pour atteindre la rue Prête-à-Partir.

C'est là qu'il les attendait. Oh ! Avec patience ! Il leur barrait la route : c'était un long cadavre, contre terre, face de côté, vêtu d'un ensemble de sport bleu ciel orné d'un grand *Gentiane* en lettres jaunes.

Le chauffeur l'aperçut le premier, stoppa, descendit devant la benne. C'était un escogriffe à l'œil gauche fermé et au mégot pendant. Comme les deux Maghrébins, à l'arrière, sifflaient en vain pour qu'il repartît, ils vinrent aux nouvelles. Leurs lèvres épaisses esquissèrent un sourire gêné. Ils croyaient voir un ivrogne. Ils voulurent le relever. L'escogriffe étendit ses bras et mit en diagonale, devant leurs pieds, ses immenses espadrilles. Il n'avait toujours que son œil droit ouvert, tant le gênait, à perpétuité, la fumée de son mégot.

« N'y touchez pas !

— Il est malade !

— Il n'est pas malade. Il est mort !

— Comment tu sais ? »

L'Espagnol leva les yeux au ciel : comment il savait ! Ses dix-sept ans fleuris : Santander, Teruel, Irun, le siège de Barcelone... Comment il savait ! Quelle question ! Il affirma :

« Vous occupez pas ! Je sais ! »

Les Arabes hochèrent la tête respectueusement devant la science de l'escogriffe.

« A la police tous les deux. Moi j'attends.

— Avant qu'on leur explique, ils croiront nous saouls, et bougnouls à l'ombre... »

Ils avaient l'intelligence aiguë de ceux qui ont l'habitude.

« Mais non ! Où vous vous croyez ? On est en France ici ! »

Ils hochèrent la tête, y allèrent modérément, sans hâte excessive, s'expliquant entre eux, dans leur langue, leurs raisons de douter.

L'escogriffe, resté seul, en profita pour se brûler la lèvre en rallumant son mégot où il ne restait qu'un peu de papier. Il contemplait fraternellement ce mort jeune et beau, propre, net, publicitaire presque, avec ce grand *Gentiane* sur son sweater bleu. Avec sa barbe bouclée, ses cheveux longs et l'œil grand ouvert, il rappelait au Catalan un Grec des Brigades internationales, mort à côté de lui, dans la Sierra Madre. Le clignotant de la benne lui communiquait la vie de la lumière à chaque tour. L'escogriffe l'observait en silence, ne bougeait pas d'une semelle, avec l'austère gravité de ceux qui sentent poindre à l'horizon la pluie des emmerdements.

Il fallut un quart d'heure pour réentendre le galop des Arabes, poussés, plus qu'ils ne les précédaient, par deux agents en uniforme, lesquels, il y a dix minutes encore, taillaient tranquillement une belote coinchée devant le poêle à mazout. Ils arrivaient à pied, la voiture de service ayant refusé de démarrer.

Ils virent simultanément le cadavre allongé, l'escogriffe debout et la benne immobile dont le clignotant leur faisait de l'œil sur la chaussée.

« Tu l'as renversé ?

— Non. Il était mort.

— De quoi ? D'abord, est-ce qu'il l'est ? »

Ils se penchaient déjà, s'apprêtaient à retourner le corps, à le transporter sur le trottoir, à piétiner tout dans le plus large rayon possible.

« A votre place, je n'y toucherais pas ! »

Ils se relevèrent, piqués au vif.

« Dis donc, les flics, c'est toi ou c'est nous ?

— C'est vous. Mais y en a au-dessus de vous. Et vous risquez de vous faire salement engueuler ! »

Ils méditèrent d'abord s'il fallait le rabrouer, pour lui

apprendre à avoir raison, mais ils préférèrent lui tourner le dos pour se concerter.

« Montagnié ! Va téléphoner au commissaire Laviolette ! Moi, je reste en faction.

— J'y vais. »

Pendant ce temps, son collègue se tourna vers l'escogriffe entre les deux Arabes en casaque orange. Un trio qui faisait bloc.

« Papiers !

— Mais tu nous vois tous les jours !

— Papiers ! Aujourd'hui c'est pas tous les jours ! Un mort sur la voie publique, à... (il consulta sa montre) quatre heures et demie du matin, ça réclame des papiers, non ?

— On est des fonctionnaires municipaux !

— Titularisés ! soulignèrent les Arabes, qui l'étaient depuis trois mois.

— Fonctionnaires ou pas...

— Jouve ! »

C'était Montagnié qui revenait seul, essoufflé.

« Tu as téléphoné au commissaire ?

— Oui.

— Qu'est-ce qu'il t'a dit ?

— "Appelez la police !"

— Quoi ?

— Oui. Quand je lui ai annoncé qu'il y avait un cadavre dans la rue Prête-à-Partir, il m'a répondu ça : " Appelez la police ! " Et il a raccroché. »

Il y eut un silence pénible, puis Jouve, qui, en sa qualité de brigadier, réfléchissait plus vite, dit lentement :

« Il y a eu un banquet des anciens de la Résistance, hier au soir, chez Mistre... Le commissaire Laviolette, qui était tenu d'y assister par force, doit être un peu fatigué... Attends-moi là, je vais le chercher. Et surtout ne les perds pas des yeux et qu'ils ne bougent pas, hé ! »

Ils ne risquaient pas de bouger. Le spectacle les fascinait. L'agent Montagnié les épiait en dessous, comme s'il tenait déjà les coupables.

Personne ne passait encore, à cette heure matinale, dans la rue Prête-à-Partir. Toutefois, à l'angle du troisième, une espagnolette grinçait, qu'on eût souhaitée mieux graissée ; une main experte entrebâillait une persienne. Sans aller jusqu'à descendre dans la rue, de crainte de se faire remarquer mal à propos, quelqu'un, là-haut, aurait bien voulu savoir à quoi s'en tenir. Après quoi, plus rien ne bougea. L'escogriffe avait arrêté le moteur et le clignotant.

Le commissaire Laviolette fut là dix minutes plus tard : en cache-col, le chapeau enfoncé, les bajoues bougonnantes, ses gros yeux saillants veinés de rouge, accusant le manque de sommeil. Il était abruti d'étonnement d'avoir un crime sur les bras un lundi matin, lendemain de banquet, privé de son seul collaborateur, l'inspecteur Courtois, en congé de printemps.

Car c'était un crime. Du côté opposé où sa tête portait au sol, le cadavre présentait dans la région temporale une énorme contusion noire, masquée par un large caillot encore gélatineux. Tout le pariétal était enfoncé.

« Naturellement vous avez retrouvé l'arme du crime ? demanda Laviolette.

— Ça ne saurait tarder, chef ! Mais on n'a rien voulu toucher avant votre arrivée.

— Z'avez bien fait ! » grommela Laviolette.

Il n'en pensait pas un mot. Il aurait préféré les constatations faites, le cadavre emporté, le coupable inopinément arrêté, alors que, derrière un arbre, il espionnait les investigations de la police. C'était un rêve. Au travail !

« J'ai téléphoné au procureur, annonça Laviolette. Oui, poursuivit-il tourné vers l'agent Montagnié, après votre coup de fil, je me suis souvenu que la police c'était moi. »

Il se tourna vers Jouve.

« Vous avez reconnu le corps, naturellement ?

— J'en ai bien peur. C'est le fils Vial ?

— Oui. C'est Jeannot Vial. Eh ben ! Il va falloir annoncer ça à la mère ! Elle que, déjà, son mari l'a laissée tomber, il y a dix ans ! Enfin, bon ! Le Parquet sera là dans un petit moment. Avec le médecin de l'état civil. Et le photographe. Que j'ai réquisitionné. Celui-là il ne voulait pas se lever, mais je lui ai récité le code. Bon ! Alors, cette arme du crime ? Si on la cherchait un peu ?

— Sans doute, dit Jouve, mais ça ressemble à quoi ?

— Un instrument contondant, dit Laviolette : un marteau, la crosse d'un fusil, une clé anglaise, un picoussin, un pied-de-biche, une pioche...

— Non ! Ni une clé anglaise, ni un marteau, ni un pied-de-biche, ni un... Comment dites-vous ça ?

— Un picoussin !

— Non ! Une boule de pétanque ? Peut-être ! »

Laviolette se retourna. Le docteur Parini, qu'il n'avait pas entendu venir, était penché sur le cadavre pour examiner la blessure. Il hochait sa barbe carrée, à la Landru.

« Oh ! bien sûr ! dit-il, un meurtre, pour moi, n'est pas chose courante. Mais enfin, Laviolette, vous me connaissez : j'ai fait la guerre en Afrique, en Italie, jusqu'au Rhin. Des cadavres, j'en ai eu l'habitude.

Comme vous savez, elle ne se perd jamais. Et là, je voudrais me tromper, mais m'est avis que cette arme du crime n'a pas fini de vous asticoter ! »

Il soupira.

« Et c'est le fils Vial ! Quel malheur ! Et sa pauvre mère ! Déjà abandonnée par son mari, voici dix ans ! »

« On finira par le savoir », se dit le brigadier Jouve.

Le docteur Parini se releva.

« Naturellement, il faudra faire l'autopsie... Mais vous savez, c'est clair comme de l'eau de roche : la mort est consécutive à l'enfoncement du pariétal... Comment l'avez-vous trouvée, hier au soir, cette daube de marcassin ? demanda-t-il sans transition.

— Ah succulente ! Et cette idée de truffer les morceaux de viande avec des grains de genièvre, géniale ! Ce cuisinier ira loin !

— Ah ! vous avez remarqué ? »

Ils se turent, un peu honteux. Quoique... Ma foi... La mort, qu'est-ce que c'est ? Ils l'avaient tant connue au cours de leur vie ! Et à leur âge, elle commençait à mûrir tout doucement en eux, par mille petits signes amicaux. Cette constatation journalière leur permettait, lorsqu'ils la rencontraient chez autrui, de la traiter avec le plus grand calme, de n'en pas faire tout un plat.

Le procureur descendait de voiture. L'ambulance se rangeait sans bruit. Laviolette avait demandé de ne pas utiliser la sirène. Pour un mort, rien ne pressait.

Le juge Chabrand arrivait à son tour. Il avait été subrepticement prévenu par Laviolette qui le tenait en estime, parce qu'ils étaient tous les deux dans le même panier, pour ne pas dire dans la même charrette... Il sortait lui aussi d'un sommeil très court. Tous ces messieurs : le commissaire, le procureur, le docteur

Parini et le juge Chabrand en tant que jeune invité; tous assistaient hier au soir au banquet des anciens de la Résistance; aussi étaient-ils tous plus ou moins patraques. Bien que le plus atteint, le commissaire Laviolette trouvait plaisant de les avoir tous tirés du lit à cette heure indue.

Le photographe réquisitionné avait le réveil mauvais et il obéissait en rechignant aux ordres du commissaire qui lui faisait prendre des clichés sous tous les angles.

Les deux ambulanciers attendaient qu'on leur permît de disposer du cadavre.

« Tant de force perdue! pensa Laviolette. Un homme de vingt-cinq ans! Un objet contondant et adieu pays! Il avait raison Henri III : un homme grand, en cadavre, ça fait beaucoup plus long que debout! »

« Eh bien! messieurs? Avons-nous progressé? » demanda le procureur.

Il appliquait volontiers cette méthode des chefs véritables : s'étonner qu'un travail à peine commencé ne fût pas déjà fini.

« Nous nous en serions bien gardés! dit Laviolette calmement. Nous avons préféré vous attendre, ainsi nous progresserons ensemble.

— Voyons, commissaire! Je ne plaisante pas!

— Dieu m'est témoin que moi non plus... »

A trois ans de la retraite et l'oreille largement fendue comme il l'avait déjà, il ne ménageait plus ses impertinences à personne.

« Mais l'arme du crime? Et le mobile? Voyons, à Digne! Il ne peut s'agir que d'un crime simple! J'ai eu à connaître, à Strasbourg comme à Lyon, des affaires autrement complexes! »

« Tiens, tiens... se dit le commissaire. Strasbourg ? Lyon ? Est-ce que lui aussi par hasard serait au butoir ? »

« ... A Digne, poursuivait le procureur, il ne doit s'agir que d'un crime simple : crime crapuleux ou bien une vengeance...

— La victime a son portefeuille sur elle. Apparemment, il n'y manque rien : ni papiers ni argent. Le crime crapuleux est donc exclu.

— Quant à l'arme du crime, justement... dit Parini, comme je l'expliquais à l'instant à Laviolette, je me perds en conjectures. Je croyais pouvoir identifier dès l'abord la nature d'une arme contondante par l'examen de la blessure, mais là, j'avoue... D'autre part, regardez-moi ce colosse ! Ou bien on l'a attaqué par surprise ou bien il ne se méfiait pas de son assassin.

— Ou bien il ne se méfiait pas de son assassin..., répéta pensivement Laviolette. Il allait monter dans sa voiture. Il a encore les clés serrées dans sa main.

— C'est ça, sa voiture ? »

Il désignait le long du trottoir une machine racée comme un cheval de course, bleue comme la tenue du cadavre et dont le prix devait représenter trois ans de salaire du juge Chabrand. Aussi, les yeux de ce dernier étincelaient-ils derrière ses lunettes de réalisateur de film d'avant-garde.

Ce juge n'était pas porté à la reconnaissance, aussi est-ce fort réticent qu'il s'approcha de Laviolette pour lui glisser un :

« Je vous remercie » qui passait à peine les lèvres.

« Merci de quoi, je vous le demande ?

— Mais de m'avoir prévenu. Si je comptais sur le procureur !

— Le fait est qu'il vous regarde d'un air plutôt pincé.

— Il préférerait me voir ailleurs. Mais il n'ose pas me demander ce que je fiche là. Que voulez-vous, je prétends qu'on se fait une meilleure idée des choses si l'on est sur le terrain tout de suite. Après tout, c'est moi qui serai saisi de l'affaire, non ?

— Mais comment donc !

— Et puisque vous êtes si bien disposé, j'attacherais du prix à ce que vous me fissiez participer à vos tribulations au cours de l'enquête.

— Mais avec le plus grand plaisir, Votre Curiosité !

— Et même que vous me permissiez, le cas échéant, d'y apporter mon grain de sel...

— Mais comment donc ! Et si même là tout de suite vous avez déjà une idée... »

Toute cette conversation était en aparté, intime, à peine murmurée anodinement, tout en surveillant le travail du photographe et la quête des agents sur le théâtre du crime. Sur le même ton, Chabrand dit à Laviolette :

« Il y a quelque chose qui me frappe. Pas vous ? »

Il lui tendit son paquet de cigarettes. Le commissaire en prit une avec reconnaissance. Il avait oublié chez lui son matériel à rouler.

« Quelque chose qui me frappe ? Sans doute. Il est maintenant près de six heures du matin. Le jour se lève. Vous voyez un Dignois, vous ?

— Oui, nous aurons du mal à susciter des témoins.

— Que voulez-vous, c'est Digne : une ville secrète, souriante mais réservée.

— Vous aimez les euphémismes. Mais excusez-moi, ce qui me frappe c'est tout autre chose.

— Quoi donc ? dit Laviolette innocemment.

— La victime est en chaussures cyclistes.

— Tiens donc ! »

Laviolette se dit que ce juge n'était pas bête. Il avait remarqué ce détail presque en même temps que lui, Laviolette, qui y était au regret, car il avait l'intention de garder dans sa manche cette première carte.

Il s'ébroua.

« Bon ! Si on travaillait un peu ? »

Il fit tracer autour du corps un gros trait à la craie blanche qui épousait les contours du cadavre. Les ambulanciers avaient placé le brancard sur le sol. Au moment où ils allaient le soulever, on entendit venir du fond de la rue, en même temps que le coup de sifflet de l'agent placé là pour détourner la circulation, le bruit d'un moteur lancé à plein régime et, simultanément, un miaulement de pneus martyrisés. Quelqu'un bondit d'une voiture sans refermer la portière et se jeta sur le cadavre. C'était une grande femme mince et blonde qui ne paraissait pas son âge.

« Mon petit ! Mon petit ! Mon pauvre petit !

— Qui vous a prévenue ? »

Laviolette se penchait sur elle avec une agilité surprenante chez ce gros homme. Il voulait savoir tout de suite, là, pendant que son désespoir était tout frais. Tout à l'heure, elle mentirait. Mais maintenant, s'il réussissait à lui arracher deux paroles, au milieu de ses cris de lionne, elles seraient vraies.

Il ne récolta qu'une estafilade d'ongles carminés sur ses bajoues et la désapprobation générale.

« Allons, commissaire ! Voyons ! »

Le procureur était scandalisé, mais aussi le docteur Parini, le brigadier Jouve et même le juge Chabrand, lequel pourtant ne comprenait la douleur que chez les exploités et les opprimés. Tout le monde voulut arracher le désespoir de la mère au commissaire.

Mais Laviolette, qui saignait abondamment, n'en voulut pas démordre : il fallut l'enfourner dans l'ambulance, avec la mère cramponnée au cadavre, et il n'arrêtait pas de lui demander, tandis qu'ils roulaient vers le dépositoire :

« Qui vous a prévenue ? Un seul mot ! Un seul nom ! Mais vous ne comprenez pas que c'est peut-être le meurtrier de votre fils ! Mais vous ne comprenez pas qu'il va nous échapper ! »

Elle ne secoua même pas la tête. Elle n'arrêta pas de rugir. Quand l'ambulance vira sous les platanes de l'hôpital, Laviolette essuya un nouveau coup de griffe, sur le front cette fois : parce qu'il était le seul homme à sa portée. Il fallait qu'elle se venge sur n'importe quel homme. C'était un homme qui avait fait ça ! Ce ne pouvait être une femme qui avait tué son petit, si beau, son beau petit !

2

« Il était beau comme un jeune dieu ! dit pensivement le juge Chabrand.

— Voulez-vous entendre que cette beauté peut avoir quelque rapport avec le meurtre ?

— D'une manière ou d'une autre comment pourrait-il en être autrement ?

— Les maris de Digne ne tueraient pas. Ils divorceraient à petit bruit ou ils passeraient l'éponge, comme tant d'autres dans d'autres régions.

— Il n'est pas dit que le meurtrier soit de Digne.

— J'ai dit " d'autres régions ".

— Je vous l'accorde. »

Le juge et le commissaire, dans le bureau du Palais, examinaient la maigre récolte de renseignements fournis par l'enquête.

Ils avaient en commun d'être à Digne par mesure administrative. Le commissaire pour avoir donné le surnom de « Tante Louise » à un homme politique important qui ne l'aimait pas ; le juge parce qu'il était « sournoisement gauchiste ». C'était un de ses professeurs de faculté qui l'avait ainsi qualifié. On avait essayé par tous les moyens d'empêcher qu'il accédât à un titre quelconque. Mais J.-P. Chabrand avait une mémoire extraordinaire, un pouvoir de travail colossal et la plus lumineuse intelligence de toute sa promotion, quand il oubliait d'être gauchiste. On ne lui avait épargné aucun traquenard. Il avait triomphé de tous en se jouant : apprenant l'albanais pendant qu'il préparait son concours et commençant même, sous forme de défi, l'ouvrage qui serait la somme de sa vie : « Réfutation de Marx à la lumière de l'expérience albanaise ».

Du moins avait-on pu obtenir que ce brûlot ne sévît qu'à Digne. Dans l'esprit de ses pairs, vivre à Digne, pour un Chabrand, c'était comme vivre à l'île d'Elbe pour un Bonaparte.

La même erreur d'optique avait guidé le choix du préfet outragé pour le commissaire Laviolette. Les grands ne peuvent imaginer que des punitions qui, appliquées à eux-mêmes, leur paraîtraient atroces.

Quoique de générations différentes, le juge Chabrand et le commissaire connaissaient trop bien le monde pour ne pas sentir ostensiblement la pointe du mal qu'on leur faisait. Ils ne perdaient aucune occasion de déplorer en public l'injustice qui les maintenait en un lieu si peu propice à l'épanouissement de leur talent, ni d'exprimer leur espoir d'une mutation prochaine que, d'ailleurs, ils se gardaient bien de briguer par un changement quelconque de leur attitude passée. Mais cette précaution oratoire, en écartant les soupçons, leur promettait la certitude d'être oubliés à Digne pour l'éternité administrative que limite la retraite.

Tout au plus, lorsqu'ils se rencontraient seul à seul, le juge et le commissaire se permettaient-ils un mince sourire vite réprimé mais qui signifiait clairement : « Hein, crois-tu ? Quels couillons ! »

Car ils adoraient Digne, ses automnes, ses hivers

mortels pour ceux qui manquent de fond. Les Dignois riaient sous cape lorsque, séduit par le climat d'été, quelque étranger encombrant émettait la prétention de s'installer dans leur ville définitivement. Le premier hiver le balayait en huit semaines. Ou alors, il était de bonne qualité et on lui faisait place autour des tables à jouer. Tout ici avait une qualité d'âme supérieure. On y vivait de brefs regards et à mots couverts, mais autant qu'ailleurs les mêmes jeux de société y passionnaient les êtres.

Par exemple, le juge Chabrand, qui n'aimait les amours que difficiles et bien en chair et sans ostentation, trouvait ici de quoi se réjouir. Pour lui, Mme Bovary et Mme de Raynal étaient les deux sommets à atteindre. Les filles en jean et vagues robes transparentes, ne l'intéressaient pas, même si elles étaient gauchistes. Il aimait les colliers, les bagues, la propreté méticuleuse, les tailleurs à la bonne longueur, les bas bien tirés. Dieu merci ! il ne manquait pas ici de femmes entre trente et cinquante ans, hésitantes encore mais que le temps pressait et qui en avaient une conscience aiguë. Le juge Chabrand en assiégeait une ou deux présentement dont il escomptait une résistance assez brève.

« Et à ce propos, vous a-t-elle dit enfin qui l'avait prévenue ? »

Il contemplait avec une certaine satisfaction la large figure du commissaire ornée d'une croix de sparadrap sur la pommette gauche et de quelques estafilades en voie de cicatrisation.

« Son intuition de mère, dit Laviolette. Il paraît qu'entre elle et son fils, il existait d'extraordinaires liens extrasensoriels. Ça vous satisfait ?

— En partie... Les Chinois sont en passe de résoudre

le problème par des expériences populaires extrêmement poussées...

— Alors... si les Chinois...

— Vous a-t-elle dit du moins d'où il revenait ?

— De chez les Bahut-Lamastre où il avait un bridge, paraît-il.

— Vous avez vérifié ?

— Les Bahut-Lamastre ne l'ont pas vu ce soir-là. Et ils avaient l'air fort peinés qu'il les ait pris pour alibi. Ils ne se gênaient pas pour en parler hautement et dire qu'à l'occasion ils lui en toucheraient deux mots. Ils oubliaient, naturellement, qu'on ne peut plus faire de remontrances à un mort.

— Les voisins ?

— Mes hommes ont interrogé tous les habitants de la rue Prête-à-Partir. Ils dormaient tous. Personne n'a rien remarqué.

— La vieille qui a entrebâillé ses volets si adroitement ?

— Une sourde ! Elle a gardé sa main devant sa bouche pendant tout le temps où je l'interrogeais comme si elle voyait l'antéchrist, et l'autre...

— L'autre quoi ?

— L'autre main parbleu ! Elle la secouait comme pour dire : “ Oh là là ! Qu'est-ce qu'il va encore arriver ! ” Violemment excitée, la vieille. Quand on a plus de quatre-vingts, le premier instant de pitié passé, ça fait toujours plaisir de voir partir une jeunesse. Mais, à part ça, elle ne savait rien de rien.

— Des ennemis ?

— A vingt-trois ans et beau comme un dieu, comme vous dites, on en a toujours. On est en train de voir précisément...

— Ces maris dont vous parliez tout à l'heure ?

— Justement j'allais y venir. J'ai aussi, discrètement, vérifié l'alibi de trois maris trompés que la mère m'avait livrés en pâture. Irréprochables.

— Qu'est-ce que ça veut dire : " discrètement " ? Vous avez vérifié ou vous n'avez pas vérifié ?

— Vous êtes rigolo, vous ! Nous ne sommes pas en Amérique ! Tout me porte à croire, et ça, croyez que je l'ai soigneusement vérifié, que sur trois, il y en a deux qui filent le parfait amour avec leurs conjointes ! Vous voulez que j'aille troubler leur conscience en leur demandant par exemple : " Où étiez-vous le soir où l'on a assassiné le fils Vial ? " Il serait difficile de leur faire admettre que j'ai posé la même question aux seize mille habitants du chef-lieu ! La police aussi a son code de déontologie : " *Primum non nocere* " ! »

Le juge toisa le commissaire pour vérifier s'il ne se foutait pas ouvertement de lui.

« Commissaire, ricana-t-il, c'est vous qui êtes rigolo ! »

En vérité, ils n'étaient rigolos ni l'un ni l'autre. Le commissaire portait déjà la mort dans la résille rouge de ses gros yeux globuleux. Le juge avait la figure coupante d'un Robespierre mal poudré. Tous deux, par la grande fenêtre du cabinet, et côte à côte, observaient le vent moirer les grands arbres de la place secrète où se nichait le Palais.

Le juge s'agita.

« Je n'ai pu, malheureusement, assister à l'enterrement, mes convictions s'y opposent, mais vous...

— Ma foi, mes convictions s'y opposent aussi, bien qu'elles ne soient probablement pas les mêmes, mais enfin... Le charbon c'est le charbon, et lorsqu'il faut y aller...

— Vous avez glané quelque chose ?

— J'ai erré parmi tous les groupes sans entendre autre chose que des généralités sur le peu que nous sommes et l'apitoiement sur la mère qui n'avait pas besoin de ça après, déjà, le honteux abandon du père voici dix ans.

— Pourtant, l'assassin y était probablement. C'est l'usage en province.

— Probablement. Mais c'était une famille honorablement connue. Il y avait plus de quatre cents personnes à l'église et près de mille au cimetière.

— Et la voiture ? Vous l'avez passée au peigne fin ? Ça n'a rien donné ?

— Non. Ou plutôt si. Ce Jeannot Vial était un sportif accompli. Outre l'automobile il pratiquait aussi le cyclisme. Il y avait dans le coffre un vélo aux roues démontées, aussi cher toutes proportions gardées que la voiture elle-même.

— Et il était en chaussures cyclistes ! Je vous l'ai fait remarquer. Naturellement ! soupira le juge, la plus belle voiture, la plus belle bicyclette, les plus belles filles ! Quelqu'un en a eu assez...

— Trop. Mais excusez-moi : vous parlez de la victime.

— Ah ! il y a de la bravade à être si constamment heureux !

— Ça n'a pas duré... »

Le juge retourna vers son bureau. Effectivement, ça n'avait pas duré. Il se reprocha un peu l'image qui se formait dans son esprit d'une justice immanente qui veillerait à faire courts les bonheurs trop flagrants.

« Je suppose, dit Laviolette, que vous avez lu le rapport d'autopsie dont j'ai eu la bonté de vous faire tenir copie ?

— Non seulement je l'ai lu mais je l'ai médité. Je vous sais gré, d'ailleurs, de tant d'égards... »

Le ton du juge était toujours si désinvolte qu'une honnêteté dans sa bouche passait toujours pour persiflage.

« Du reste, poursuivit-il, j'ai souligné quelques passages. Voyez un peu s'ils ne vous ont pas frappé comme moi ? »

Le commissaire saisit les feuillets et les parcourut cursivement en diagonale, puis devint attentif et se mit à lire à haute voix :

« ... *Le bol alimentaire indique que la victime avait ingurgité une certaine quantité d'alcool (champagne probablement) arrosant un repas composé d'aliments très riches : gruyère, céleri en branches, foie gras, caviar, autant qu'on puisse en juger...*

— Caviar ! souligna le juge le doigt levé.

— ... *Le tout très épicé.* Dites-moi, ça ne vous paraît pas, comme à moi, un peu exagéré ce rapport d'autopsie ? On dirait une carte de restaurant trois étoiles.

— Mon cher, dit le juge, le laboratoire de Marseille est un des plus perfectionnés d'Europe. Ils sont habitués aux truands qui descendent les filles, les arrosent d'essence et y mettent le feu. Ça leur livre des cadavres qui font un mètre de long et qui sont durs comme des idoles africaines. Et avec ça, souvent, ils arrivent à extraire de quoi boucler le coupable. Alors, un bol alimentaire, surtout tout frais comme l'était celui-ci, c'était un jeu d'enfant. Ça vous dit quelque chose ?

— Parbleu ! A vingt-cinq ans j'avais une maîtresse,

laquelle, lorsqu'elle m'accordait une nuit, me dopait comme un cheval de course avec ces sortes de nourritures. Ne croyez pas d'ailleurs qu'elles vous rendent plus étincelants, parce qu'elles font généralement effet à contretemps et lorsque vous n'avez plus de maîtresse sous la main ! »

Le juge Chabrand daigna éclater d'un rire atone. La chose avait dû aussi lui arriver.

« En somme, si nous savions *où*, et ensuite *par qui* ce caviar a été acheté, nous aurions fait un grand pas ?

— Ne nous excitons pas trop là-dessus. A Digne, sauf en période de fête, il m'étonnerait qu'un commerçant ait du caviar frais (le seul qui soit aphrodisiaque). Il a donc pu être acheté à Aix, Marseille ou Grenoble, comment savoir ? Bien sûr, je vais mettre du monde là-dessus, mais il n'y aura pas de miracle. »

Le commissaire se replongea dans sa lecture.

« Voyons, vous avez souligné aussi : ... *La biopsie pratiquée autour de l'ecchymose du temporal gauche a été soumise à un examen particulier, lequel n'a rien révélé de précis quant à la nature de l'arme utilisée, sauf quelques rares traces de sable alluvial (sable de quartz).* »

Le commissaire releva la tête.

« Sable de quartz ! dit le juge. Retenez bien ceci. Ce matin, je suis allé me promener au bord de la Bléone et justement ça sentait cela : le sable de quartz !

— Quel nez ! » dit Laviolette.

Le juge Chabrand le regarda par-dessus ses lunettes.

« Vous savez, commissaire, je suis né à Maison-du-Roy. Savez-vous où se trouve Maison-du-Roy ?

— Qui l'ignore ? Chaque fois qu'un champion démarrait à cet endroit-là, il gagnait le Tour de France : Ottavio Bottecchia, Bartali, Coppi et...

— ... Louison Bobet ! Ne soyons pas exhaustifs ! Seulement, Maison-du-Roy, c'est autre chose que cette kermesse. Maison-du-Roy, c'est d'abord le confluent du Guil et du Cristillan. Il y a les odeurs ordinaires qui enseignent la saison du chamois, celle du génépi, celle des cèpes... Et puis il y a aussi, deux ou trois fois par siècle, une odeur caractéristique de roche délitée qui descend de la combe du Queyras. C'est le Guil qui pousse devant lui deux ou trois mille mètres cubes d'agrégats à peine liquides. Il rabote son lit. Alors, ce jour-là, deux ou trois fois par siècle, si on n'a pas bien dans la tête son dictionnaire d'odeurs... Vous me suivez ? »

« Il égrène les peurs de ses grands-pères », se dit Laviolette en acquiesçant du chef.

« Je ne me suis pas contenté de humer l'atmosphère, d'ailleurs. J'ai ramassé ceci. »

Il ouvrit un tiroir de son bureau et en sortit un objet qu'il posa sur la vitre de wagon qui lui servait de sous-main. C'était une pierre polie, acérée à l'extrémité comme un poignard du Magdalénien où finement s'amalgamaient et scintillaient des particules métamorphiques de tous les terrains des Alpes. Échantillon d'un temps infini, condensé d'une histoire décourageante qui se jouait avant les hommes, continuait pendant leur règne, se poursuivrait après eux : un galet de Bléone.

« Voyez-vous, dit le juge, je l'ai soigneusement trié parmi des milliers d'autres, j'en ai vérifié de l'œil, recueilli, soupesé, plusieurs dizaines à peu près du même aspect, en fonction de cette question que je me posais : " Si tu devais tuer quelqu'un avec un galet, lequel choisirais-tu ? " Eh bien ! je choisirais celui-ci ! dit-il en le désignant du doigt au commissaire. Et...

Vous pouvez le humer : si vous avez vraiment un odorat de Gavot, vous y reconnaîtrez aisément l'odeur du sable de quartz.

— Pour cela, je me fie à vous...

— J'ai recueilli ce caillou ce matin de très bonne heure, dit pensivement le juge. Je le projetais de temps à autre de toutes mes forces contre le tronc d'un arbre rencontré, un poteau télégraphique ou quelque tonneau de goudron sur les aires des Ponts et Chaussées. Je me suis fait regarder de travers d'ailleurs par quelques travailleurs matinaux qui se demandaient à quoi je jouais. Mon jeu consistait à supputer si avec une arme aussi primitive il était réellement possible de tuer un homme.

— Accidentellement alors ?

— Accidentellement ou volontairement, qu'est-ce que ça change ?

— Tout simplement que si c'est volontairement ce n'est pas assez sûr. Si quelqu'un a voulu réellement tuer le fils Vial, le faire à coups de pierre ne me paraît pas le moyen le plus efficace. Et le rescapé d'un crime sait en général qui est son meurtrier. Le coup eût été trop risqué, pas assez immanquable. Je me demande même, comme vous, si on peut vraiment y arriver...

— Les Minoens lapidaient la femme adultère...

— Sans doute. Mais elle succombait sous la multiplicité des coups. Tandis que là... Il faudrait faire l'expérience. Mais, bien entendu, ce n'est pas possible.

— Notez, dit le juge, que j'en ai bien balancé quelques-uns sur les CRS en 68, mais je n'eus pas connaissance qu'aucun en fût trépassé...

— Ils avaient des casques et des boucliers.

— Sans doute, mais les pavés étaient fort gros... »

Le juge soupesait le galet et l'interrogeait sur toutes ses faces avec l'air méditatif d'Hamlet tripotant le crâne.

« Un seul coup d'une seule pierre, murmura-t-il pensivement, et un bonhomme de quatre-vingt-deux kilos est étendu pour le compte...

— Les armuriers vont se mettre en grève. La balistique aussi.

— Et il y a des millions de cailloux semblables dans les agrégats de la Bléone.

— Voulez-vous que je vous dise, juge ? Eh bien ! ce crime me fait mauvaise impression.

— Oui, somme toute, ça m'a l'air d'un fort beau crime. Je vous sais gré de me faire participer dès l'abord à son atmosphère. Ça m'aidera le cas échéant. »

J.-P. Chabrand se réservait toujours le droit de considérer les choses d'un point de vue purement artistique.

« Je forme le vœu qu'un jour tu aimes quelqu'un et qu'un fort beau crime te l'enlève ! » pensa le commissaire.

Mais à considérer attentivement ce profil de sinistre incorruptible, il ne lui paraissait guère possible d'espérer que le juge Chabrand aimât quelque jour autre chose que les pauvres et les opprimés... et encore, virtuellement.

3

C'était une de ces nuits d'octobre où l'hiver est déjà suspendu aux montagnes, où la nature attend, mûre d'odeurs, bruissante de feuilles remuées où glisse le gibier furtif, encore apeuré sous les couverts par les chasseurs de la journée.

Il faisait aigre-doux. Tout était sec sur les routes. C'était la bonne saison pour le rallye des Chrysanthèmes, organisé chaque année par l'Écurie Gentiane dont fait partie toute la jeunesse dorée des Basses-Alpes.

Ce soir-là, il s'agissait d'une simple séance d'entraînement. Un petit circuit chronométré d'à peine cinquante kilomètres, empruntant la route de Nice jusqu'au carrefour de Châteauredon, la vallée de l'Asse, le CD 14 par Saint-Jurson et Le Chaffaut et retour par les lignes droites de Mallemoisson et Champtercier où les compteurs oscillaient à cent soixante, en dépit des gendarmes qui n'avaient jamais d'ordre pour refréner ces ardeurs nocturnes.

Les moteurs se réglaient sur la place du Tampinet à petits coups d'accélérateur. Les voisins ne pipaient pas. Comment être ennemis du sport quand ceux qui le pratiquent sont tabous, même pour les gendarmes ?

Seul le juge Chabrand, auditeur privilégié, y trouvait à

redire. Si jamais un jour — ce qu'à Dieu ne plaise ! — il empruntait les allées du pouvoir, il guérirait pour toujours cette jeunesse oisive qui dépensait stupidement l'essence de la nation. Il la ferait périr d'ennui à force de films documentaires et de conférences politiques sur l'espionnage. La poussière tomberait sur les carrosseries luxueuses. Ils n'auraient plus de femmes que légitimes et la civilisation du gadget, enfin comprimée en d'immenses dépotoirs, ne servirait plus qu'à former des gisements de tessons pour les archéologues futurs. Ainsi songeait le juge Chabrand, rongeant son frein, tandis que vrombissaient les moteurs sous ses fenêtres.

Les pilotes s'élançaient un à un, de six minutes en six minutes. Chabrand avait compté qu'ils étaient douze et il était impatient que le dernier fût parti pour essayer de chercher le repos. En fait, il savait que le répit serait de courte durée, car ils allaient tous revenir, commenter interminablement les incidents du parcours, les performances des moteurs et les améliorations à apporter aux techniques.

Contre toute attente, cependant, il s'endormit. Il se réveilla au bruit angoissant de la sirène appelant les pompiers. Un seul coup. C'était donc un accident, car elle sonnait à plusieurs reprises en cas d'incendie. Quand elle cessa, il entendit un brouhaha insolite sous la fenêtre. Quelques rallymen discutaient avec animation, mais sans éclats de voix. Une tonalité de consternation régnait sur les interlocuteurs.

Les pompiers passèrent en trombe, actionnant, sans aucun égard pour le sommeil des riverains, l'avertisseur à deux tons parfaitement inutile dans cette nuit déserte.

Le juge ouvrit sa croisée.

« Tu te rends compte, entendit-il, juste dans le virage de la Font de l'Esperanto...

— Le plus serré !

— Oui, mais en montant ! Il y a les traces de pneus : son dérapage dans le premier S était parfaitement contrôlé. Il revenait sur la droite sans excès et puis, tout d'un coup, il est parti vers la ravine !

— Qui l'a retiré ?

— Personne ! Il y est encore ! Sa bagnole a pris feu ! C'est son frère — tu te rends compte ? — et Battarel, qui le suivaient à six et douze minutes, qui ont donné l'alerte. »

Le juge Chabrand, sachant qu'il ne dormirait plus, décida de descendre aux nouvelles.

« Messieurs, que se passe-t-il ?

— Un accident. Un de nos espoirs vient de se tuer en course.

— Où ça ?

— Dans le virage de l'Esperanto. A mi-chemin de Châteauredon.

— Il y a longtemps ?

— Un quart d'heure ! Le temps pour l'un d'entre nous de venir donner l'alarme. On a essayé de le sortir, mais on n'y est pas parvenu seuls. La voiture avait plongé dans les ginestes et tout a pris feu. Il y avait des flammes de huit mètres !

— Comment ? Ça prend encore feu à notre époque, les voitures ? »

Son interlocuteur le regarda avec surprise. C'est tout juste s'il ne lui demanda pas : « D'où sortez-vous ? »

« Bien sûr, dit-il, nos voitures sont strictement de série. »

Le juge porta un regard appréciateur sur ces machines

strictement de série, chaussées de pneus spéciaux, munies de quatre paires de phares plus un mobile sur le toit. Il imagina toutes les petites astuces, les minimes tricheries que recelait certainement le moteur invisible sous le capot.

Hochant la tête, il se dirigea bravement vers sa 15 traction avant, tapie sous les platanes, et que les compétiteurs n'avaient pas aperçue. L'engin étincelait de tous ses chromes. Le juge, qui l'avait achetée aux Domaines, n'en était pas peu fier, lui qui aimait à se singulariser. Il offrait un spectacle de choix, les jours de marché, sur le boulevard Gassendi, lorsque, à l'aide de deux agents, il s'efforçait de faire un créneau. Pourtant, s'il jetait un coup d'œil au carburateur, après avoir lancé le moteur, la vue de l'essence précipitée en tourbillons pressés dans la cuve transparente lui donnait le vertige. Il fallait à cette pièce de collection ses vingt litres de carburant aux cent kilomètres. Mais ce qui enchantait le juge et compensait à ses yeux cette boulimie, c'était son épouvantable histoire. Elle avait servi d'abord aux promenades de mort de la Gestapo avant d'être utilisée, sans transition, pour les règlements de compte à la Libération. Il arrivait au juge de voir dans son rétroviseur quelque spectre blanc de peur sur la banquette arrière, entre deux sbires vêtus de cuir noir, mais blancs de morts eux aussi.

Le juge démarra d'un seul coup, sous l'œil médusé des rallymen qui croyaient bien ce genre de voiture au musée depuis longtemps. Il n'avait rien à faire sur les lieux de l'accident et seule sa curiosité le poussait.

On venait juste d'extraire le cadavre de son habitacle lorsqu'il parvint à destination.

C'était un virage en double S qui se résolvait par une

épingle à cheveux extrêmement serrée, enjambant un étroit ravin sur un ponceau incliné. En contrebas, au bout d'une jachère déclive, ce ravin regorgeait d'arbustes, de genêts et de cistes. La voiture avait piqué droit vers ce guêpier. La jachère présentait des sillons de terre soulevée qu'illuminaient les lueurs de l'incendie. L'épave était fichée debout sur son capot, dans la fissure creusée par le ruisseau à sec dans le calcaire. Les pompiers faisaient reculer le sinistre à coups d'extincteurs et de lances sous pression. Quelques genêts rugissaient encore avec des flammes hautes de quatre mètres, tordues, noires et folles, dardant des langues cramoisies comme des dragons de cinéma.

Il faisait quarante degrés à vingt mètres de cette fournaise.

Le juge éprouva un sentiment désagréable. Nul besoin d'être pompier pour imaginer le sort qui attend l'homme coincé dans sa voiture et précipité dans un tel fourré de genêts en feu. Un gendarme s'approcha de la 15 CV et reconnut le conducteur.

« Ah, monsieur le juge ! On vous a prévenu ?

— Aucunement. Le rassemblement avait lieu sous mes fenêtres. J'ai voulu savoir, c'est tout.

— C'est moche, sans l'incendie on aurait probablement sauvé le conducteur. Il n'était probablement qu'évanoui... »

« Probablement », pensa le juge. Il regarda le drap blanc qui recouvrait le corps. Ce devait être innommable ce qui était là-dessous et il n'avait pas envie de le voir. Mais on ne lui en fit pas grâce. Le gendarme souleva le suaire et le juge vérifia qu'il avait raison de vouloir s'abstenir.

« C'était une voiture décapotable ? demanda-t-il machinalement.

— Oui. Oh ! vous savez... C'était une soi-disant voiture de série. Soi-disant que le pare-brise était escamotable. Oh ! nous la connaissions bien, pour l'avoir interceptée à plusieurs reprises. On la conduisait un peu trop vite... Soi-disant, c'était à cause du compte-tours... Enfin, à part ça il n'y avait rien à dire, elle était agréée par le service des Mines. C'était soi-disant une société de cinéma qui en avait fait construire cinquante exemplaires pour un film. Et puis soi-disant que le metteur en scène a changé d'avis et qu'il a préféré utiliser des mulets plutôt que des voitures. Alors, ils les ont revendues soi-disant à bas prix... Vous connaissez l'adage : " Bon marché, cher vous revient. " »

Il désignait d'un mouvement du menton, au fond du ravin, le résultat de cette acquisition à bon compte.

« Mais normalement le conducteur aurait dû être éjecté ?

— Pensez-vous ! Avec son système d'arceaux, il serait resté rivé au volant même si la voiture avait fait trois tonneaux !

— Mais l'incendie ? Comment l'expliquez-vous ? »

Le gendarme fit un signe évasif.

« Vous savez, ce qu'il y a de plus dur à mourir dans une voiture accidentée, c'est le moteur. L'allumage peut continuer à fonctionner alors que toute la carrosserie est à vau-l'eau... Un réservoir éventré, une température élevée sous le capot, l'essence qui se répand par les durites désamorcées, et adieu pays ! »

Le juge hochait la tête.

« Mais enfin, on doit bien pouvoir en déterminer exactement les causes ?

— On essayera, bien sûr ! Mais dans l'état où est la voiture : tout a cramé, sauf la ferraille. »

Le juge était impressionné. Pour la première fois de sa vie, il se trouvait sur les lieux d'un accident en même temps que les gendarmes.

« Vous savez, dit-il, je ne perds jamais une occasion de m'instruire. Et si vous vouliez bien me faire tenir une copie de votre rapport, vous m'obligeriez beaucoup.

— Mais bien sûr, monsieur le juge. Quant aux causes...

— Eh bien ?

— C'est encore difficile à dire. En vérité, par un excès de vitesse relative on peut expliquer beaucoup de choses. Pourtant, apparemment, le dérapage était parfaitement contrôlé, encore qu'il soit difficile de démêler ses traces de ripage de celles des cinq voitures qui l'avaient précédée. Un pneu crevé ? Allez donc y voir ! Il ne reste plus trace d'aucun ! »

Il soupira.

« Bon ! Eh bien ! le plus dur reste à faire maintenant : il va falloir prévenir sa famille.

— Vous l'avez identifié dans l'état où il est ?

— Bien sûr que non. Mais il n'y a aucun doute possible. Le seul qui manque à l'appel chez les rallymen, c'est le conducteur de cette voiture : Il s'agit de Jules Payan, le patron de l'*Hôtel Carême*, et celui qui suivait à douze minutes, circonstance navrante, c'était son frère Gabriel. Il est là, dans notre estafette, effondré, mais ça ira. Mais maintenant, il y a les parents à prévenir et ça... »

Il haussa les épaules :

« Ils vont encore accuser la route ! “ La route homicide ! ” Ah ! on respecte leur douleur bien sûr, mais enfin, la route, ça a bon dos ! Excusez-moi, monsieur le juge, je vais aider mon adjoint à terminer l'interrogatoire des témoins.

— Faites donc », dit le juge.

Il dévala la jachère vers la carcasse de la voiture. Il s'en approcha assez pour discerner, au centre du squelette désossé, un magma informe qui bouillait doucement. C'est ce qu'il restait des sièges-baquets en caoutchouc mousse et du tableau de bord antichoc.

Les pompiers achevaient de noyer l'incendie. Ils avaient défoncé le coffre pour vérifier qu'il ne contenait aucune matière explosive. Le juge en distingua mal l'intérieur. Il aperçut quelques chiffons rouges fumants et les armatures enchevêtrées de ce qu'il crut être deux parapluies.

La brise brassait en une étrange harmonie odorante les vapeurs du caoutchouc et le fumet atrocement baroque de ce rôti d'homme, là-haut, au bord de la route, qui commençait à refroidir.

Le juge reprit sa 15 CV et s'en alla dans son antre de célibataire, méditer sur cette mort.

A neuf heures, le lendemain, il avait sur son bureau le rapport de gendarmerie, apporté par une estafette. Devant ce bureau, sur ce siège de bois à dossier droit où l'on glissait sans cesse, ce siège vieux de cinquante ans, qui avait contemplé la solitude de quatre juges : deux morts, un muté, le quatrième à la retraite, ce siège où s'étaient assis, autrefois, deux hommes destinés à mourir sans leur tête : les frères Ughetto, et, plus récemment, un assassin présumé : le père Dominici, sans préjudice d'innombrables prévenus de moindre volée, sur ce siège donc, ce matin-là, roulant avec calme une cigarette, trônait le commissaire Laviolette que le concierge avait laissé monter, « le juge ne devant pas tarder ».

« Tiens ! Vous êtes là, vous ? »

Chabrand était toujours un peu ironique envers Laviolette, qu'il soupçonnait de cacher une vive intelligence sous une imbécillité de commande, quotidienne et ostensible. Il l'avait d'abord méprisé de se commettre à boire le pastis avec les supporters de l'équipe locale de football, d'assister au banquet des pompiers, de suivre, dans la voiture officielle, les néophytes du « Premier Pas Dunlop ». Le commissaire était « populaire », ce que ne supportait pas le juge Chabrand, jusqu'au jour où il comprit que Laviolette jouait à ces fadaises pour oublier sa vie disloquée par la guerre : sa femme envolée avec un Canadien, son père, qui s'était suicidé sans explication dix ans auparavant. Il ne lui en dit pas un mot, mais il fut content d'avoir découvert ce qui lui permettait de démêler un peu mieux le caractère de ce gros homme aux gros yeux qui s'appliquait à paraître vulgaire.

A neuf heures du matin et avec seulement quatre heures de méchant sommeil dans le buffet, le juge Chabrand faisait de plus en plus Robespierre, le Robespierre qui remplit une charrette avec Hébert et ses amis : amer, acide, désenchanté. Il s'assit lourdement à son bureau. Il alluma, lui aussi, la première cigarette de la journée.

« Quel bon vent ? dit-il, n'en pensant pas un mot.

— Il y a six mois et demi que Jeannot Vial est mort assassiné et nous n'avons pas avancé d'un pouce. Ça m'empêche de dormir.

— Ce serait plutôt à moi de vous le reprocher.

— Je vous sais gré de vous en abstenir et de me servir

d'État-tampon contre le procureur, mais moi, c'est ma conscience qui me le reproche.

— Que voulez-vous ! A l'impossible nul n'est tenu ! Voyez-vous quelque chose que nous n'ayons pas fait ? C'est ce que je demandais au procureur précisément la semaine dernière.

— Nous avons vérifié les faits et gestes de la victime jusqu'à deux ans avant le drame : rien ! Une vie unie ! Voyageur de commerce de son affaire de quincaillerie, depuis la honteuse disparition du père avec sa dactylo de dix-neuf ans... Ces Vial, ça n'a l'air de rien si l'on se fie à la surface du magasin, mais c'est eux qui ont fourni la moitié du ferraillage nécessaire au barrage de Villecroze. Je ne sais pas si vous imaginez ?

— J'imagine.

— Voilà donc un homme à la vie très simple : il va d'un pays à l'autre, fournissant les petites entreprises en fers de béton, grillages de parc à lièvres et de réserves forestières, prenant les adjudications des mairies et des collectivités. Il mange avec les maires, les conseillers généraux, dans les meilleurs restaurants. Il a des copains partout. Il offre des tournées à tout-venant. Les filles qu'il embarque ne se comptent plus ! Il aime les cylindrées de plus de quatre litres, le tennis et le ball-trap. Il entre au Rotary, non en tant que quincaillier, fi donc ! mais en tant qu'expert-comptable dont il a réussi à décrocher le diplôme !

— Il est heureux de vivre cette vie idiote, dit le juge avec rancœur. Il n'ouvre jamais un livre !

— Si ! *San Antonio.* Il y en avait trois dans le vide-poche de sa voiture. Et il se dépense sans compter ! Nous avons découvert avec un infini doigté, toutes ses maîtresses. Nous avons vérifié l'alibi de tous les hommes qui, autour d'elles, pouvaient légitimement prendre ombrage de ces succès. Rien ! Des alibis en bois d'ébène ! »

Le juge Chabrand se fit mordant.

« Et puis tout d'un coup, plus rien ! Tout d'un coup, vous découvrez qu'il y a six mois, sauf le commerce, ce Vial-là se retire du monde : plus de ball-trap, plus de filles emballées, presque plus de voiture, juste encore un peu de tennis pour combattre l'épaisseur de la taille ! »

Le juge Chabrand, qui était creux de flancs comme une outre vide et dont les côtes saillissaient comme celles d'un chien errant, proférait volontiers ses sarcasmes contre la ceinture abdominale de ceux qui n'ont pas cette chance.

« Vous découvrez, poursuivit-il, qu'il ne tient plus compte ouvert à l'apéritif ; qu'il se hâte chaque soir vers Digne, alors qu'auparavant, il découchait volontiers. Vous découvrez qu'il s'est acheté à Manosque une bicyclette de deux cent mille francs ! Et que tous les soirs à neuf heures, il s'en va faire un tour au clair de lune et à vélo ! Où va-t-il ? Ça vous ne l'avez pas trouvé ! »

Laviolette enchaîna après le juge :

« " Et, dit sa mère, il ne souriait plus, il ne riait plus ! Lui qui était tellement bon vivant ! — Vous ne lui demandiez pas ce qu'il avait ? — Depuis son enfance, il ne répondait plus à ce genre de question. — En somme, il n'avait plus l'air heureux ? — Si ! Mais si ! Seulement ça le gonflait ! Il ne parlait plus qu'à voix basse, lui qui a le verbe si haut ! Ce n'était pas un bonheur normal ! C'était quelque chose de trop ! Il avait l'air d'avoir reçu plus que ce qu'il avait demandé ! Comme s'il le méritait pas, ce pauvre petit, depuis que son père nous a ignominieusement abandonnés, il y a dix ans ! " Et vague de pleurer ! Me voilà avec ce chagrin durable sur les bras ! Nageant dans cette chevelure opulente qui s'effilait entre ma moustache et mon nez et me donnait envie d'éternuer !

— Il suffit ! dit Chabrand, que cette description rendait nauséeux.

— Voici cet homme : grand, bien bâti, sans imagination, riche, heureux d'un bonheur profond lequel, qui sait ? va peut-être transformer son âme...

— ... Qui fait du vélo !

— Et qui vient se faire tuer bêtement un soir, rue Prête-à-Partir, à coup de...

— A coup de quoi, au fait ?

— Oui... A coup de quoi ?

— Qu'est-ce que vous triturez là, dans votre main ?

— Un rapport de gendarmerie. A propos, vous n'êtes pas au courant ?

— Au courant de quoi ? Je ne suis au courant de rien. Je sors de chez moi. Je ne suis pas encore passé au bureau. Cette affaire me tarabuste. Je ne suis pas à la hauteur...

— Il y a eu un accident de la route cette nuit. Vous n'avez pas entendu la sirène ?

— Vaguement. Je me suis collé l'oreiller sur la tête et vogue la galère !

— Belle conscience ! Enfin... Un des rallymen de l'Ecurie Gentiane s'est tué à l'entraînement sur la route de Châteauredon.

— Ah bah !

— Oui. Oh ! un banal accident : un virage serré, une vitesse excessive...

— Quel virage ?

— Attendez donc... »

Il consulta le rapport cursivement.

« Lieudit : “ La Font de l’Esperanto ”.

— Dans quel sens ?

— Que voulez-vous dire ?

— Oui : en montant ou en descendant ? En allant ou en revenant de Châteauredon ?

— En allant.

— C’est-à-dire dans un double virage en S dont le deuxième est en épingle à cheveux, juste devant la fontaine... »

Il revoyait cette Font de l’Esperanto. On l’appelait ainsi à cause d’un vieillard à barbe blanche qui s’y était assis autrefois, aux premiers temps de l’auto-stop. Il allait au congrès d’Oslo en chaussettes vertes, short de cuir, une grosse étoile verte sur le cœur, et serrant contre lui une petite mallette verte. Il attendait une « occasion ». Et il l’avait attendue si longtemps qu’à la fin il s’était endormi et que, perdant l’équilibre, il avait piqué du nez sur la pierre dure. Le choc l’avait probablement étourdi et on l’avait retrouvé mort le lendemain, asphyxié, la barbe et le nez dans l’eau. Comme cette fontaine n’avait pas de nom, elle avait gardé le sien.

« Un dérapage contrôlé... dit le commissaire se parlant à lui-même. Ces gars-là sont habitués. Je les tiens pour fous mais ils ont des réflexes... Ils ont l’habitude. Ils connaissent la route...

— Qu’est-ce que vous marmonnez ?

— Oh ! rien. Vous me le lisez un peu ce rapport des gendarmes ? »

Le juge Chabrand ajusta ses lunettes légèrement tombées. Il lut d’une voix monocorde, passant rapidement sur les descriptions diverses. Laviolette écoutait bien, l'index enfoncé dans sa joue couperosée. Soudain il leva le doigt.

« Attendez ! Relisez-moi un peu ça... »

Le juge le scruta avec méfiance par-dessus ses lunettes ; néanmoins, il relut :

« " Dans la boîte à gants de la voiture il y avait une paire de mitaines de conduite, usagées, en cuir, aux trois quarts calcinées, portant encore la marque gravée : *Créations Térénez*. Dans le coffre défoncé par les pompiers, nous avons trouvé : une paire de chaussettes montantes à losanges bleus et jaunes (calcinées aux sept huitièmes) ; un survêtement bleu roi deux pièces portant la marque *Bellérophon* sur la poitrine en blanc sur bleu (calciné aux quatre cinquièmes) ; deux roues de vélo à jantes de bois ; les jantes et les boyaux ayant disparu, il ne restait plus que les moyeux (avec leurs papillons) et les rayons (en duralumin) "...

— Et les rayons en duralumin... répéta Laviolette.

— Et alors ? »

Le juge Chabrand, qui pensait que le commissaire devenait bien gâteux, comme il sied pour un homme de cinquante ans au jugement d'un homme de trente, le juge Chabrand, donc, était un peu agacé que Laviolette discernât quelque chose là où lui ne voyait goutte.

« Dans la voiture de Jeannot Vial, le coffre contenait une bicyclette démontée », dit lentement le commissaire.

Il fixait le juge de ses gros yeux chagrins et les deux hommes restèrent silencieux durant quelques secondes.

Le juge se secoua :

« Je le sais parbleu bien ! Et c'est moi-même qui

vous ai fait remarquer que la victime portait des chaussons de course. Ça mène à quoi tout ça ? C'est une coïncidence. Allons, commissaire, restons pragmatiques !

— Coïncidence aussi que cet accidenté fasse lui aussi partie de l'Écurie Gentiane ?

— Ne nous laissons pas déborder par notre imagination ! »

Il vint à la fenêtre, mécontent du commissaire, auquel il tournait maintenant le dos ; mal à l'aise aussi, quoique ce ne soit sans doute qu'une simple coïncidence, de ces deux vélos, de ce survêtement, de ces chaussettes à losanges, de ces chaussons de course... Tout cela était bien gênant pour la logique des choses.

Dehors il s'était mis à pleuvoir. Une pluie funèbre de dix heures du matin, comme s'il était cinq heures du soir ; à travers quoi, dans les platanes, pleurait la brume. Des feuilles mortes planaient lentement dans le brouillard, allaient grossir le tapis mordoré qui couvrait trottoirs, capots de voitures, tables de fer oubliées à la terrasse du *Café des Gavots*.

« Il pleut sur les cadrans solaires[1] » se récita le commissaire Laviolette. Il était venu rejoindre son commensal et il le regardait en dessous.

Le téléphone sonna. Le commissaire demeura immobile. Le juge, à pas comptés (refuser d'obéir au téléphone faisait partie de son éthique), se dirigea par le plus long chemin vers son bureau, puis il alluma une cigarette. Après quoi, seulement, il décrocha brusquement.

« Ah ! c'est vous Parini ? »

Le docteur avait trente ans de plus que le juge, mais

1. Tristan DERÈME.

celui-ci avait décidé, à quinze ans, que nul n'avait droit au respect, ce qui n'avait pas peu contribué à le faire expédier à Digne pour l'éternité.

« Oui. Il est là. Je vous le passe !

— C'est vous Laviolette ?

— En personne.

— Dites-moi, il y a un os quelque part. Cette nuit il y a eu un accident. Vous êtes au courant ?

— A l'instant ! »

Il fit signe à Chabrand de prendre l'écouteur.

« Je viens d'examiner le corps. Enfin... ce qui en reste. J'ai des doutes. Les gendarmes m'ont expliqué l'accident. J'ai vu la voiture. Pas de glace latérale, pas de pare-brise... Aucun arbre ni arbuste sur la trajectoire. La voiture n'a pas capoté. Or, je relève une contusion très importante sur le pariétal gauche, autant que je puisse en juger dans l'état où est la tête. Mais enfin j'ai un doute. Il faut pratiquer l'autopsie. Cette contusion me préoccupe beaucoup.

— Où êtes-vous ?

— A l'hôpital, où le corps a été transporté. Vous venez ?

— J'accours. »

Ils raccrochèrent en même temps, et Laviolette dit suavement :

« Et alors ? Que vous en semble de cette contusion ? Ça fait trois coïncidences.

— Oui. Notez bien, j'avais l'intuition cette nuit que quelque chose n'allait pas.

— Oh ! le salaud ! Il avait l'intuition. Eh ben ! vous la cachiez bougrement bien tout à l'heure !

— Commissaire, vous abusez du fait qu'on ne peut pas vous faire descendre plus bas !

— Vous non plus, par la grâce de Dieu ! dit Laviolette en lui frappant sur l'épaule, tout réjoui. On peut tout se dire parce qu'on est tous les deux dans le même sac ! Allez, allons voir ce beau crime ! Vous qui les aimez, ça vous en fait deux ! »

4

Il pleuvait maintenant depuis quatre jours. Le distributeur de journaux, qui montait de Nice tous les matins, rapportait qu'aux Scaffarels, les pneus crissaient déjà sur un peu de neige fraîche. Le côté nord du Cheval Blanc était poudré du sommet jusqu'aux premiers champs de Thorame-Haute. Digne puait le mazout mal brûlé. On sentait s'appliquer sur notre pays ce temps qu'on nous reproche sans le connaître et qui exalte nos âmes lorsqu'il sévit.

« Comme un vol de corbeaux hors du Paris natal », les journalistes s'étaient abattus à petit bruit sur Digne, mais, avec ce gros contingent, il en était arrivé deux ou trois de Marseille et de Nice, bons premiers. Un Japonais, bardé de trois Canon, débarqua le douzième, par Anchorage et Marignane, devançant le correspondant du *Times* qui était aussi celui de la *Frankfurter Zeitung*.

Depuis que l'affaire de Lurs avait donné du pain à deux cents envoyés spéciaux pendant plus de quatre ans, renfloué des hebdomadaires aux abois et mis à l'aise trois ou quatre écrivains, un crime dans les Basses-Alpes constituait pour tout ce monde une panacée. On y accourait comme en Californie pour la ruée vers l'or. *Le*

Mistre, L'Aiglon, Le Grand Paris, affichèrent complet. Les usagers locaux commencèrent à éprouver de sérieuses difficultés téléphoniques.

Le Tout-Digne reçut à sa table ces hommes distingués, dont quelques-uns d'entre eux étaient encore connus pour avoir assisté au procès Dominici, dix-huit ans auparavant. Ils s'efforcèrent habilement de faire parler ce Digne huppé, mais, soit qu'il ne sût rien, ce qui était improbable, soit qu'il fût de la plus extrême congruité d'imagination, ce qui était exclu, soit qu'il se fût muré la bouche, pour quelque mystérieuse raison de lui seul connue, ce qui était le plus vraisemblable, nul jusqu'à ce jour, parmi la gent journalistique, ne put se prévaloir de quelque révélation sensationnelle. Le potage était maigre. Les enquêteurs communiquaient parcimonieusement quelques rares informations tronquées ; encore était-ce à quelques détails près.

On leur jeta toutefois en pâture quelques bons vieux crimes encore non résolus — notre pays n'en manque pas — et ils purent broder là-dessus un bon papier de temps à autre, durant les longues soirées d'automne.

Ils s'enlisèrent dans le Digne du bien-manger et du bien-boire. Les pâtés de grive, de lièvre, de marcassin, les caillettes à la bécasse sortirent des avares réserves. Il se fit de somptueuses découvertes dans les bonnes caves de deux ou trois hôtels. On pouvait endurer cette attente confortable.

Pendant ce temps, devant le bureau du juge, Chabrand d'un côté, Laviolette de l'autre scrutaient fixement sur le sous-main de verre deux objets d'une identité sinistre : c'était le galet magdalénien trié par le juge entre cent mille autres au bord de la Bléone et sur lequel, devant le commissaire, il avait longuement disserté certain jour. L'autre objet était le cousin germain du premier : un autre galet à peu près de même forme, mais noirci par l'incendie.

Le juge, sur un antique pèse-lettres en cuivre émaillé, avait d'abord pesé le premier : six cent cinquante grammes et des poussières ; puis le second : six cent soixante-dix grammes juste.

« Voici donc le poids qu'il faut pour tuer un homme », dit le juge.

L'homme de l'Antenne avait préféré rester debout, en gabardine : en mission. Il était de fort méchante humeur. Quoique très jeune, on l'avait catapulté à Digne en catastrophe parce que, à Marseille, l'Antenne de police judiciaire était décimée par le crime : la drogue du *Massalia*, le gang des grosses têtes, l'enlèvement d'un P.-D.G. parmi tant d'autres, une distillerie clandestine de pastis du côté du Mas Thibert, la disparition de celles qui ne voulaient pas et de celles qui voulaient : on ne savait plus où donner de la menotte.

« Ils sont emmerdants à Digne ! avait dit crûment le divisionnaire, en reposant le combiné. Pour un méchant petit crime de rien du tout, ils font tout de suite appel au SRPJ ! Dans ce secteur, depuis le crime de Lurs, ils se gonflent d'importance ! Allez, Coquet ! Lâchez-moi les producteurs de cannabis de Cuges et montez à Digne. Et démêlez-moi ça en cinq sec, hein ? J'ai besoin de vous ici ! »

Et Coquet était là : vingt-cinq ans, entre ce juge d'instruction blafard et glabre, auquel il sentait bien que sa barbe déplaisait, et ce commissaire aux gros yeux chagrins qui semblait lui reprocher de lui enlever le pain de la bouche. En quoi il se trompait d'ailleurs. Laviolette n'était pas fâché de refiler ce sac de nœuds à quelqu'un d'autre.

« Vous avez donc, dit Coquet, retrouvé ce... galet — j'ai du mal à appeler ça un projectile ! — coincé entre la pédale d'embrayage et le frein, où il aurait roulé après avoir étourdi la victime d'un coup assez précis pour atteindre la tête d'un homme sur une voiture lancée à soixante à l'heure au moins, dans un virage, et sous cet angle ! C'est invraisemblable. »

Cette antenne marseillaise commençait à taper sérieusement sur les nerfs du juge Chabrand, à qui il n'en fallait pas tant.

« Si vous avez une meilleure explication à nous fournir, dit-il suavement, nous sommes tout ouïe ! »

En vérité, il craignait qu'on lui transformât son beau crime en un meurtre banal, vulgaire et sans poésie.

« Non, je n'ai pas de meilleure explication à vous fournir pour le moment ! Je dis simplement qu'à notre époque, si riche en armes de toutes sortes, s'obstiner à tuer avec un caillou est simplement absurde !

— Un galet ! le coupa sèchement le juge. A partir d'un certain poids, le terme caillou est inadéquat !

— Un galet si vous voulez ! Mais lancé d'une main si sûre qu'il atteint son homme en pleine nuit et malgré l'éblouissement des phares.

— D'abord, il faisait un clair de lune superbe, dit Laviolette. Ensuite, la victime utilisait, malgré l'interdiction en temps normal, ses antibrouillards qui éclairent au ras du sol, comme vous le savez.

— Comment en est-on certain ?

— On l'a vérifié sur la partie métallique du commodo. Le rhéostat était sur la position antibrouillard.

Vous avez lu le rapport de gendarmerie, vous avez donc pu vous convaincre que le meurtrier avait judicieusement choisi sa position : sur le socle de la fontaine.

— Il faut être acrobate pour se jucher là-dessus !

— Rien n'indique que notre meurtrier ne le soit pas. Pour l'instant, il est sans visage. Oui, c'est ça... poursuivit Laviolette, se parlant plutôt à lui-même qu'à ses interlocuteurs. Il se dissimule derrière le pilier de la fontaine. Il entend arriver les premiers concurrents. Ils font tous le même dérapage : les pneus ripent latéralement sur une dizaine de mètres, les véhicules arrivent à deux mètres de la fontaine à peine, presque arrêtés, pendant une fraction de seconde, puis la libération d'énergie restituée par le volant redressé les catapulte vers l'autre bord de la route, mais il y a eu cette fraction de seconde pendant laquelle ils sont littéralement suspendus dans l'espace, j'oserais presque dire : immobiles. Il fait clair de lune. Le meurtrier connaît, comme tout Digne, la voiture de sa victime. Il la distingue qui s'approche par les lacets ouverts de la route. Alors, il grimpe sur le socle de la fontaine et, lorsque se produit ce sur-place fatidique au bout du dérapage, il... tire sur sa victime qui se trouve, à ce moment-là, à peine à deux mètres de lui.

— Non, dit Coquet, ça ne colle pas !

— Pourquoi ?

— Parce que, clair de lune ou pas, l'épaisseur des bois de sapins ne permet pas, même à cette saison, de distinguer les lacets de la route. J'ai vérifié. Non. Il a fallu quelqu'un qui connaisse nécessairement l'ordre des départs. Donc, quelqu'un qui soit dans le coup de la course, car c'est seulement dans l'heure qui a précédé cet entraînement qu'ils ont confectionné une liste, par tirage au sort. C'est donc dans ce sens que j'ai orienté mes recherches : et j'ai un suspect !

— Voyons cela ! dit le juge.

— Quelqu'un qui a eu la possibilité de commettre le meurtre : c'est celui qui, dans cette course, devançait la victime de six minutes sur le circuit. Il pouvait s'arrêter, attendre, provoquer l'accident et repartir.

— Et avoir six minutes de retard au bas mot, à l'arrivée...

— Précisément, il les avait ! Ou presque. Un bénévole prenait les temps sur la place du Tampinet et il les inscrivait sur un carnet de bord. Celui du suspect est le dernier, puisque, après lui, ils ont eu d'autres préoccupations. Or, il avait quatre minutes de retard sur son temps le plus médiocre sur ce même circuit. Il se trouve que de l'aveu de tous, il est le meilleur pilote du team. Il peut donc avoir rattrapé deux minutes sur les vingt derniers kilomètres du parcours. Et le compte est bon !

— Quel prétexte a-t-il donné ?

— Qu'à l'entrée du pont du Chaffaut, à voie unique, comme vous le savez, il avait dû céder la place à un tracteur tous feux éteints qui s'était engagé après lui, mais dont le conducteur ne savait pas reculer, dit-il.

— On l'a retrouvé ce tracteur ?

— Non. Pas encore. Si toutefois il existe. »

Le juge et le commissaire écoutaient avec intérêt ce jeune policier qui travaillait si vite.

« Et le mobile ?

— Ah ! de première ! Un mobile en or ! Il y a deux semaines, la victime et le suspect se sont " pris à châtaigne " à la sortie du match de foot Digne-Laragne, devant le Tout-Digne sportif. »

Soudain, Laviolette se souvint. Il était lui aussi à la

sortie de ce match. Il avait été bousculé dans un remous de la foule. Il avait entendu quelqu'un dire : « Espèce de contagieux ! » Puis des bras qui se lèvent, des poings solides qui s'abattent sur les gueules. La foule qui s'écarte pour éviter les coups et néanmoins être aux premières loges, et deux gaillards costauds qui apparaissent au milieu de ce vide, essayant, tant bien que mal, de s'amocher le plus qu'ils peuvent. Laviolette se souvint d'avoir pensé : « Qu'est-ce qu'ils se mettent ! Vingt dieux ! Qu'est-ce qu'ils se mettent ! » Il y en avait déjà un qui saignait de l'arcade sourcilière et l'autre du nez. (Apparemment les chevalières étaient entrées en action !) Le commissaire tenait aux lèvres son sifflet de flic, mais, tel un arbitre indécis, il ne se décidait pas à appeler à la rescousse, tant le spectacle le captivait. Ce que racontait Coquet était donc strictement vrai. Mais Laviolette ne vint pas à son secours. Quelque chose l'intriguait dans le spectacle dont il avait été témoin.

« Et quelle était la raison de cette... “ prise à châtaigne ”, comme vous dites ? demanda Chabrand.

— La victime accusait le suspect de lui avoir fauché un tour.

— Comment ça, fauché un tour ?

— Oui, vous savez bien ? Ces cars bourrés de Belges, de Suisses, de retraités, de membres d'un club quelconque, qui remontent la route Napoléon pendant toute l'intersaison. Un pain bénit pour les hôtels pas pleins. Alors, la victime accusait le suspect de lui en avoir soulevé un, déjà inscrit sur son planning, en faisant des prix plus bas à l'Office du tourisme qui organisait la balade. »

Chabrand fit la moue.

« Un peu mince comme mobile... »

« Un peu mince apparemment, songea Laviolette, mais qu'y a-t-il là-dessous ? Sous cette apparente minceur ? »

Coquet écarta les bras :

« Je ne vous amène pas un coupable, mais un suspect. Mes chefs, le public, les journalistes, sont friands de résultats rapides. Voilà : tout est logique. Le reste vous appartient.

— Attention ! » dit Chabrand en se levant.

Il pointa l'index et le majeur sur les deux galets déposés devant lui.

« Attention ! répéta-t-il. Nous vous avons parlé du premier meurtre. Nous vous avons dit tout ce que nous savions là-dessus. Notre conviction intime... »

« Il me met dans le bain ou bien il parle comme Louis XIV ? » se demanda Laviolette.

« ... Notre conviction intime, basée sur de fortes présomptions, est que les deux meurtres sont le fait d'un seul et même individu. Il faut donc nécessairement que vous nous ameniez le suspect des *deux* crimes. C'est cela qui nous intéresse, le commissaire et moi-même. »

Décidément, il ne parlait pas comme Louis XIV. Il le mettait bel et bien dans le bain.

« Et pour le premier, il me faut aussi la possibilité et le mobile, ne l'oubliez pas.

— Oh ! ben alors !

— J'ai dit : présomptions sérieuses, dit le juge en levant le doigt. Primo : la blessure est de même nature dans les deux cas. Secundo : l'objet suspect présumé arme du crime est identique pour l'un et pour l'autre...

— Un galet ! s'exclama Coquet. Et encore ! Le premier, vous l'avez obtenu par extrapolation : il n'était pas dans les parages du premier cadavre !

— Tertio, poursuivit Chabrand imperturbable, les deux victimes appartiennent au même milieu sportif automobile. Quarto : dans le coffre de chaque voiture, on a découvert divers accessoires cyclistes. Quinto : les autopsies ont révélé que les deux victimes avaient fait, quelques heures avant leur décès, un repas très... copieux. Sexto... »

Il s'arrêta net. Non. Il n'allait pas dire : « Sexto : ils étaient très beaux tous les deux. » Il n'allait pas révéler leur autre conviction intime à Laviolette et à lui : savoir que, selon eux, il s'agissait d'une histoire d'amour. Il craignait que Coquet se moquât ouvertement d'eux, car il y avait belle lurette que, au SRPJ, personne ne croyait plus à l'amour.

« Bref ! conclut-il, laissant son “ sexto ” en plan, vous ne perdrez pas de vue, jusqu'à preuve du contraire, que c'est un témoin que vous interrogez. J'attacherais du prix à vous entendre le voussoyer. Il ne vous reste plus qu'à nous dire son nom ?

— Jean-Bernard Honnoraty.

— Quoi ? s'écria Laviolette. Eh ben ! chapeau ! Il a un oncle au Conseil d'Etat et sa mère a épousé en secondes noces un ténor du barreau marseillais. Il va accourir ici en bouillonnant de la toge. Il ne rate jamais une occasion de traverser soixante journalistes en bramant son nom, qui, d'ailleurs, n'en a pas besoin. Jean-Bernard Honnoraty ! Vous ne vous refusez rien !

— Si vous avez un autre suspect à m'offrir, allez-y ! Je suis tout ouïe ! » dit Coquet avec un large sourire.

Le juge Chabrand le regarda de travers.

Il y avait deux heures qu'on lui posait les mêmes questions :

« Pour quelle raison vous êtes-vous disputé avec la victime quinze jours avant le meurtre ?

— Je vous l'ai déjà dit : il m'accusait de lui avoir volé un tour. C'est tout ! On était un peu échauffés tous les deux, mais on s'est réconciliés trois jours plus tard.

— Avez-vous des témoins de cette réconciliation ?

— Aucun. Ça se passait à la première battue des Courbons. On s'est trouvés, par hasard, postés à trois cents mètres l'un de l'autre. Je me suis approché pour lui expliquer qu'il s'agissait d'une erreur de transmission de l'Agence de voyages. J'avais d'ailleurs sur moi la lettre de cette Agence qui reconnaissait cette erreur...

— L'avez-vous cette lettre ?

— Non. Je l'ai détruite. Je n'avais aucune raison de la conserver. Mais je vous donnerai le nom et l'adresse.

— Bien. Nous vérifierons. Poursuivez.

— Il a très bien compris. Et c'est lui qui m'a tendu la main. C'est tout.

— Admettons. Mais je vous fais remarquer que tant sur le vrai mobile de l'altercation que sur la réconciliation ultérieure, nous n'avons que vos allégations. Passons à votre explication du parcours de la nuit du meurtre. Je constate, en consultant mes notes, que vous aviez quatre minutes de retard à l'arrivée sur le temps moyen habituel qui est le vôtre sur ce parcours. Or, les conditions météos étaient parfaites et vous passez pour le meilleur pilote de l'écurie. Allez-y ! Je vous écoute.

— Mais je vous l'ai déjà expliqué l'autre jour...

— L'autre jour je me renseignais. Aujourd'hui je vous interroge. Comprenez-vous la nuance ?

— Bon ! alors je répète : à l'entrée du pont de Chaffaut, j'ai vu, au-delà du pont, un tracteur sans lumière qui s'avançait. Il faisait clair de lune. Comme il était au moins à cinquante mètres, j'ai évalué que j'avais le temps de passer, mais il a lui aussi poursuivi sa route, de sorte que je me suis trouvé coincé devant lui aux deux tiers du pont. Je me suis penché pour lui crier de reculer, mais il m'a répondu qu'il ne savait pas manœuvrer. Alors j'ai fait marche arrière jusqu'à l'entrée du pont. Alors il a calé son moteur. Il tirait sur le démarreur pour le remettre en route. Rien ! Il est descendu. Il a farfouillé pendant une bonne minute dans le tiroir de sa remorque d'où il a finalement tiré une manivelle. Une autre bonne minute pour arriver à relancer le moteur.

— C'est long une minute. Comment pouvez-vous être certain ?

— Je chronométrais. Je voulais précisément savoir combien de temps je perdais là et s'il me restait des chances de le rattraper avant l'arrivée.

— Quand je suis allé chez vous, vous m'avez déclaré, primo : que vous n'aviez pas reconnu le conducteur parce qu'il portait un anorak à capuchon fermé ; secundo : que vous n'aviez pas reconnu sa voix ! Pourtant vous êtes du pays ! hôtelier ! De plus, votre hôtel comporte un bar fréquenté par les gens du pays. Il est impensable que vous ne connaissiez pas tout le monde !

— A la voix ? Non. Et puis ce n'est pas un hôtel, c'est un motel et ce bar dont vous parlez, sauf les clients de passage, il n'est fréquenté que de quelques chasseurs de sangliers, mes amis. C'est à l'entrée de Chabrières. Vous connaissez ? Il est difficile d'y réunir quinze habitants !

— Passons ! La seule chose que vous ayez reconnue, selon vos dires, c'est le tracteur : un Massey-Ferguson rouge. Eh bien ! je dois vous avouer que nous avons repéré treize Massey-Ferguson rouges, depuis les Mées jusqu'à Seyne et de Barrême à Sisteron. C'est vous dire que nous avons mis le paquet ! Aucun ! Vous m'entendez bien ? Aucun ne se trouvait dans les parages du Chaffaut, dans la nuit du 24 octobre ! Aucun ! »

Coquet était à califourchon sur une chaise devant le suspect confortablement installé dans un fauteuil. Aucune lampe n'éblouissait le témoin et il ne traînait dans les parages aucun de ces sbires musclés, désœuvrés et en bras de chemises, destinés à faire croire au patient que les coups vont bientôt pleuvoir. C'était l'inspecteur Coquet qui était en pleine lumière. Ils étaient barbe à barbe, et ces barbes les masquaient l'un l'autre, le policier et le témoin ; l'un, une barbe à la Pescarolo ; l'autre à la Moustaki, et, dérision ! c'était celle du policier qui ressemblait à celle du célèbre pilote.

Laviolette assistait à l'interrogatoire. Il observait attentivement Jean-Bernard Honnoraty et le trouvait bien nerveux pour un pilote chevronné. Il était plein de tics. Tantôt il se grattait le coude droit avec frénésie, tantôt il passait la main par l'entrebâillement de sa chemise ouverte pour se gratter furieusement la poitrine. Coquet, au contraire, était sobre de gestes et sans passion. Laviolette admirait cette nouvelle génération de policiers qui n'élevait pas la voix, qui ne menaçait pas, qui ne commettait aucun écart de langage. On sentait que Coquet n'avait ni préjugés ni présomptions. Il ne voyait pas le suspect en coupable. Il était à la tête d'un certain nombre de faits indubitables qu'il appartenait au témoin de réfuter, s'il le pouvait. Mais on sentait bien aussi que Coquet avait derrière lui un énorme appareil à écraser un homme seul.

« Donc, reprit-il, observez bien deux choses d'après mon point de vue : d'abord : vous vous êtes réconcilié avec la victime mais nous n'avons que votre parole ; ensuite : vous prétendez avoir été retardé par un tracteur dont vous n'avez pas reconnu le conducteur et que nous n'avons pas retrouvé. Et, ajouta-t-il le doigt levé, le cas échéant, nous mettrions votre défenseur au défi de pousser les recherches plus à fond que nous ne l'avons fait ! »

« Ah ! c'est là qu'on voit qu'il est jeune, se dit Laviolette, il s'avance un peu imprudemment... »

Coquet s'était levé pour faire deux ou trois fois le tour de sa chaise. Jean-Bernard Honnoraty fit aussi le geste de se lever, mais Coquet l'arrêta.

« Non, non ! Restez assis ! Nous n'en avons pas terminé. »

C'était donc là la seule torsion qu'on lui imposait : rester assis, s'ankyloser lentement dans cette interminable parlote.

« Et maintenant, dit Coquet, vous allez me préciser votre emploi du temps pour la nuit du 17 mars dernier.

— Qu'est-ce que c'est encore que cette histoire ?

— Ça ne vous dit rien, la nuit du 17 mars dernier ? »

Jean-Bernard réfléchit en silence quelques secondes.

« Si, finit-il par dire, la nuit où Jeannot Vial a trouvé la mort.

— Vous y êtes ! Eh bien ! vous avez tout intérêt à vous souvenir, très précisément *aussi*, de vos faits et gestes cette nuit-là !

— Vous plaisantez ! Vous n'allez pas m'accuser aussi d'avoir tué mon copain Jeannot ? Je me demande bien pour quelle raison...

— La raison ? Nous l'avons trouvée aussi : il y a deux

ans, votre saison a été mauvaise et vous aviez besoin de remplacer votre voiture de compétition, mais il vous manquait quarante mille francs pour acquérir la Fiat de vos rêves. Quarante mille francs que votre copain Jeannot vous a avancés. Vrai ou faux ?

— Vrai, mais...

— Et alors ? Pourquoi ne le dites-vous pas ? Pourquoi dites-vous : je me demande bien pour quelle raison ?

— Je les lui ai rendus !

— Vous lui avez rendu vingt mille francs ! Mais l'an dernier la saison a encore été mauvaise. Vous n'avez pu vous acquitter du reliquat. Et il vous le réclamait. Sa mère nous a mis au courant. Ça c'était fait comme ça, entre copains, en espèces ! Pas de reçu ! Pas de reconnaissance !

— C'est ça ! Je serais allé tuer un ami pour vingt mille francs !

— On a vu pire ! »

Laviolette dressait l'oreille. Coquet avait travaillé vite et bien. Il n'avait pas admis, il n'admettait peut-être pas encore, la « conviction intime » du juge Chabrand postulant que les deux crimes étaient liés, et, nonobstant, il n'avait pas hésité à passer outre. Il avait fait des recherches. Il avait trouvé un mobile, un peu mince en vérité, mais puisqu'il fallait des résultats...

Il répétait :

« Alors ? Que faisiez-vous dans la nuit du 17 mars ?

— Comment voulez-vous que je vous réponde ? Comme d'habitude sans doute...

— Où se trouve votre motel ?

— Je vous l'ai dit : à l'entrée des Clues de Chabrières. Mais j'habite Digne. J'ai un couple pour la nuit. Le soir, je fais la caisse assez tard et je rentre à Digne. Il m'arrive d'aller prendre un pot au *Café des Gavots* que tient mon cousin Gaubert et où les gars de l'Ecurie se retrouvent aussi...

— Non. Vous n'y êtes pas allé ce soir-là. Nous avons vérifié. Vous n'avez pas non plus, fait exceptionnel, fait la caisse de votre établissement. Vous vivez seul ?

— J'ai une garçonnière aux Courbons.

— Vous avez une maîtresse ?

— Ça m'arrive.

— Attitrée, je veux dire. Enfin, aux alentours du 17 mars, en aviez-vous une ? Auriez-vous passé la nuit avec elle, chez elle ? Qui est-ce ?

— Ça ne vous regarde pas !

— Mais si, mon pauvre ami ! Si vous saviez le nombre de choses qui nous regardent, nous, la police ! Je fais ce que je peux : je vous tends la perche chaque fois que je peux : un témoin, une maîtresse, une explication logique ! Ça n'est pas la mort d'un homme quand même ! »

« Il a des mots malheureux ! » » se dit Laviolette.

Il observait avec pitié ces deux jeunes hommes. Ils étaient pathétiques tous les deux sous leurs barbes qui, pour être naturelles, n'en constituaient pas moins deux postiches trompeurs, camouflant la tâtonnante formation de leur visage définitif, l'innocence encore là dans leurs traits mal trempés.

« Bon ! Vous ne voulez rien dire ?

— Je veux dire que je n'ai pas assassiné Jules Payan et que je n'ai pas assassiné Jeannot Vial. Je fais confiance à la justice et je vous fais confiance à vous. On ne condamne pas quelqu'un sur des présomptions aussi vagues.

— Aussi vagues ? Ecoutez-les bien mes présomptions : pour le premier comme pour le second crime, vous avez eu le temps, les moyens (une pierre !) et le motif. Le seul témoin qui pourrait vous innocenter pour le second, nous ne le trouvons pas. Vous ne pouvez pas nous aider à le découvrir. L'alibi qui pourrait vous innocenter pour le premier, vous ne voulez pas ou ne pouvez pas le fournir ! Notez bien : je suis honnête ! Je joue cartes sur table avec vous parce que vous m'êtes sympathique... Je suis persuadé que vous n'êtes pas coupable... Seulement, dites-nous la vérité ! »

Il y eut un silence. Le visage de Jean-Bernard exprimait à la fois la peur et le désarroi. Il ouvrit la bouche pour parler, à deux reprises. Il la referma.

« Qu'y a-t-il donc de si difficile à dire ? demanda Coquet.

— Rien de plus que ce que je vous ai dit », murmura Jean-Bernard.

Il essaya en vain de se gratter derrière l'épaule un point sous l'omoplate droite qu'il ne pouvait atteindre. Coquet attendit le temps qu'il fallut. A la fin, il écarta les bras.

« A votre aise. Seulement, moi, je suis obligé de rendre compte au juge. »

Il sortit pour téléphoner. Laviolette considérait le témoin d'un œil paterne. Il était seul avec lui. Il s'approcha et prit, à califourchon, la place de Coquet sur la chaise. Il posa la main sur la cuisse de Jean-Bernard.

« Tu te rends compte où tu vas ? Non ! Je ne te tutoie pas parce que je suis flic et toi suspect, mais parce que j'ai trente ans de plus que toi. Tu me connais ? Tu m'as souvent vu au foot ou *Chez les Gavots,* ou aux arrivées de courses cyclistes. Je suis pas le mauvais bougre ! On s'est jamais parlé parce que ça c'est pas trouvé, mais enfin... Tu sais que tu peux me faire confiance ! Dis-moi seulement la véritable raison pour laquelle tu as bourré la gueule de ton copain Payan ? Dis-la-moi ! Et, foi de Laviolette, je te jure que tu sors d'ici sans escorte !

— Non ! cria Jean-Bernard, pas ça ! Pas ça ! »

Il se couvrait le visage de ses mains et il secouait frénétiquement la tête de droite à gauche : non ! non ! non !

Coquet revint.

« Vous êtes déféré au juge, dit-il. C'est à lui qu'il appartiendra de peser vos arguments. »

Laviolette sortit. Grâce à une Montagnière qui soufflait depuis les Trois-Evêchés et à laquelle il ne manquait que le nom pour ressembler au Blizzard, la cour était miraculeusement vide. Mais sous les auvents, où les gardiens remisaient leurs vélomoteurs, vingt-cinq envoyés spéciaux bruissants et caquetants attendaient la curée.

Ils se ruèrent sur Laviolette micro au poing. Il fendit leurs rangs avec patience, armé d'un sourire angélique et répétant :

« Je ne suis pas chargé de l'enquête. Je n'ai rien à vous dire. L'inspecteur Coquet du SRPJ vous communiquera ce qu'il jugera bon. Je ne suis pas chargé de l'enquête. Je n'ai rien à vous dire... »

Il monta dans sa vieille Vedette verte et, pendant plus de trente heures, nul n'entendit plus parler de lui.

Il restait trois heures jusqu'à l'expiration de la garde à vue. Chabrand, dans son antre, aiguisait ses mains l'une contre l'autre, mais il ne laissait pas d'être inquiet. Effectivement, le dossier était mince. Coquet essayait bien toujours, par recoupements inlassables et recherches de témoins, de situer Jean-Bernard Honnoraty la nuit du 17 mars et de retrouver le conducteur du Massey-Ferguson rouge de la nuit du 24 octobre. Pour comble de bonheur, Laviolette avait disparu depuis l'avant-veille, sans explication, sans même laisser de consignes à son OPP ! Une désertion pure et simple devant l'ennemi ! Envolé Laviolette !

« Combien de temps encore, se demandait Chabrand, pourrait-on arguer du secret de l'instruction pour refuser au témoin de communiquer avec ses proches ? »

Trois heures ! Dans trois heures, sous sa propre responsabilité, le juge Chabrand devrait, tout seul, prendre la décision, soit d'élargir un coupable, soit d'incarcérer un innocent ! Dans une véritable démocratie populaire, songeait le juge, une telle décision serait collégiale et à mains levées ! Il mit un éteignoir sur sa conscience qui lui soufflait : « De la sorte, chacun pourrait s'en laver les mains ! »

On toqua à la porte. Il cria d'entrer. Le battant s'ouvrit avec précaution et la grosse figure du commissaire Laviolette apparut dans l'entrebâillement.

« Je ne vous dérange pas, au moins ?

— Eh bien ! cria le juge sans lui dire bonjour. Vous en prenez à l'aise avec le service, vous.

— Oh vous savez, si on me mettait à pied maintenant... A trois ans de la retraite... J'ai ma maison... J'ai mon jardin... J'ai peu de besoins...

— Et votre tombeau, vous l'avez aussi ? persifla le juge.

— Si fait ! Au cimetière de Gaubert ! Un coin au soleil où il pousse des violettes ! Mais... chut ! Je viens vous retirer une épine du pied. L'inspecteur Coquet n'est pas là ?

— Il est parti vérifier la comptabilité et la correspondance du suspect, pour voir si cette histoire de tour volé tient debout.

— Vous savez où le joindre ?

— Sans doute.

— Bon ! Eh bien ! joignez-le et enjoignez-lui de nous rejoindre ! Le suspect ne l'est plus.

— Vous avez découvert quelque chose ?

— Rappelez Coquet avant tout. Je veux parler devant lui. J'ai enquêté de ma propre autorité, à mes frais et à mes risques et périls. Je ne veux pas, de surcroît, être accusé d'avoir voulu passer par-dessus le SRPJ, afin de m'assurer un peu de publicité personnelle.

— Vous vous en contrefoutez du SRPJ ! Tout votre être le crie !

— Sans doute. Mais j'ai du respect pour Coquet. C'est un bon petit. Il traite les suspects mieux que je ne le ferais moi-même.

— Qu'est-ce à dire ? »

Bien que professionnellement au fait de tous les secrets des interrogatoires, le juge Chabrand ne parvenait jamais à faire cadrer cette réalité avec la légende de ses options partisanes.

« Mais... répondit le commissaire, tout surpris, qu'il les traite humainement, voilà tout !

— Ah bon ! Eh bien ! racontez-moi ce que vous savez !

— Ah nenni ! Vous ne vous figurez pas que je vais dire deux fois les mêmes choses ? Non : appelez Coquet et... Ah ! à propos : faites libérer Honnoraty tout de suite. Il a assez souffert.

— Vous le prenez sur vous ?

— Absolument ! Demandez d'abord à Coquet s'il est d'accord.

— Je vous le passe. Expliquez-lui. »

Le juge avait formé un numéro. Coquet était au bout du fil. Laviolette prit le combiné.

« Il en a pour une demi-heure, grommela le juge quand Laviolette eut raccroché. Le temps que vous vidiez votre sac, il sera neuf heures... Et moi, à midi, à peine si j'ai mangé une aile de poulet, tant j'étais préoccupé...

— Oh, monsieur le juge ! dit Laviolette d'une voix plaintive. Pas ce mot-là devant moi !

— Quel mot donc ?

— Poulet ! »

Chabrand leva les yeux au ciel. Ce commissaire Laviolette était bien léger tout de même...

Ils tuèrent le temps en attendant l'inspecteur, l'un en aiguisant le douzième chapitre de l'ouvrage capital qu'il préparait depuis cinq ans, l'autre en sifflotant *Le Duc de Bordeaux* devant la vitre embuée.

Coquet fut là au bout de vingt minutes, pas content qu'on l'ait interrompu dans ses recherches et mal disposé envers Laviolette qu'on cherchait partout. Il était bien décidé, profitant de son ascendant, à lui dire crûment ce qu'il pensait de lui.

« Bon, dit Laviolette, vous êtes là ? Je sais ce que vous brûlez de me dire. Considérez-le comme dit, asseyez-vous et écoutez-moi. »

Il s'installa lui-même sur le siège mal commode, à la mérovingienne, tout de bois glissant, avec un dossier droit, et qui avait servi à quatre générations de juges pour cuisiner leurs suspects ; ce siège, plus que tout autre, eût mérité le nom de sellette.

« Bon ! Prêtez-moi l'un et l'autre une oreille attentive. Primo : je sais où se trouvait Jean-Bernard Honnoraty la nuit du 17 mars. Secundo : j'ai retrouvé le témoin du 24 octobre. Vous vous souvenez sans doute, Coquet, que, pendant son interrogatoire, le témoin n'arrêtait pas de se gratter ?

— C'est vrai. J'en avais même tiré l'espoir qu'il allait craquer. C'est fréquent chez les suspects, la multiplication des tics.

— Oui. Moi aussi j'ai d'abord pris ça pour un tic. Puis je me suis souvenu de certain détail, le jour où la victime et lui se sont empoignés.

— Comment ? Vous y étiez ?

— J'étais à la sortie du match, comme tout Digne.

— Mais vous n'avez rien dit quand j'ai parlé de cette bagarre !

— Je ne me suis souvenu qu'après coup, en réfléchissant... Que voulez-vous : à mon âge, on a des trous ! Bref ! Ce petit détail bien fixé cette fois dans ma mémoire, je me suis acheminé tout doucement vers Marseille pour y rencontrer la mère du suspect ; vous savez, celle qui a épousé le ténor du barreau ? C'était de bonne heure. Le mari était encore là. Je me suis présenté. J'ai bien précisé que je n'étais pas en mission officielle et qu'ils étaient libres de me répondre ou non, mais que, dans la situation où se trouvait leur fils... Je n'ai d'ailleurs, leur ai-je dit, qu'une seule question à vous poser : " Votre fils souffre-t-il oui ou non, d'une grave maladie de peau ? " La mère répondit tout de suite : " Non. " Son mari m'a regardé en silence pendant quelques secondes. J'ai écarté les bras et j'ai dit : " En ce cas... " Et je me suis levé pour partir. " Attendez ! " a dit le mari. Il a posé la main sur l'épaule de sa femme : “ Jeanne, dites-lui la vérité ! — Mon Dieu, André, vous savez comme Jean-Bernard tient à ce qu’on ne sache pas ! ” J’ai explosé : “ Je sais ! Il y tient tellement qu’il est en train de se laisser coller deux meurtres sur le dos pour ne pas l’avouer ! Allons, madame ! Ce secret n’est si grave qu’à ses yeux ! Pas aux vôtres ! Pas aux miens ! Personne ne saura rien en dehors de l’instruction ! — Et les journalistes ? — Je n’ai pas pour habitude de leur faire des confidences. ” Alors, elle s’est penchée vers moi et, à voix basse, elle m’a dit : “ Il souffre de psoriasis. Il en est couvert sur tout le torse, tout le dos et les deux bras du coude à l’épaule ! Il passe le martyre ce pauvre petit. Physiquement et moralement ! ”

— Qu’est-ce que c’est que ça le psoriasis ? » demanda Coquet.

Ce fut Chabrand qui répondit :

« Une dermatose terrible ! Ce n’est pas mortel, mais c’est chronique et ça rend à peu près infirmes ceux qui en sont atteints, par les contraintes que ça leur impose. »

Il se mit, par mimétisme rétrospectif, à se gratter furieusement le coude.

« Ajoutez à cela, poursuivit-il avec crainte, qu’il est impossible de faire croire à quiconque que ce n’est pas contagieux.

— Justement, dit Laviolette, ce qui m’a mis sur la voie, c’est que le jour de la dispute, Jules Payan a traité Jean-Bernard Honnoraty de “ sale contagieux ! ” Il devait être à bout d’arguments et c’est pour ça que l’autre lui a bourré la gueule.

— Je ne vois pas en quoi cette explication lui fournit un alibi ?

— Attendez ! Ne soyez pas si pressés ! Ne perdez pas

de vue que cette dermatose rend très difficiles, sinon impossibles, non seulement les bonnes fortunes inopinées, mais encore les conjonctions pures et simples avec des partenaires féminines. Allez donc leur expliquer que vous n'êtes pas contagieux ! Ou alors, il vous faut trouver une autre psoriasique ! Me fais-je bien comprendre ?... Sachant donc cela, poursuivit Laviolette, il était logique d'imaginer que son refus de fournir un alibi pour la nuit du 17 mars pouvait avoir trait à ce secret. J'ai demandé à la mère et au beau-père de Jean-Bernard le nom de son médecin traitant, mais ils l'ignoraient l'un et l'autre. Ça n'aurait rien expliqué d'ailleurs : les dermatologues, comme les autres, ça se consulte le jour et non la nuit. Il fallait donc qu'une circonstance particulière, relative à sa maladie, l'ait obligé à découcher dans la nuit du 17 mars. Vous regardez quelquefois la télé ?

— Jamais, par la grâce de Dieu ! dit Chabrand scandalisé.

— Quel rapport ? dit Coquet.

— Eh bien ! moi qui ne suis pas un surdoué, tous les soirs, je l'avoue à ma honte, je sors mes pantoufles, je me carre dans mon fauteuil, les pieds sur le tabouret, je me verse un verre de semoustas et je branche " l'étrange lucarne ". Et c'est comme ça qu'il y a quelque temps j'ai assisté à l'interview d'un professeur de dermatologie à Paris. Il expliquait qu'il expérimentait un nouveau traitement pour les psoriasiques ; il consiste à les faire dormir dans un lit spécial où ils sont soumis à l'action de certains rayonnements savamment dosés et contrôlés (ultra-violets autant qu'il m'en souvienne, mais il y a autre chose). Aussi, dès que la mère du suspect eut prononcé le mot de " psoriasis ", je me suis souvenu de cela. J'ai cherché dans l'annuaire le nom du professeur en question et je lui ai téléphoné. Oh ! ça n'a pas été comme sur des roulettes ! Il m'a opposé le secret professionnel, naturellement. Je lui ai répondu que, sans son témoignage, un de ses patients éventuels risquait la cour d'assises. Il m'a demandé mon nom, ma qualité et mon numéro de téléphone. Il m'a rappelé une heure après et m'a déclaré textuellement ceci, qui prouve que je n'avais pas affaire à un homme tombé de la dernière pluie : " Je n'ai pas de client de ce nom. Mais, en revanche, j'ai sous ce nom un ami de mes filles, et, effectivement, il a passé la nuit du 17 mars à la maison. Nous avons d'ailleurs discuté le coup jusqu'à une heure du matin. Est-ce que cela suffit à l'innocenter ? — A merveille ! lui ai-je répondu, et merci professeur de votre intelligente collaboration. " Et si cela ne vous suffit pas, messieurs, voici le photostat du billet d'avion aller et retour Marignane-Paris. J'ai montré la photo aux hôtesses de ce jour-là, à l'aller et au retour ; celle de l'aller ne se souvenait pas, mais celle du retour... votre... client lui avait tapé dans l'œil et elle m'en a parlé avec enthousiasme. Voilà donc pour la nuit du 17 mars. Quant à celle du 24 octobre, voici... »

Il se frotta les mains et prit cet air faussement modeste de ceux qui se savent le meilleur gré du monde de leur valeur.

« Je vais vous donner une petite leçon de simple police : d'abord, le tracteur en question, ce n'était pas un Massey-Ferguson, c'était un Ford-Johnson ; ensuite, il n'était pas rouge, il était jaune ! Eh oui ! Quand on évoque la fragilité des témoignages humains, on pense surtout aux témoins. Mais les suspects aussi sont sujets aux illusions et, quelquefois, comme ici, à leur détriment. Attendez, ce n'est pas fini ! Quand vous avez recherché les Massey-Ferguson rouges, vous n'avez vu que des particuliers, n'est-ce pas ?

— Les propriétaires terriens, les garagistes, les débardeurs, les entrepreneurs de travaux publics, de défrichage... Qui aurions-nous pu voir d'autre ?

— Les mairies. »

Coquet se mit la main devant la bouche :

« Oh merde !

— Eh oui ! Les mairies utilisent souvent des tracteurs pour tirer la benne de la voirie qui n'est souvent qu'un simple tombereau et faire le chasse-neige l'hiver, plus tous les travaux et transports que commande une commune. Et, justement, le tracteur du Chaffaut Saint-Jurson est un Ford-Johnson jaune.

— Nous avons interrogé tous les habitants du Chaffaut-Saint-Jurson et nul ne nous a soufflé mot de ce tracteur.

— Ah ! ils s'abritaient derrière la confusion. Vous leur parliez de Massey-Ferguson rouge et ils ne connaissaient qu'un Ford-Johnson jaune. Alors vous pensez si leur conscience était tranquille de ne pas le mentionner ! C'est que... Vos hommes et les gendarmes ne sont pas bonshommes, vous comprenez ! Sitôt qu'on les voit, les cheveux se dressent sur la tête. On a tous quelque chose à cacher et ce quelque chose, on sait que ça peut venir à la surface par n'importe quelle parole. Alors, moins on en dit... Oh ! question de recevoir, on les reçoit bien ! On offre café, pastis... Mais dire ? Pardieu pas ! »

Il n'ajoutait pas car, dans le fond, il était modeste : « Et puis vous n'êtes pas Bas-Alpin, vous comprenez ? Moi, je suis Bas-Alpin ! Et, entre Bas-Alpins, il y a des choses qu'on se dit qu'on ne dit pas aux autres ! »

« Bref ! Enfin, voici le fin mot : la nuit du 24 octobre,

le sixième adjoint au maire, un certain Pauléon des Marges, avait " emprunté " le tracteur de la mairie pour charrier ses lavandes sur sa remorque. Ça déjà, ça ne pouvait pas trop se dire. Il y a tant de jaloux de cette forte position de sixième adjoint. Mais surtout ! surtout ! parce que sous ses lavandes il camouflait une " fillette chaude " que son beau-frère lui avait confiée comme la prunelle de ses yeux. Son beau-frère est bouilleur de cru.

— Qu'est-ce que c'est que ça, une " fillette chaude " ?

— Ah ! voilà » s'exclama Laviolette.

Et tout en roulant une cigarette avec soin dans son appareil, il les laissa languir un tout petit peu. Un tout petit peu moins, toutefois, que ne l'avait laissé languir lui-même celui qui lui avait fourni ce renseignement capital. Et pour parvenir jusqu'à celui-là, il avait dû en boire des pastis, avec des journaliers, des cantonniers, des notables ! Il avait dû en ingurgiter des cafés rebouillis au coin des cuisinières de fermes !

« Une " fillette chaude ", reprit-il, c'est une de ces bonbonnes clandestines qui dépassent le contingent. Je m'explique : l'alcool extrait d'une quantité donnée de marc de raisin est strictement spécifié. Tant par tonne. Or, il arrive, certaines bonnes années ou chez certains viticulteurs particulièrement soigneux, que le rendement dépasse largement ce contingent. Alors, qu'est-ce qu'on fait ? On prévient les Indirectes. On met soigneusement de côté, en bonbonne, le surplus incriminé et on attend. Oh ! pas longtemps ! Dès le lendemain, il débarque devant l'alambic, d'une voiture de l'administration, un inspecteur généralement pâle et allergique à l'alcool, qui se fait désigner lesdites bonbonnes, après avoir pris connaissance du procès-verbal en cinq exemplaires et paraphé le livre... Et alors, là, avec une force qu'on ne soupçonnerait pas chez des hommes qui grattent du papier toute la journée, il vous soulève ces bonbonnes de vingt litres à bras-le-corps, il les renverse et, là, dans l'herbe ou le caniveau, jusqu'au dernier glou-glou, jusqu'à la dernière goutte, impavide, il la vide consciencieusement pour que la terre s'en enivre. Quand je dis impavide... On en a vu, après cet exploit, plus d'un qu'il fallait reconduire à la voiture. Tant il en avait pris beaucoup plus avec le nez qu'avec un sabre ! Tant les vapeurs d'alcool lui étaient montées à la tête ! »

Laviolette se moucha bruyamment.

« Et alors, poursuivit-il lorsqu'il eut repris souffle, souvent, vous êtes six, sept propriétaires, mains au dos, à contempler ce massacre dans un silence de mort. Je ne parle pas pour le juge qui ne boit que de l'eau, mais vous, inspecteur, qui êtes un bon vivant, vous réalisez le tableau que je vous brosse ?

— J'imagine aussi ! dit Chabrand avec hauteur.

— Bon ! Eh bien ! alors, si vous imaginez, vous comprendrez facilement que — oh ! pas souvent ! — malgré le risque énorme (une amende qui engloutirait la ferme, la retraite des deux vieux, la pension de veuve de guerre de la seconde femme, l'héritage de l'oncle Titoun et le toupin de napoléons dans le faux-plafond de l'alcôve), on risque le coup !

— C'est-à-dire ?

— C'est-à-dire qu'on omet de déclarer l'une de ces bonbonnes et c'est à partir de là qu'elle devient une " fillette chaude ", parce qu'elle brûle les doigts de tout le monde ! Jamais on ne lui trouve une cachette assez sûre ! On vit à côté d'elle comme si c'était de la nitroglycérine. On se la passe, de nuit, d'ami sûr en ami sûr, jusqu'à ce que, par une nuit particulièrement noire, on l'ait enfin coincée entre deux balles de paille au fin fond de la grange ou que, à force de la déplacer à l'aveuglette, on l'ai fait péter contre le mur de la cour, sans autre forme de procès ! La chose est arrivée souvent ! C'était donc une “ fillette chaude ” que transportait le Pauléon des Marges, sous ses lavandes, la nuit du 24 octobre, quand il a obstrué le pont du Chaffaut devant la voiture de Jean-Bernard, et il chevauchait un Ford-Johnson jaune ! Oh ! bien sûr ! il ne fera pas une déposition écrite ! Bien sûr, tous ceux qui m'ont conduit jusqu'à lui se rétracteront si, par malheur, le mot de “ fillette ” était prononcé. Ils connaissent tous bien le fils Honnoraty, ils ont sa famille en grande estime, mais ils le laisseraient monter à l'échafaud sans sourciller plutôt que d'avouer que cette nuit-là une bonbonne de “ Blanche ” sans congé circulait sur le territoire de la commune. Vous comprenez ? C'est trop grave ! Mais quoi ! Nous passerons sous silence ce détail sans importance et tout rentrera dans l'ordre !

— Tout rentrera dans l'ordre ! ricana le juge. Sauf qu'on repart à zéro ! C'est ça que vous appelez me retirer une épine du pied ?

— Sans doute ! Je vous sais trop homme de bien pour ne pas préférer vous retrouver sans coupable plutôt qu'avec un faux coupable ! »

5

« Allô ! Laviolette ? Allô ! Ici Honnoraty ! Casimir Honnoraty ! Conseiller d'Etat ! Allô ! C'est vous Laviolette ? Allô ! Ça vous ferait plaisir de diriger l'enquête ? Allô ! »

Ce conseiller tonitruant gueulait tant qu'il pouvait dans l'appareil, appuyant sans vergogne sur la dernière syllabe de son nom. Celui-ci n'avait pas pris « l'accent pointu ». Sa voix évoquait le marchand de mulets de Seyne-les-Alpes, ce qu'était encore son grand-père. Habitué aux vastes espaces où l'on hèle le bétail sous la tempête et où l'on balaie tous les obstacles d'un revers de manche, il répétait ses « Allô ! » et ses « ça vous ferait plaisir ? » jusqu'à plus soif. Dès qu'il put placer un mot, Laviolette répondit « Non ! » le plus congrûment du monde.

Il croyait suivre, dans cette tête puissante, tout l'éventail de conjectures que ce « non » faisait naître chez le conseiller. Il n'avait pas l'habitude qu'on lui résiste. Il n'avait pas l'habitude non plus de voir quelqu'un refuser n'importe quel honneur, fût-il très périlleux. Ce « non » ne cadrait pas avec sa sommaire connaissance des hommes, très suffisante pourtant dans la haute position qu'il occupait. Il observa quelques secondes de silence avant d'énoncer :

« Et si je vous le demandais en frère ? »

Il n'avait pas appuyé sur le mot. Il avait prononcé la phrase tout uniment.

« Dans ce cas... » dit Laviolette.

Et il raccrocha.

« Que les frangins aillent se faire...

— Pardon, chef ? »

C'était Courtois qui apportait un dossier au patron.

« Non, rien, dit Laviolette. Je soupirais. »

Il soupira bien plus fort le surlendemain.

« Chef ! Une convocation du préfet ! »

Les cheveux de l'agent Mistigri se hérissaient sur sa tête. Il n'aurait pas voulu, pour un empire, être à la place du patron. Vous pensez ! Une convocation du préfet ! Et par voie d'estafette ! Et pour tout de suite ! Ça allait chauffer cinq minutes pour le patron !

« Bon ! » dit Laviolette.

Il enfila son pardessus, mit son chapeau, s'enveloppa de son vaste cache-col et vogue la galère ! A pied, par les ruelles, il se dirigea vers la préfecture, sa convocation à la main.

Jusqu'à l'huissier qui le reçut et auquel il remit son papier avec un salut économique d'un seul doigt au bord de son couvre-chef, tous ceux qui lui dirent bonjour ce matin-là le firent avec des regards fuyants, comme s'il venait de perdre son emploi et allait leur en demander un.

Le préfet était debout derrière son bureau, à côté du procureur. Du plus loin qu'il le vit, il s'écria :

« Eh bonjour ! cher commissaire ! »

Il traversa l'étendue de la pièce, la main en avant,

pour venir la donner à Laviolette, le prendre par l'épaule, l'amener devant le procureur, plus réservé, qui n'avait pas bouger de sa place et qui présenta une patte molle, indécise, avec un sourire constipé.

On l'installa confortablement. On se détendit tous trois autour des tables basses. Le préfet offrit des cigares. Laviolette refusa du geste et entreprit de rouler une cigarette.

« Voici, dit le préfet, rondement, nous avons décidé de vous confier la suite de cette épouvantable affaire ! La façon magistrale dont vous avez disculpé ce garçon, par ailleurs honorablement connu et si bien apparenté, vous donne droit à toutes les responsabilités ! »

Laviolette regardait le plafond sans aucune ostentation mais fixement. Il y voyait passer les ombres du conseiller Honnoraty téléphonant à l'Intérieur ; celle du divisionnaire marseillais qui opinait favorablement et sans restrictions, tout à la joie de récupérer son effectif au complet... Bref ! Tout le monde y trouvait son compte !

« Vous comprenez, poursuivait le préfet, nous en parlions justement à l'instant avec le procureur Caffarelli, avant votre arrivée : c'est une affaire de famille ! C'est une affaire entre Dignois ! A deux ans des élections, vous imaginez ? Il faut que tout baigne dans l'huile ! Il ne faut pas faire de vagues ! Ce département a besoin de calme. Bien sûr, regretta-t-il d'une voix contrite, nous ne sommes malheureusement plus au temps où l'on pouvait réglementer la circulation des journalistes dans certaines zones...

— Hé non ! dit Laviolette.

— Enfin, vous comprenez ?

— Je suppose que je n'ai pas le choix ? »

Ce fut au tour du préfet de lire quelque chose au plafond.

« Le choix ? Bien sûr ! On a toujours le choix ! Mais vous aurez à votre disposition toutes les forces de police du département. On vous délivrera toutes les commissions dont vous aurez besoin… Nous savons, poursuivit-il, que vous avez les états de service, les capacités et la formation d'un divisionnaire et que seul un malheureux concours de circonstances… »

Un sourire très retenu passa sur les lèvres des trois interlocuteurs, tandis que les mots de « Tante Louise » flamboyaient devant les yeux du commissaire Laviolette.

« Mon cher commissaire, reprit le préfet, nous savons pourquoi vous êtes à Digne, mais nous savons aussi, on nous l'a impartialement fait savoir, que, entre 1942 et 1944, vous avez été parachuté quatre fois en France occupée et que vous n'avez jamais été pris par l'ennemi. Vous êtes donc malin et chanceux.

— J'avais vingt ans, dit Laviolette.

— Vous avez gagné en sagesse ! Allons ! ajouta-t-il en se levant, bien que ce ne soit pas courant ; et j'espère que vous mesurez bien et les difficultés que nous avons dû surmonter et l'immense chance que nous vous offrons, vous acceptez, naturellement. Songez ! C'est une véritable réhabilitation ! Moi, de mon côté, je préviens le commandant de gendarmerie et les officiers de mon peloton que désormais, en ce qui concerne l'Affaire, vous avez la haute main sur tout. C'est conclu ?

— Vous y mettez tant de paternelle sollicitude ! soupira Laviolette. Mais vous savez, monsieur le préfet, il me faudra peut-être encore un crime ou deux avant de mettre la main sur l'assassin. Avec Coquet, vous auriez pu en faire l'économie !

— Que me dites-vous là ! Vous trouverez bien avant !

— Votre ciel vous entende ! » dit Laviolette.

Il avait déjà fait la moitié du chemin jusqu'à la porte, la main du préfet posée sur son épaule. Celui-ci la retira alors et lui dit, non sans surprise :

« Commissaire, pourquoi ne portez-vous pas vos décorations ? »

« Oh merde ! songea Laviolette. Je les ai encore oubliées ! »

« Excusez-moi ! bredouilla-t-il. Je les ai toujours sur mon costume des dimanches et souvent, le lundi, comme aujourd'hui...

— Vous oubliez de les changer de boutonnière ?

— C'est ça, oui ! Au revoir, monsieur le préfet ! Monsieur le procureur, mes respects ! Et merci encore ! »

Mais le procureur étudiait minutieusement le portrait du président de la République avec un sourire engageant qui ne regardait personne.

La flèche du Parthe atteignit Laviolette comme il posait la main sur le bouton de la porte :

« Commissaire ! N'oubliez pas une chose : je sais (et cette fois, il n'employait plus ce " nous " commode qui, par sa bouche, désignait le peuple français contre le commissaire Laviolette), je sais, répéta plus discrètement le préfet, que vous aimez Digne ! »

Il laissa s'écouler une seconde et, tandis que Laviolette ouvrait le battant, il ajouta :

« Et que vous tenez à y rester ! »

Quand le commissaire Laviolette sortit de cet antre, il était gelé comme un amandon au mois d'avril.

« J'ignorais que vous fussiez décoré ! dit le juge Chabrand d'un ton pincé.

— Ah ? Oh ! vous savez, ce sont de vieilles décorations ! A l'époque, ce n'était pas encore bien reçu de les refuser ! »

Le juge l'observait avec méfiance. Le commissaire était physiquement le type même du flic bourgeois, avec sa grosse bouille, son cache-nez, ses bretelles et son embonpoint, et pourtant l'intérieur ne correspondait pas toujours à cette image, et c'était fort agaçant. Il n'entrait pas dans la dialectique du juge de faire grâce quelque jour à un bourgeois intelligent et non conformiste. Il fallait absolument que, du dedans comme du dehors, ils ressemblassent tous au Père Ubu, et tous les catholiques au père Dupanloup ; il fallait enfin que toute la lumière fût d'un côté et l'ombre de l'autre. C'est pourquoi un personnage ambigu comme Laviolette était particulièrement gênant.

Il observait le commissaire entre le double foyer de ses lunettes et la pile de chemises : « Affaires Vial et Jules Payan. » Ce titre signifiant bien qu'on piétinait, car il n'est pas d'usage que les dossiers portent le nom des victimes.

« Vous n'imaginez pas, juge, qu'ils m'ont fait plaisir avec leur cadeau ?

— Loin de moi ! Je pense qu'ils voulaient ne pas dissocier notre tandem bénévole.

— Nous couler ensemble !

— Voire ! J'ai relu tous les éléments de l'affaire. En dehors de la fausse piste Honnoraty, une seule certitude : ces deux hommes étaient à bonnes fortunes. Nous avons reconstitué à leur propos toute une " Histoire amoureuse des Gaules ", avec beaucoup de difficultés d'ailleurs, pour y avoir mis toute la discrétion désirable... La vie affective des deux victimes, reprit le juge, après s'être tu un certain temps, durant lequel le commissaire sifflotait, tout à ses songeries. Nous avons reconstitué leurs tribulations amoureuses très précisément, très minutieusement, jusqu'à cinq mois avant sa mort, pour Jeannot Vial ; jusqu'à deux mois et demi avant la sienne, pour Jules Payan. Les pistes meurent là. A partir de là, plus rien ! Il faut donc que chacun d'eux, à partir d'une certaine époque, ait rencontré quelqu'un, probablement la même personne, qui les a " fixés ", et que cette personne y ait mis tant de discrétion et leur en ait tant demandée qu'il soit impossible de remonter jusqu'à elle...

— Vous prétendez qu'aucune rivale, passée ou future, n'aurait réussi à la démasquer pour nous l'amener sur un plateau ?

— Apparemment, puisque personne ne s'est manifesté.

— Mais la personne elle-même ? Comment a-t-elle pu assister à la disparition successive de ses deux amants sans réagir ? Elle ne peut pas ne pas avoir fait le rapprochement ?

— Elle a sûrement peur », dit le juge Chabrand.

Il se leva, alla à la fenêtre. Le jour funèbre de novembre coulait sur les toits de Digne et sur les anciens greniers aux portes béantes, aux récoltes disparues, que perpétuaient quatre brins de paille, depuis longtemps accrochés aux poulies des fenières et tremblant au vent. Tout parlait d'extases mortes. Pour la première fois, l'âme bien trempée du juge se serrait d'angoisse. Il apercevait une victime vivante, au-delà des victimes assassinées. Une victime inconnue, sans visage, mais vers qui le portait toute sa tendresse, encore tâtonnante, encore aveugle.

« Elle a peur... » répéta-t-il à voix basse.

Le commissaire, qui s'était levé aussi, se penchait à côté du juge, vers la fenêtre.

« Ou alors, dit-il, je pense à une autre explication : et si elle ne pouvait pas imaginer ? Il y a des cas où l'on ne peut pas imaginer... »

Ils restèrent là tous les deux, imprégnés par la vérité qui chuchotait dehors dans la traîne du vent, mais que leurs sens, prévenus, étaient impuissants à saisir.

On eut des nouvelles de l'assassin.

Deux chasseurs de sangliers qui battaient les bois autour de la chapelle Saint-Michel-des-Fusils, vers le 15 décembre, furent intrigués par des bruits étranges. Ils provenaient du préau du sanctuaire où, autrefois, l'officiant rangeait son bois pour l'hiver et qui ne recelait plus que quelques tas de gravier, entreposés là par les Ponts et Chaussées pour la réfection éventuelle du chemin forestier.

Du propre aveu de ces deux hommes, particulièrement vierges en imagination, ces bruits durent se reproduire pendant plus d'un quart d'heure, avant de réussir à les intriguer.

« Mais enfin, quelle sorte de bruit ? demanda Laviolette.

— Ah ! un bruit ! Un bruit... Comment dire ? »

Leur front, au-dessus des arcades sourcilières proéminentes et des yeux rapprochés, faisait un océan de rides, sous l'empire de la réflexion.

« J'ai entendu le même quand j'étais petit ! dit l'un

d'eux, brusquement. C'était chez le marquis d'Ille. Ma grand-mère allait y faire la plonge les soirs de gala. Et je me rappelle ce bruit : c'était le soir à huit heures, pour appeler les invités à la soupe !

— Un coup de gong ? demanda Laviolette.

— C'est ça ! Un coup de gong !

— Bon ! Alors qu'avez-vous fait ? »

Ce qu'ils avaient fait ? Ma foi ! D'abord, il était trois heures et demie de l'après-midi, et le 15 décembre, ça ne fait pas très clair. Ensuite, il se levait de terre, on ne savait pas trop quoi... Brouillard, brume ? Va chercher !

« Enfin, quelque chose de pas assez opaque pour vous faire renoncer à la chasse, par amour-propre, et de pas assez clair pour vous permettre de tirer un sanglier si par miracle il s'en présentait un. Et alors là, tout d'un coup, les deux bassets qui lèvent quelque chose ! Oh ! pas un cochon, pardieu pas ! Peut-être un lièvre ? Un lapin ? Non ! Un écureuil ! Ils étaient tous les deux en train de secouer un arbre, en donnant de la gorge tant qu'ils pouvaient. Vous avez déjà entendu deux gros bassets bien gorgés qui ont levé quelque chose ? On devait les entendre depuis Chabrières ! Alors, tout d'un coup, tu me dis, le collègue me dit : “ Regarde ! ” en me montrant le préau. Je regarde. Je vois quelque chose...

— La même chose que moi je voyais ! dit le collègue.

— Quelque chose ! répéta Laviolette, les mains jointes et le regard prenant le plafond à témoin.

— Eh oui ! quelque chose ! Qu'est-ce que vous voulez qu'on vous dise ? Comme on vous explique : Trois heures et demie, un brouillard brume, on sait pas quoi, et le préau à... mettons deux cent cinquante mètres ! Pas étonnant si on vous dit quelque chose.

— Et ce quelque chose, à part une soucoupe volante, ça ressemblait à quoi ? »

Ils avancèrent l'un et l'autre les lèvres, le front, le nez. Ils émirent un son qui voulait signifier : « Là, vous nous en demandez trop ! »

« Vous comprenez, quand j'ai appelé le collègue en lui disant " regarde " ça avait déjà le dos tourné et ça disparaissait... dans les trois heures et demie qu'il faisait !

— Eh ben voilà ! On progresse ! Ce quelque chose c'était donc quelqu'un.

— Bè... Bè...

— Quoi " bè bè " ? Quand vous aurez fini de faire les brebis tous les deux ? C'était quelqu'un, oui ou non ?

— Bè oui.

— Ouf ! Bon !... Alors vous avez distingué quelqu'un de dos et vous avez alerté le collègue.

— C'est ça.

— Bon ! A quoi ressemblait ce quelqu'un ?

— Quelque chose avec une cape !

— Ou une vareuse !

— Avec un béret basque !

— Ça pouvait être un chasseur alpin !

— Ou un gamin des écoles.

— Non. C'était pas une pèlerine !

— Qu'est-ce que tu en sais ? Même toi tu en portais déjà plus !

— Et le béret basque ?

— C'était peut-être pas un béret basque. C'était

peut-être des cheveux bouffants comme les jeunes en portent.

— Mon petit, cette mode, ça lui fait gagner cinq centimètres ; comme y se trouve pas assez grand...

— Moi, le mien... »

Il n'y avait plus moyen de les arrêter. Mais il n'y avait rien à en tirer non plus. Ils avaient « vu » l'assassin, mais ils ne savaient pas à quoi il ressemblait.

« Bon ! coupa Laviolette, résigné. Après ? Qu'avez-vous fait ?

— Ben, on est entrés sous le préau...

— Et naturellement, vous avez tout bien piétiné partout, de manière que si par hasard il y avait une trace...

— Oh ! vous savez, c'est tout pavé. Des traces y en avait pas. On les aurait vues !

— Et autour ?

— Autour, c'est une véritable pelouse. L'herbe est haute de dix centimètres. Y a que les chiens qui y laissent des marques parce qu'ils s'y roulent.

— Bon ! Et ensuite.

— Ensuite, comme on vous a déjà dit, on est entré sous le préau et on a trouvé ça !

— Quoi ça ?

— C'est encore dans la voiture, là dehors... Vous voulez le voir ?

— Ma foi, si ce n'est pas trop vous demander, dit Laviolette, sarcastique. Mais naturellement, " ça " aussi, vous l'avez bien tripoté ?

— Hé ! il fallait bien vous l'apporter !

— Bon ! Allez me chercher ça. »

Ils y allèrent. La camionnette attendait dehors, devant le palais des congrès. Ils revinrent bientôt, soufflant dans l'étroit corridor. Ils transportaient un triangle de tôle où figurait un cantonnier penché vers un tas de cailloux, comme s'ils avaient présenté le bouclier de Brennus.

« Vingt dieux ! siffla le commissaire. Vous voyez ça, Courtois ? »

Là où aurait dû se trouver la tête du cantonnier en silhouette, la tôle était bosselée, l'émail avait sauté. Il y avait des enfoncements du métal qui se retrouvaient en relief sur l'envers du panneau.

Laviolette traça à la craie rouge un cercle de vingt centimètres de diamètre autour du point où avait figuré la tête du cantonnier. Avec la pointe de son crayon, il compta, dans cet espace, les bosses et les creux. Il y en avait huit, toutes réparties dans ce cercle. Aucune sur tout le reste du triangle.

« Et au pied du panneau, on avait aussi trouvé ça ! »

L'un des chasseurs présentait sur sa main ouverte un galet de la Bléone cassé en deux. Laviolette soupesa en silence les deux morceaux.

« Vous croyez... qu'on a vu l'assassin ? demanda l'un des témoins.

— Ah ! parce que vous appelez ça " voir ", vous autres ? Non ! Bien sûr que non ! C'était quelqu'un qui s'entraînait pour les Jeux Olympiques, sûrement ! En tout cas, vous ne savez rien, hé ? Pas de confidences aux journalistes !

— Oh ça ! Vous pouvez tabler sur nous ! On est des tombes !

— Et puis on va noter vos adresses. Dans quelques jours on aura besoin de vous. »

Après leur départ, Laviolette et Courtois restèrent méditatifs devant le panneau mutilé.

« Quelqu'un en veut terriblement, dit Laviolette
— Oui. Et quelqu'un de terriblement précis.
— Oui. En tout cas, ça répond à quelques objections qu'on n'a pas manqué de nous faire : quelqu'un d'assez adroit pour placer huit coups en vingt centimètres de diamètre avec un simple galet peut très bien avec ce même galet tuer un homme dans n'importe quelles conditions.
— Lancé à la main ? Croyez-vous ?
— Non. Je ne crois pas. Mais en tout cas c'est quelqu'un qui s'entraîne assidûment...
— Régulièrement...
— Et s'il s'entraîne, c'est qu'il veut garder la main. Et s'il veut garder la main, c'est qu'il a quelqu'un d'autre sur sa liste... Bon ! Vous avez tout noté ?
— Béret basque, chasseur alpin, cape, vareuse, pèlerine, cheveux qui bouffent...
— Mince de signalement ! »
Il s'esclaffa :
« Quand je pense qu'il y en a qui ont des portraits-robots à leur disposition ! Enfin, mettez tout le monde là-dessus. Téléphonez aux gendarmes... Enfin que tout le monde s'y mette.
— Vous ne voulez pas dire qu'on doit rechercher tous les porteurs de bérets basques ? Tous les chasseurs alpins ? Tous les porteurs ou porteuses de capes, de pèlerines ?
— C'est exactement ce que je veux dire. Et qui ne pourront pas justifier un alibi, cet après-midi entre quatorze et dix-sept heures.
— C'est pas possible ! Vous n'attendez pas vraiment ça de votre pauvre personnel !
— Mais si, mon petit Courtois, mais si ! Quand un

assassin se balade en s'entraînant pour son prochain crime, il ne faut pas lésiner ! Il n'est plus question de laisser dormir douillettement les citoyens. Allez, exécution ! Je vais voir le juge. On va vous donner tous les moyens nécessaires à l'accomplissement de votre mission ! »

Il mit son pardessus et son cache-nez.

« Et puis vous savez, Courtois, vous devriez suivre plus sérieusement les cours de perfectionnement. Il y aura bientôt une place vacante à Digne.

— Laquelle ?

— La mienne ! Ah ! pendant que j'y pense, transmettez aussi le galet et le panonceau à l'Identité judiciaire. Ces salauds de chasseurs les ont bien patouillés, mais on ne sait jamais... »

Courtois resta anéanti au seuil du bureau après le départ de son chef.

« L'accomplissement de votre mission ! répétait-il. L'accomplissement de votre mission ! Il est complètement rababè[1] ! »

Après huit jours d'harassantes recherches, on mit la main sur un retraité des postes qui portait le béret basque en pointe ; sur un chasseur alpin qui, ce jour-là, était à Digne en permission, descendant de Jausiers. On hésita sur des élèves de seconde du CES Maria Borrely, qui jouaient à André Gide avec des capes de bure et des chapeaux en taupé, et, finalement, on les convoqua pour leur apprendre à se montrer vestimentairement arrogants avec la police. Enfin, pour faire bonne mesure et

1. Aggravation provençale de l'expression : « complètement gaga ».

afin que la morale soit sauve, on épingla aussi un hippy à cheveux rouges. Il eût été anormal, en effet, de ne pas faire peser quelque soupçon sur l'un au moins de cette engeance qui remplaçait, dans l'imagination populaire, le vagabond du XIXe siècle.

Ce maigre troupeau une fois rassemblé, certain après-midi vers deux heures, on l'entassa dans deux méharis qu'on encadra de deux voitures de police, et fouette cocher ! vers la chapelle Saint-Michel-des-Fusils. Au passage, on cravata les deux chasseurs des Sieyès. Par bonheur, il faisait le même type de temps, brouillard ou brume, on ne savait, montant du sol saturé des pluies d'automne.

« L'ASSASSIN DE DIGNE S'ENTRAÎNE POUR SON PROCHAIN CRIME ! »

Ce titre flamboyant à la une d'un quotidien, ou quelque autre de la même encre, apprit au commissaire Laviolette que la presse avait fait sauter à coups de pastis le couvercle de ce tombeau que prétendaient être les chasseurs de sangliers. Aussi, lors de ce transport de police, fit-il placer une fourgonnette de gendarmerie en travers du seul chemin forestier qui desservait la chapelle.

Il ne restait donc plus aux malheureux journalistes qu'à parcourir à pied les quatre kilomètres d'un raccourci par les sentiers. Les plus ingambes s'y risquèrent, et parmi eux une femme et le petit Nippon toujours souriant. Toutefois, tandis qu'ils effilochaient leurs manteaux de loden anglais aux prunelliers des ravines, ils aiguisaient déjà de belles manchettes pour le commissaire Laviolette, comme ils trempaient déjà dans le vitriol les plumes qui demain conteraient ses exploits.

En attendant, on les maintenait à bonne distance, grâce à toutes les forces de gendarmerie et aux sapeurs-pompiers appelés en renfort. De sorte que, s'ils ne pouvaient voir grand-chose, en revanche, ils étaient magnifiquement placés pour imaginer.

« Attention ! dit Laviolette aux deux témoins. De ce que vous allez maintenant nous dire dépend peut-être la vie de l'un ou de plusieurs de vos concitoyens. La vôtre peut-être.

— La nôtre ! Comment ça, la nôtre ? On a rien fait !

— Il est rigolo, lui ! Et Jeannot Vial et Jules Payan, avaient-ils fait quelque chose, eux ? Vous le savez, vous, pourquoi l'assassin tue ? Vous savez en fonction de quoi il choisit ses victimes ? Alors ? Pourquoi pas vous, hein ? Ça mérite un petit effort, non ? Mais attention, pas un effort d'imagination ! Un simple effort de mémoire ! Placez-vous exactement là où vous étiez, lorque vous avez aperçu cette silhouette. »

Ça paraissait simple ? Eh bien non ! Ils palabrèrent pendant cinq minutes.

« Mais non, Laurent, c'était plus loin !

— Mais non Jean, je t'assure que c'était là !

— Mais non, y avait cet arbre-là à notre gauche.

— Mais non, c'était le figuier, là-bas, à droite !

— En tout cas, on avait pas le poteau télégraphique juste là-devant...

— Mais si, on l'avait ! Les deux bassets ont pissé au pied avant d'aller vers le chêne là-bas, où ils ont levé l'écureuil.

— Le chêne ? Mais tu y es plus ! C'était le fayard, de l'autre côté du sentier ! »

Et cætera...

Ils finirent par s'accorder sur un point à peu près précis, mais ils continuèrent à essayer de se persuader à voix basse jusqu'à l'apparition au seuil du préau de la première silhouette.

On commença par le retraité des postes en béret alpin et par le chasseur en béret basque. Ils jaillirent de l'auvent comme on le leur avait recommandé, dans le clair-obscur de ces quatre heures de l'après-midi, et s'esquivèrent furtivement par le côté du préau.

Non ! Le béret de l'Alpin était trop large et trop sur le côté ! Celui du retraité était trop étroit, trop bombé, et puis il avait un petit pécoul sur le sommet... Non ! C'était pas ça !

Et les capes romantiques des deux élèves de seconde... lesquels, d'ailleurs, s'amusaient énormément, qu'est-ce qu'on en dit ?

« Non ! Si c'était une cape notez bien, on est pas sûr que c'en était une, non ! elle était plus claire ! affirma Laurent.

— Plus foncée ! dit Jean. Et puis, ce chapeau cabossé d'ancien scout ? Non. On sait pas à quoi ça ressemblait, mais pas à ça, en tout cas ! »

On allait faire passer le hippy émissaire. Les témoins dirent que c'était inutile.

« Pourquoi ?

— Pensez ! Ce dépendeur d'andouilles !

— Combien mesurez-vous ? demanda le commissaire.

— Jamais passé sous la toise, dit le hippy.

— Un mètre quatre-vingt-quatre ! dit le chasseur Laurent.

— Quatre-vingt-six ! » dit le chasseur Jean.

Le commissaire se frotta l'aile du nez et se fit apporter

un mètre pliant dont sont toujours munies les voitures de police. On colla le hippy contre le poteau télégraphique. Malgré qu'il en eût, un spécialiste de l'identité lui leva le menton. On tira un trait sur le poteau. On mesura. Un mètre quatre-vingt-cinq !

« Vous voyez ! » dirent les chasseurs triomphants.

Le commissaire regardait pensivement les six silhouettes alignées devant lui.

« Mais comment pouvez-vous être si affirmatifs ? Vous êtes vagues, évasifs sur tout le reste et là, tout d'un coup, vous êtes certains et résolus. »

Les deux chasseurs se regardèrent amusés et un peu supérieurs.

« Ah ! c'est qu'on est de vrais chasseurs, comprenez-vous ! dirent les deux compères. Et on a jamais eu un seul accident ! La hauteur, à la chasse, c'est tout : la hauteur du gibier, ça indique exactement à quoi on a affaire. La hauteur d'un oiseau par rapport au sol, ça permet de régler son tir juste au-dessus. Cette " vista ", ça permet de savoir aussi qu'un homme, n'importe lequel, même accroupi, même à genoux, c'est toujours plus élevé au garrot, ça remue toujours les branches bien plus haut que n'importe quel gibier de nos régions. Y a que les " tiradous " pour s'y tromper. Pouvoir évaluer la hauteur précise d'une cible, c'est capital pour un chasseur ! »

« Curieux, pensa le commissaire, comme un imbécile devient intelligent dès qu'il parle de choses qu'il connaît bien. »

Il fit signe aux deux témoins de s'avancer avec lui vers le sanctuaire et à Courtois de le suivre avec son double-mètre et son bloc sténo.

Les quatre hommes s'arrêtèrent devant le pilier du

préau qui soutenait la charpente sur la gauche de l'entrée et qui se composait de blocs carrés, jointoyés au-dessus l'un de l'autre.

« Vous, Laurent, désignez-moi un peu la hauteur de la chose que vous avez aperçue.

— Ici ! dit Laurent.

— Et vous, Jean ?

— Ici ! » dit Jean.

Entre les deux points qu'ils indiquaient l'un et l'autre, sur un bloc des piliers, il y avait à peine trois centimètres de différence.

« Et vous prétendez ne pas vous tromper ? Malgré le brouillard ? Malgré les trois heures et demie ?

— Non. On se trompe pas.

— Vous n'avez pas vu les vêtements, vous n'avez pas su distinguer s'il s'agissait d'un homme ou d'une femme, si c'était quelqu'un cheveux nus ou avec un quelconque chapeau, s'il était gras ou maigre, mais pour la taille, vous êtes formels ?

— On vous a expliqué, commissaire, pourquoi on peut pas se tromper ! »

Ils étaient guillerets tous les deux. Courtois avait appliqué son double-mètre contre le pilier et il mesurait.

Soudain, les deux chasseurs, l'ayant regardé opérer, et après de lentes réflexions personnelles, perdirent leur air guilleret. D'un même mouvement, ils se couvrirent la bouche de la main.

« Oh ! fan de pute !

— Oui, dit Laviolette. Vous voyez, vous avez quand même fini par me servir à quelque chose. Mais je vous jure, foi de Laviolette, que si vous glissez un seul mot de tout ça aux journalistes ou à qui que ce soit d'autre, je trouverai un truc d'ici la fin de l'année pour vous faire coller au trou tous les deux pour au moins quinze jours ! Qu'on se le dise !

— Oh ! mais vous n'avez pas besoin d'insister ! Pour nous faire dire ce que nous savons maintenant, il faudrait qu'ils nous offrent autre chose que des pastis !

— Au contraire ! Je n'ai pas assez insisté, dit Laviolette avec bonhomie. A partir de maintenant, l'assassin peut croire que vous savez quelque chose de gênant pour lui. Alors, à votre place, je ferais un tout petit peu le mort, de crainte d'avoir bientôt à le faire en plein ! Je ne sais pas si je me fais bien comprendre ?

— Oh ! mais, on comprend à demi-mot n'ayez crainte ! »

Toute la smalah redescendit à Digne à la nuit tombante. A la suite de palabres entre le commissaire et le chef d'escadron, on autorisa les journalistes, par humanité, à s'enfourner dans l'Estafette de la gendarmerie.

Laviolette ne desserra pas les dents, durant la longue descente. Il oublia même d'en rouler une. Il avait la mine fort sombre.

Au solstice d'hiver, sous les mélèzes du Deffand, on releva un lièvre roide mort. Il avait été tué au déboulé du gîte, la tête fracassée par un galet de Bléone. Ceux qui le découvrirent pensèrent d'abord cacher leur prise, mais le lièvre était trop petit pour tous, ce qui chatouilla leur conscience. Ils apportèrent la pièce à conviction au commissaire Laviolette ainsi que le galet qui l'avait tué net. Et comme ils étaient plus intelligents que les chasseurs des Sieyès, ils songèrent à envelopper le projectile d'un mouchoir. Peine perdue. La pierre était vierge d'empreintes et ne fournit aucun indice.

Enfin, entre la Noël et le Premier de l'An, un musicien de la Cipale qui rentrait chez lui après une répétition fut lui aussi témoin d'un fait curieux. En panne de voiture, il regagnait son domicile au quartier de la gare et traversait à pied le pont sur la Bléone. Il témoigna :

« Et alors, j'entends un drôle de bruit. C'était quelqu'un qui marchait sur les galets, en bas dessous... Et de temps à autre, il s'arrêtait... Et alors, il s'arrêtait et j'entendais remuer les pierres. Et puis plus rien... Et puis je l'entendais rejeter une pierre... Et puis plus rien. Et puis... il se remettait à marcher. Il s'arrêtait encore. Il remuait les pierres... Et puis il en rejetait une. Et comme ça, trois quatre cinq fois ! Je faisais pas de bruit. Je me penchais tant que je pouvais par-dessus le Barri, pour essayer d'apercevoir quelque chose. Mais rien ! Un brouillard à couper au couteau en bas dessous ! A peine si je distinguais le lampadaire à dix mètres !

— Il ne vous est pas venu à l'idée d'aller voir de près de quoi il retournait ?

— Couilloti ! Voir de près ! Par les temps qui courent, à Digne, on est jamais sûr de ce qu'on va voir de près !

— Vous avez peut-être bien fait... » dit Laviolette.

Sitôt qu'on connut ces détails navrants, Digne se claquemura dans sa peur. Dès neuf heures du soir, un couvre-feu volontaire s'instaura. Serviettes au poing, scrutant la rue derrière les glaces des cafés illuminés, les garçons en veste blanche attendaient en vain les habitués des billards et des belotes. Sans les journalistes impavides, consommateurs d'élite, les chiffres d'affaires s'en seraient ressentis. Après avoir consulté le juge Chabrand, Laviolette déclara :

« Je vais donner une conférence. Convoquez-moi la presse.

— Vous, chef ? Une conférence de presse ? »

Courtois n'en croyait pas ses oreilles.

Quand les journalistes furent installés, un peu à l'étroit, dans son bureau, et qu'il les eut autorisés à fumer, Laviolette leur parla en ces termes :

« Messieurs, je ne vous ai pas fait venir pour vous faire des révélations. »

Il y eut des mouvements divers.

« Je vous ai réunis parce que je pense que, par votre canal, l'information passera bien mieux que si je publie un communiqué tout sec dans la chronique locale des journaux régionaux. Votre imagination rendra la chose en soi plus sinistre encore. »

Il y eut des murmures de protestation. Laviolette mit un doigt devant sa bouche.

« En un mot comme en cent, poursuivit-il, je veux mettre la population dignoise en garde. Vous avez fait vos choux gras ces temps derniers...

— ... Toujours pas grâce à vous... murmura quelqu'un tout bas dans le grincement des crayons.

— Vos choux gras, répéta Laviolette, de certains incidents significatifs.

— Mais significatifs de quoi ? demanda quelqu'un.

— Il semble bien que l'assassin ait mis une certaine ostentation à souligner ses méthodes et à dévoiler de lui, quoique avec précaution, certains détails de sa personnalité, mais si vagues toutefois qu'ils ne risquent pas de nous conduire jusqu'à lui. »

Il y eut tout de même le correspondant du *Monde* pour

souligner en rouge les derniers signes sténo qui traduisaient cette fin de phrase, pour s'y pencher attentivement dessus le soir-même et en tirer le lendemain un pertinent article que Laviolette lut avec le plus vif intérêt.

« Dans quel but ? » questionna-t-on encore.

Le commissaire médita quelques secondes la réponse qu'il allait faire.

« Je crois, dit-il enfin, que l'assassin veut intimider quelqu'un, le... dissuader de faire quelque chose. Vous savez, un avertissement dans le genre de ceux de l'EDF : " Défense de toucher aux fils, même tombés à terre, sous peine de mort. " Vous me suivez ?

— Mais de faire quoi ? Mais encore ?

— Justement ! Si je le savais, je serais déjà en train de vous raconter l'histoire, alors qu'à mon grand regret, il vous faudra attendre encore un peu. J'ai une seule indication, une seule anomalie à signaler : les deux victimes, Jeannot Vial et Jules Payan, outre le fait qu'ils sont morts de la même manière tous les deux, avaient, dans les quelques mois qui précèdent leur assassinat, fait la connaissance de quelqu'un que, malgré toutes nos investigations, nous n'avons pu identifier : homme ? femme ? Nous l'ignorons. Ils ont emporté leur secret. Alors, je demande deux choses par votre canal : primo : que la personne qu'ils ont connue avant de mourir se présente immédiatement à la police. Secundo : qu'en cette fin d'année si propice aux... collusions de toutes sortes, tout Dignois qui fait une connaissance nouvelle vienne immédiatement me prévenir ! »

De furtifs sourires fleurirent sur les lèvres des correspondants. Les mâles se jetèrent des regards à la dérobée ; les femmes n'osèrent lever le nez au-dessus de leur bloc.

Le commissaire Laviolette prit son temps pour rouler une cigarette et l'allumer.

« Maintenant, reprit-il, je vais vous faire bien rire. Je sais que vous êtes tous très courageux et que rien ne vous arrête. Mes concitoyens le sont aussi, cependant, en ce moment, la nuit, sauf ceux que de pressantes obligations appellent au-dehors, tous s'abstiennent de se promener entre neuf heures du soir et sept heures du matin. Je les en remercie car j'ai déjà assez de travail comme ça ! Mais je me dois d'insister : je précise que l'assassin tue toujours la nuit et toujours avec la même arme : un galet qui assomme ses victimes. Un galet, si vous le recevez sur le pied, la poitrine ou l'entrejambe, ça vous fera mal, mais ça ne vous tuera pas. A la tête, en revanche, lancé avec la précision... (Il allait dire " presque anatomique ", il se censura, il n'était pas bon de dévoiler cela), la précision que nous connaissons maintenant avec certitude à l'assassin, ça ne fera pas un pli. Alors, voilà ce que j'ai à vous recommander : si vous devez absolument circuler la nuit dans Digne, portez un casque intégral ! »

Un rire énorme souligna cette recommandation. Ils n'en finissaient pas de se tordre, de se taper sur les cuisses. Il y en eut même un, avec l'accent de Lausanne, qui y alla d'une provençalade :

« *D'aqueou coumissaïre pas men !* »

Laviolette les laissait se détendre, arborant quant à lui des fossettes de Joconde sur ses grosses bajoues : « S'ils savaient la carte que je garde dans ma manche ! », se disait-il.

La gaieté redoubla le lendemain soir. En effet, après l'article fort spirituel qu'il avait téléphoné à son journal, un correspondant hollandais reçut un télégramme de son rédacteur en chef : « Sommes avis des autorités policières. Après consultation directeur particulier, apprenons que la *Solothurn* refuserait régler indemnités contrat spécial sinistre, si toutes précautions non prises. Vous enjoignons porter casque. »

Le malheureux, ayant femme et enfants, alla, la mort dans l'âme, choisir à *La Hutte* un casque de motocycliste. Comble de bonheur, il n'en restait plus qu'un : rouge ! Quand il apparut, le lendemain soir vers neuf heures, au *Café des Sports,* ce trophée sous le bras — il n'osa quand même jamais s'en coiffer —, ce furent des rugissements de joie. On crut qu'il faisait une blague. On lui tapa sur l'épaule pour le féliciter de cette bonne plaisanterie. On lui offrit à boire. On l'appela « Kaskopf ».

Cette belle humeur, ce rire si réconfortant dans l'angoisse ambiante, se prolongèrent longtemps encore durant les soirées dignoises.

Exactement jusqu'au 3 février.

6

« *Madre de dios!* Mais pourquoi toujours sur moi ! Mais qu'est-ce que c'est que cette malédiction ? »

C'était l'escogriffe, toujours le mégot en guenilles au coin des lèvres dangereusement tuméfiées, toujours en espadrilles, malgré les cinq centimètres de neige. Il jouait si gros jeu au tiercé qu'il n'arrivait jamais à s'offrir une paire de chaussures.

C'était juste à côté d'une cabine téléphonique et, par bonheur, il lui restait deux pièces de un franc.

« Allô ! Ici Chinchilla !

— Quoi ? »

L'autre, au bout du fil, éclatait d'un rire énorme.

« Y a pas de quoi rire ! Ici Chinchilla ! Antonio Chinchilla ! Y a encore un cadavre ! »

Il raccrocha, car Digne n'était plus la ville paisible du début de cette histoire. Les artères et les abords étaient sillonnés chaque nuit par les gendarmes et la police renforcée du commissariat, et, en se retournant, le nommé Chinchilla Antonio aperçut une voiture de flics entre deux platanes, des phares éclairant la scène. Il n'y avait plus lieu de prévenir le commissariat.

Flanquée de ses deux desservants maghrébins en casaque orange, la benne des ordures au clignotant était stoppée à côté du sapin de Noël dont s'était enorgueillie l'esplanade De-Gaulle depuis les fêtes. On l'avait dépouillé au début janvier de ses guirlandes et de ses girandoles et il était resté là, tout maigre et frissonnant sous la bise, coupé au pied pour l'éternité. Et nul n'avait osé prendre sur soi de le faire tronçonner pour le jeter aux ordures. On attendait pour cela qu'il eût suffisamment l'aspect d'un cadavre. Mais il ne se décidait pas, bien que désormais sans racines, à perdre sa verdeur et ses aiguilles ; aussi, la veille au soir, les éboueurs avaient-ils reçu l'ordre de l'enlever.

C'est en arrivant devant le sapin, deux minutes avant que la voiture de police débouchât du boulevard Victor-Hugo, qu'ils découvrirent l'homme mort.

Chinchilla avait aperçu, du même regard, une belle bicyclette toute blanche posée contre les ramures de l'arbre et l'homme étendu sur le ventre, en diagonale, contre l'énorme tas de terre couvert de neige qui se dressait à côté d'un trou de chantier.

« Attention ! crièrent les flics en mettant la tête à la portière. Ne bougez pas ! Restez où vous êtes ! »

Ils mirent pied à terre, mais eux non plus ne s'avancèrent pas.

Il y avait Courtois et le brigadier Mistigri. Chinchilla restait pantois au seuil de la cabine téléphonique. Les deux Maghrébins gardaient la tronçonneuse en suspens, qu'ils avaient extraite de la benne pour débiter l'arbre.

La neige était molle mais compacte, tombée nouvelle d'une heure à peine, sur les vieux tas sales de l'ancienne qui fondait le jour et se figeait la nuit, au bord des voies déblayées. Un peu d'eau de fonte gouttait lentement des toitures, autour des cheminées chaudes, laissant libres de neige une étroite bande devant les murs des maisons.

Grâce aux liaisons radio, dix minutes suffirent pour que le théâtre du crime fût cerné par les agents. C'était l'espace compris au pied du sapin, entre le parking désert, la cabine téléphonique, l'urinoir creusé sous l'esplanade et le chantier ouvert des PTT qui refaisaient les encâblements. La statue de Gassendi dominait tout cela. Elle était poudrée à frimas par la neige nouvelle. Au-dessus d'elle et des lampadaires, un ciel plombé comme une tombe menaçait ruine. Il était quatre heures du matin. De voiture à voiture, les policiers se passaient la consigne.

« Attention ! Ne vous avancez pas ! Laissez bien libre tout l'espace là-devant ! Ça doit parler cette fois ! Ça doit parler ! »

Au seuil de la cabine, sur ses semelles de corde, Chinchilla méditait les inconvénients de jouer au tiercé. Il enviait les deux Arabes en bottes solides. Ils jouaient, eux aussi, mais ils gagnaient de temps à autre.

Les autorités furent là en un temps record. Sitôt que le téléphone avait sonné à son chevet, Laviolette s'était dit : « Ça y est ! » Ça lui avait fait une drôle d'impression au creux de l'estomac. Il s'était retrouvé dix ans en arrière. La nuit où le téléphone avait sonné pour la mort de son père, et où il s'était dit aussi : « Ça y est ! »

Le juge Chabrand descendit le dernier de sa traction qu'il avait eu quelque peine à faire démarrer. Il portait le carrick vert forestier dont il s'était fait largesse pour les fêtes. Il l'avait dessiné lui-même, d'après une gravure anglaise du XIXe siècle et il avait dirigé sa confection dans la petite boutique la plus huppée de Digne, où tous les hommes un peu élégants se faisaient chemiser et cravater ; où il y avait de vrais chandails en « vraie-laine-du-Sud-Ouest-dessuintée-au-ruisseau » et des tissus que la maîtresse des lieux allait traquer, chaque été, au fin fond de l'Écosse. Ce carrick avait superbe allure. Pour compléter l'ensemble, le juge y avait adjoint une paire de bottes souples. Mais force lui était de reconnaître que cet étalage de bon goût ne venait pas au secours de son intelligence, ce matin du 3 février à quatre heures, en présence de ce nouveau crime.

Le préposé à l'identité judiciaire déchiffrait pas à pas, et caméra au poing braquée vers le sol, le chemin qu'avait suivi la victime dans la neige, depuis le n° 12 de la rue Piétonne, d'où elle venait.

L'homme devait tenir son vélo à la main. Il l'avait appuyé contre les rames du sapin. Il était entré dans l'urinoir. Il en était ressorti. Il avait été frappé une première fois, entre l'urinoir et la bicyclette. Les traces de sang partaient de là et le galet, également taché de sang, qui l'avait atteint derrière la tête, avait rebondi jusqu'au pied de la caisse du sapin où on le retrouva. Ensuite, la victime avait pivoté sur elle-même, tournant le dos à son engin, se dirigeant droit vers le tas de déblais sorti du trou des PTT. Il y était tombé la face contre terre, en diagonale, les pieds, dans les chaussons de course, coincés par les plus grosses pierres qui roulent toujours au plus bas des remblais.

Il était là, raide, le bras levé au-dessus de sa tête. Ses doigts imprimés dans la neige avaient tracé deux lettres dans cette matière molle.

« Constant ! Attention ! Éclairez bien cet espace ! Mettez un peu de noir de fumée dans ces creux ! »

C'était maintenant une tout autre matière que du noir de fumée, mais Laviolette appelait ça comme au bon vieux temps.

« Contrastez bien ! Tant que vous pouvez ! C'est pas

un chef-d'œuvre qu'on vous demande, c'est un cliché précis ! »

Il se penchait à côté du photographe. Le juge se penchait aussi, ainsi que le procureur et le docteur Parini. Le même son sortit de leurs lèvres.

« *Or...* »

Le message s'arrêtait là. Le deuxième galet avait achevé l'œuvre du premier, interrompant le geste de la main qui allait commencer d'écrire une troisième lettre, car les doigts étaient profondément enfoncés dans la neige, à côté du « *r* » terminé.

Le crime datait d'une heure à peine. Le mort était encore tiède.

« Une voiture de police a forcément croisé par là, il y a une heure ou moins. Le quadrillage de la ville et de ses environs était prévu de telle sorte qu'aucune artère ne devait rester sans surveillance plus d'une heure. Qui est passé par là, entre deux et trois heures ?

— Nous, chef ! »

C'étaient les agents Jouve et Montagnié.

« Il neigeait encore à ce moment-là ?

— Oui, ça vient de cesser il y a à peine une demi-heure.

— Vous n'avez rien remarqué ?

— Si. On a vu la bicyclette appuyée contre le n° 12 de la rue Piétonne, mais il n'y avait personne autour.

— Et c'est tout ? Vous n'avez vu personne autour du sapin non plus ? Personne autour de la pissotière ? Personne là-haut, à la balustrade ?

— La balustrade, on l'apercevait à peine depuis le boulevard. »

Montagnié se frottait la moustache pensivement.

« Il m'a bien semblé, dit-il, autant que la neige

pouvait le permettre... Mais vous allez vous foutre de moi...

— Oh ! écoutez, Montagnié ! Cessez de jouer les coquettes, voulez-vous ? Si vous avez vu quelque chose dites-le avec simplicité. Pour le reste, c'est à moi d'apprécier.

— Eh ben... ! Il m'a semblé... Il m'a semblé, hé ? Avec la neige, on pouvait pas être sûr...

— Il vous a semblé quoi ? cria Laviolette.

— ... Que la statue de Gassendi était plus haute que d'habitude ! dit Montagnié honteusement. Je l'ai dit à Jouve. Pas, Jouve ?

— Oui, dit Jouve timidement.

— Tu m'as répondu : " Tais-toi, tu me rends fou !

— Qu'est-ce que tu veux ! Depuis neuf heures du soir qu'on tourne, ça fait dix fois que tu me fais arrêter : une fois, c'est un chat qui descend d'une gouttière ; une fois c'est une poubelle renversée par un chien que tu prends pour un cadavre... Une autre fois, c'est un volet qui claque et que tu prends pour un coup de revolver... Alors, la statue de Gassendi, en galère !

— Le chef nous a dit d'ouvrir l'œil ! "

— L'incident est clos ! dit Laviolette. Tous derrière moi et ne me bousculez pas ! Et regardez à vos pieds ! A la moindre trace, arrêt ! C'est compris ? »

La troupe s'avança à pas comptés vers l'escalier à double-révolution qui faisait communiquer le parking et l'esplanade. Ils vérifièrent chaque marche de chaque volée. Elles étaient toutes vierges.

Autour du socle de la statue, la neige était pure également, resplendissante dans l'étroit espace entre le soubassement et la balustrade. Mais, au-delà, d'énormes marques informes s'en allaient vers les façades des maisons. Quelqu'un était venu jusque-là. Quelqu'un était reparti.

« Quelqu'un qui portait des raquettes ou qui s'était entouré les pieds avec des chiffons, dit Laviolette pensivement.

— Chef, venez voir ! »

C'était le brigadier Mistigri, qui était jeune et longiligne. Il s'était juché sur le socle du monument et il désignait quelque chose à ses pieds.

« Comment voulez-vous que j'aille voir ? dit Laviolette comiquement en se désignant.

— Non ! N'essayez pas de grimper ! dit Mistigri à Courtois qui avait déjà saisi le rebord du socle et tâchait de se hisser à côté du brigadier. Vous allez l'effacer ! Doucement ! C'est une empreinte : une empreinte de pied !

— Une empreinte de pied, coquin de sort ! »

Laviolette cherchait partout la manière la plus rapide d'exploiter cette trouvaille avant qu'elle disparût. Une échelle... Non, trop loin. On n'en avait pas dans les voitures. Il jugea que la benne municipale ferait parfaitement l'affaire. Il donna l'ordre de la faire tourner et de l'amener doucement au pied de l'escalier, en marche arrière.

« Vous avez de quoi prendre un moulage ? »

Les deux gars de l'Identité avaient déjà sorti les ingrédients.

« Ils me feront crever ! » dit Laviolette.

S'aidant des pieds et des mains, poussé par le brigadier Montagnié, tiré par Courtois, le commissaire venait de se hisser sur le toit de la benne. Il gisait à plat ventre, comme une baleine échouée, reprenant son souffle. Mais il n'attendit pas de pouvoir se relever. Il s'avança en rampant jusqu'au bord de la benne, et là, à hauteur de son regard, il vit l'empreinte dans les éclairs des flashes de l'Identité : c'était la chaussure de l'assassin imprimée dans la neige vierge et durcie, parfaitement intacte.

« Il n'a pas eu le temps de la faire disparaître », dit Courtois.

Car on distinguait plus loin, tout autour de la statue, des traces de doigts gantés qui avaient balayé la neige.

« Il s'est juché sur les épaules de Gassendi pour tuer. Il a dû se débarrasser de ses raquettes ou de ses chiffons, on sait pas exactement quoi. Il a grimpé. Il a tué. Il est reparti...

— Il s'y est tout de même repris à deux fois, dit Chabrand qui, lui aussi, avait réussi à se hisser sur le toit de la benne.

— Juché sur les épaules de Gassendi, je voudrais bien vous y voir ! dit Laviolette.

— Quoi qu'il en soit, il a commis une erreur. La première ! Cette empreinte doit nous conduire jusqu'à lui.

— Ouais... » dit Laviolette, dubitatif.

Il avait bien eu le temps de la détailler cette empreinte, avant qu'on la comble de plâtre pour le moulage. Elle était parfaitement nette et sa position, au nord du socle, dans la neige la plus épaisse, l'avait préservée d'un certain tassement. Tout le relief de la semelle apparaissait jusque dans le plus petit détail.

« Voyez-vous, juge, poursuivit-il, j'ai l'impression que cette empreinte, loin de dissiper le mystère, va l'épaissir encore ! »

Il se secoua. Il rameuta ses hommes.

« Courtois, Mistigri, Montagnié et tous les autres ! Ne

restons pas là comme des sacres ! On n'a pas besoin de nous ici ! Il faut vite vérifier deux choses si c'est possible encore, avant que la circulation reprenne dans la ville : d'abord, d'où venait le cycliste avant d'entrer dans la maison de la rue Piétonne, et, d'autre part, où conduisent les traces informes laissées par l'assassin. Courtois, occupez-vous de la bicyclette, moi, je vais suivre l'assassin.

— Je vais avec vous », dit Chabrand.

Ils partirent tous les deux, encadrant les traces baroques laissées par deux moignons informes ; pas illisibles, qui s'appliquaient pourtant, autant que possible, à marcher au retour dans les empreintes faites à l'aller. Elles se dirigeaient droit vers l'auvent des maisons d'où les gouttières s'écoulaient et où un espace vierge de neige existait toujours. Mais parfois, au carrefour des ruelles, elles quittaient l'abri des toits pour changer de direction. De carrefour en placette, de placette en cul-de-sac où, sans raison apparente, elles s'avançaient jusqu'au fond de l'impasse puis en revenaient, elles semblaient n'avoir qu'un but : gagner du temps. Si c'était là le dessein du meurtrier, il avait vu juste. Car ce ciel qui menaçait ruine tout à l'heure s'écroula d'un coup. Il s'écroulait blanc, en silence, mais dans une aveuglante malédiction qui défiait les efforts des hommes. Les flocons étaient gros comme des disques de monnaie du pape. Laviolette et Chabrand ramaient dans cette débâcle sous les lampadaires estompés, empêtrés dans leurs pas malhabiles, avec des gestes gourds de sapeurs de la Berezina. C'était la déroute. Au sol, avec une effarante rapidité, les traces se comblaient.

Quand les deux hommes atteignirent la cathédrale

Saint-Jérôme où elles les avaient conduits, ils virent s'effacer devant eux les derniers vestiges de ces traces, sur les marches immaculées du parvis.

« Venez ! dit Laviolette, découragé. Le ciel est avec l'assassin ! »

Il était maintenant six heures. Sur l'esplanade, théâtre du crime, l'uniformité de la neige avait tout recouvert. L'épaisseur de la couche était telle que Gassendi paraissait coiffé d'une tiare papale.

La descente de justice était terminée. Le cadavre était à la morgue. A travers l'aveuglante densité des flocons, Laviolette contemplait la façade du 12 rue Piétonne, avant d'y entrer.

C'était une maison de deux étages, illuminée a giorno, la porte béante et d'où sortaient des flots d'harmonie.

Laviolette s'engouffra dans ce couloir, défit son cache-nez, déboutonna son pardessus pour secouer le tout avec détermination. Il fit de même avec son chapeau. Il éternua violemment. Il avait l'impression d'être monté sur des échasses en guise de jambes. Il débarrassa ses chaussures de leur neige à coups de pied dans la muraille. Mais s'il espérait avoir alerté quelqu'un par tout ce remue-ménage, c'était bien de la peine perdue. Le corridor était long, les portes nombreuses, mais celle du fond, vers laquelle il se dirigea, était grande ouverte.

Elle commandait une pièce aux meubles solides où des tricots inachevés et des livres ouverts traînaient sur la table Henri II, entourant comme des trophées un chat jaune sûrement châtré qui devait peser six kilos.

Devant une cheminée où mourait, sans avoir jamais beaucoup vécu, un feu de bois vert, deux personnages écoutaient le *Quatrième Concerto en la majeur* pour piano et orchestre de Beethoven. Ils étaient pelotonnés l'un contre l'autre, la mère dans le fauteuil, le fils contre elle, à ses pieds ; tous deux enveloppés dans les plis du même châle du Pendjab que leur avait offert, autrefois, Alexandra David-Neel. Il faisait huit degrés à peu près, dans la pièce carrelée et sans tapis, mais les deux personnages n'en avaient cure. Ils écoutaient Beethoven et le commentaient :

« Oh Pio ! disait la mère. Tu entends comme il souffre ? Oh, le pauvre homme ! On a envie de le consoler ! Tu entends, là ? Il pleure ! Tu l'entends pleurer ?

— Oh oui, man !

— On a envie de pleurer avec lui. De l'inviter à venir partager notre soupe. Ah ! là tu vois, c'est fini ! Il est apaisé ! Il joue ! Tu l'entends jouer, Pio ? Il redevient comme quand il était petit garçon ! »

« Il faut que j'aie ici l'âme bien patiente... » se récitait le commissaire à voix basse.

Par respect pour Beethoven qu'il aimait, et parce que le *Quatrième Concerto* était interprété par Rubinstein, il se permit d'attendre la fin. Quand ce fut terminé, alors que les deux personnages serrés l'un contre l'autre dans leur émotion reniflaient leurs dernières larmes, il demanda :

« Pourrais-je vous dire deux mots ? »

Ils se retournèrent, les yeux noyés, innocents, respirant en une dimension où les contingences terrestres n'étaient plus que fumeuses illusions.

« Mais monsieur, notre maison vous est ouverte ! »

C'est que, précisément, le commissaire eût bien voulu la fermer. La tempête, poussée par le vent du Nord, n'était plus maintenant silencieuse. Elle projetait en sifflant jusqu'au seuil de la pièce, par le corridor glacial, quelques flocons, lesquels, de mauvaise grâce, finissaient par fondre tout de même sur le sol carrelé.

Laviolette avait entendu dire que Maria Cordelier était une grande originale et que son fils ne le lui cédait en rien. En vérité, il voyait devant lui deux cœurs purs auxquels il allait probablement apporter le désespoir. Mais comment le leur épargner ?

Il décida de les atteindre de plein fouet, de manière que, au moins, s'il y avait quelque chose à tirer de leurs réactions, sa cruauté ne fût pas perdue.

« Madame, tout à l'heure, à deux pas de chez vous, a été trouvé mort assassiné, un certain... »

Il tira de sa poche intérieure la carte d'identité du mort qu'on avait trouvée dans sa sacoche.

« ... Chérubin Hospitalier, professeur de philo au lycée Maria Borrely. »

La mère et le fils s'étaient serrés plus étroitement l'un contre l'autre, le châle du Pendjab frileusement drapé autour de leurs membres. Ils tremblaient sans émettre un son. Les paroles du commissaire, quoiqu'ils les eussent parfaitement entendues, n'empoisonnaient que lentement leurs pensées ésotériques.

« Mon pauvre Pio ! Tu entends ? Notre pauvre Chérubin ! Notre pauvre Chérubin est mort ! Et rien ne nous l'a dit ! Et rien ne nous a avertis : nous !

— Il n'est pas mort, man ! Il faut pas dire ça ! Il repose sur le Lotus de la Loi. »

Le commissaire se dit à cet instant qu'il aurait quelque mal pour interroger ces deux-là. Ils avaient heureusement les réactions de tout le monde devant la mort d'un mortel :

« Mais, dit la mère, comme frappée par une évidence, il était encore là à nous parler il y a à peine quelques instants ! »

Elle regardait le commissaire comme si elle le prenait en flagrant délit de mensonge et comme si les paroles qu'elle venait de prononcer avaient le pouvoir de gratter sur le livre du destin ce qui s'était produit ensuite.

Cette preuve de sens commun permit au commissaire d'enchaîner :

« Ah ! quelques instants, sûrement pas ! Il est sept heures du matin et le malheureux a été tué vers trois heures. A quelle heure est-il arrivé chez vous ?

— A quel heure est-il arrivé Pio ? »

Pio jeta un regard vers le Morbier imperturbable, où le disque bombé du balancier de cuivre reflétait les trois personnages et le chat sur la table, les entraînant, immobiles, dans son mouvement de pendule.

« Ça devait être deux heures, dit Pio.

— Il devait avoir quelque chose d'important à vous dire pour vous déranger si tard ?

— Nous déranger ?

— Si tard ?

— Mais monsieur, la maison est ouverte à tous, à toute heure. Et chacun le sait ! »

« Un jour, se dit Laviolette, ces deux-là, avec leurs méthodes, se feront proprement égorger par un faux disciple qui aura envie d'emporter le chat ! Espérons que je serai déjà parti à la retraite. »

« C'est la Maison du Bon Dieu », dit-il imprudemment.

Ils le toisèrent tous les deux :

« Non, monsieur ! C'est l'une des maisons du Maître !

— Pardonnez-moi ! »

« Je vais crever ! se disait-il. Si je leur demande de fermer la porte, ils le feront sans doute, pour m'obliger, mais je ne suis pas sûr qu'il ne fera pas plus froid fermé qu'ouvert ! Dire qu'il m'arrive d'avoir de la condescendance pour les gens normaux ! Chez des gens normaux, il ferait chaud et on m'aurait déjà offert une tasse de café ! Ces deux-là, en guise de café, je suis sûr qu'ils trempent leurs tartines dans un seau d'eau tirée du puits ! »

« Bon, dit-il, il faut tout de même que je sache de quoi vous avez parlé ?

— Oh ! nous parlions de tout avec lui ! C'était un adorable commensal ! Compréhensif ! Gentil ! Nous parlions de Swedenborg, de Thomas d'Aquin...

— Votre ami venait souvent vous voir ?

— Tous les soirs ou presque, depuis deux ans qu'il a été nommé à Digne.

— Il nous trouvait amusants, dit Pio avec rancœur.

— Il ne faut pas dire ça, Pio. Bien d'autres nous ont trouvés amusants. Et cependant nous les avons amenés au Maître.

— Quand ils étaient à l'article de la mort ! ricana Pio.

— Bien sûr, dit le commissaire. Là, ils n'avaient plus du tout envie de vous trouver amusants !

— Ah ! voyez-vous, monsieur, dit la mère en sortant les bras du châle et le doigt levé prophétiquement vers le plafond, un grand regret ! C'est que Chérubin n'ait pas eu le temps de voir arriver la mort ! S'il l'avait vue arriver, j'aurais pu tout doucement l'amener au Maître !

— Comment savez-vous qu'il n'a pas vu venir la mort ?

— Je viens tout simplement de capter dans votre

cerveau la photographie de Chérubin inerte. Il est étendu sur un tas de gravier couvert de neige. Il a le bras levé. Il a écrit quelque chose dans la neige. Pauvre, pauvre Chérubin !

— Tout simplement ! s'exclama le commissaire.

— Tout simplement ! répéta-t-elle sans sourciller.

— Savez-vous que votre " tout simplement ", si je n'avais pas les idées larges et si je ne vous connaissais pas, pourrait vous amener droit chez le juge d'instruction ? Car aucun enquêteur au monde ne pourrait admettre que vous n'ayez pas vu le théâtre du crime avant la police !

— Oh, monsieur ! Je pourrais alors, si l'on me forçait à l'expérience, voir tant de choses vraies, indubitables, en le captant dans le cerveau de ceux qui m'interrogeraient, qu'ils battraient rapidement en retraite ! »

Elle rentra modestement le bras dans le châle et ajouta sans ostentation :

« Mon nom est sur la porte et je suis au-dessus de tout soupçon !

— Madame, je le sais ! dit le commissaire en s'inclinant. Mais... Un signalé service que vous me rendriez, ce serait de voir, non pas ce qu'il a écrit, votre Chérubin, mais surtout, ce qu'il voulait encore écrire ? »

Elle haussa les épaules :

« Comment le pourrais-je ? Je ne vois que ce qui existe ! Or, non seulement ce qui n'existe pas n'est pas écrit dans votre cerveau, mais encore je n'y vois même pas ce que vous prétendez avoir été réellement écrit ?

— Comment, je prétends ? Comment, vous ne voyez pas ? Vous décrivez nettement le corps, sa position sur le tas de gravier, la position de son bras levé. Vous déclarez qu'il a écrit quelque chose et vous ne voyez pas quoi ?

— Vous êtes tous les mêmes vous autres, les faux sceptiques ! D'abord, ça vous étonne que je voie tant de choses et, la minute d'après, vous m'accusez de n'en pas voir assez ! Mais ce que je vous dis n'est pas curieux du tout si vous réfléchissez ! Si je ne vois pas ces lettres que vous prétendez existantes, c'est que vous-mêmes ne les avez pas lues !

— Mais je vous demande pardon ! Je les vois encore ! Je les ai là ! Imprimées ! dit-il en se frappant le front. Je les ai observées avec la plus grande attention !

— Je vous demande pardon à mon tour ! Vous les avez peut-être vues, vous les avez peut-être observées, comme vous dites, mais vous n'y avez pas suffisamment appliqué vos facultés. Je m'explique : le corps vous l'avez bien vu, la trace de la chaussure sur le socle de Gassendi, le théâtre du crime, tout ça c'était dans vos cordes. La routine ! Le cortex ! Vous n'aviez pas besoin de vous forcer ! Mais les deux lettres, non ! Vous avez été bien trop feignant pour aller au-delà de vos possibilités, vous dépasser ! Vos neurones cervicales, vous les avez laissées au repos ! Sans cela vous auriez la solution ! Les deux lettres existantes vous en auraient fourni d'autres et vous auriez la clé du mystère. Puisque décidément, dit-elle avec un certain mépris, cela a l'air de vous passionner !

— Pourquoi ? Ça ne vous intéresse pas, vous, qu'on mette la main sur le meurtrier de votre malheureux ami ?

— Malheureux, c'est vous qui le dites ! Et à l'endroit où je respire la notion de meurtre n'existe pas. Un meurtrier ne peut agir sans la volonté du Maître.

— Mon Maître, madame ! Comme je voudrais respirer à côté de vous ! Mais... ajouta-t-il la main en avant — car il l'avait vue partir pour, sans plus tarder, lui indiquer comment accéder à ce somment —, mais... Je ne suis qu'un pauvre fonctionnaire payé pour empêcher les crimes ou permettre qu'on les punisse. Alors, si vous le voulez bien, nous allons essayer de cerner d'un peu plus près la question : donc votre ami Chérubin est arrivé vers deux heures, vous avez parlé de choses et d'autres. Avait-il l'air normal ?

— Toujours doux, timide, attentionné. Oui, tout à fait normal.

— Il ne paraissait pas avoir peur ?

— Pas du tout. Il avait l'air très content, quand il est entré avec sa bicyclette, dit Pio.

— Ah ! parce qu'il est venu jusqu'ici avec sa bicyclette ?

— A un moment il est allé la chercher pour me la faire admirer. Il m'a dit : " Tu as vu Pio, le beau vélo que je me suis offert. "

— Il venait de l'acheter ?

— Tout nouvellement. C'était, a-t-il dit, le premier soir qu'il l'utilisait pour son plaisir.

— Et il ne vous a pas dit d'où il venait ?

— Nous ne lui avons pas demandé.

— Il ne vous a pas expliqué pourquoi, à deux heures du matin, par temps de neige, il se baladait à vélo, en survêtements et chaussons de cycliste ?

— Il n'était pas frileux. »

« Ça ! Pour venir tous les soirs ici commenter les rêves de Swedenborg, avec la température qui y règne, il faut effectivement ne pas être frileux », se dit Laviolette.

« Il n'était pas frileux, soit ! Mais d'ordinaire, lorsqu'il venait vous voir, comment était-il vêtu ?

— Oh ! comme vous à peu près, sauf le pardessus. »

Il ne pouvait pas dire : « comme vous et moi », car,

pour sa part, sous le châle du Pendjab de sa mère, la tenue de Pio se bornait à un pancho péruvien sur une tunique de lin, soigneusement en éventail sur le carreau glacé, et tout portait à croire, tant il se tortillait souvent, que c'était sur ses fesses nues qu'il reposait au sol.

« Et... à part Thomas d'Aquin, Swedenborg et tutti quanti, il ne vous a parlé de rien en particulier ? Réfléchissez bien avant de répondre.

— Non, rien... Vraiment rien.

— Il me semble, Pio, qu'il a dit quelque chose qui m'a choquée...

— Ah ! et quoi donc ?

— Attendez que je réfléchisse. C'est quand je lui ai fait le reproche que depuis huit jours on ne l'avait plus vu... Tu te rappelles ce qu'il a répondu, Pio ?

— Il a dit qu'il était au comble du bonheur », dit Pio d'une voix lugubre.

Le commissaire se tira en plusieurs fois hors du fauteuil paillé où il s'était laissé choir sans autorisation et qui, depuis, n'avait cessé de gémir sa désapprobation.

« Ouf ! dit-il, quelle moisson ! Ah ! une dernière question : à quelle heure vous a-t-il quittés ? »

Pio jeta un nouveau regard au Morbier. On ne savait par quel mystère l'heure qu'il marquait à l'instant, lui donnait une indication précise sur celle qu'il était quand Chérubin Hospitalier était allé chercher la mort sur l'Esplanade, mais le fait est qu'il énonça sans hésiter :

« Trois heures moins dix ! »

C'était correct. Il n'y avait pas de trou entre le moment où la victime était sortie d'ici et celui où elle avait été frappée. Chérubin n'avait rencontré personne entretemps. Et d'ailleurs, on n'avait relevé que ses traces et celles de l'assassin.

Dehors, la nuit avait changé d'allure. Le jour se levait avec restriction sur un tapis de verglas. Les arbres étaient raides de givre. Pas un oiseau. Pas un bruit.

Laviolette s'engouffra dans le premier bistrot ouvert. Il alla se blottir, pardessus déployé, ventre en avant, les pieds sous l'élément, contre le premier radiateur rencontré, lequel, par chance, était convenablement chaud.

Le garçon qui faisait l'ouverture le reconnut.

« Et pour monsieur le commissaire, ce sera ?

— Un grog bouillant, un double-noir, un petit verre de blanche et deux cachets d'aspirine ! »

Il était glacé jusqu'à l'âme.

7

On rameuta en hâte les envoyés spéciaux, repartis couvrir l'événement sur le théâtre d'autres exploits. Ils revinrent en rechignant. Notre Digne, en février, n'offre pas sa meilleure image de marque. Et puis, cet assassin informe et sans contours qui distillait ses crimes sans rythme ni raison, à quatre ou six mois de distance, sans égards pour les exigences de l'actualité, sans qu'on pût le qualifier de « maniaque des rallymen », puisque sa troisième victime était un intellectuel, ni d'assassin de la pleine, demi ou nouvelle lune, puisqu'il avait commis son dernier forfait, très prudemment, par une nuit complètement bouchée, cet assassin commençait à taper sur les nerfs de tout le monde. On eût aimé plus de ponctualité ; un scénario moins décousu ; quelque chose de mieux construit enfin...

Dans les chroniques des journalistes excédés, la police, le procureur, le juge Chabrand et les Basses-Alpes en général en prenaient un vieux coup.

Ils n'étaient pas seuls du reste : tous les malheureux habitants de Digne, des Courbons, des Sieyès, dont le nom commençait par « or » furent priés de donner de leur nuit du 3 février un emploi du temps complètement à jour. Or, c'est bien simple : ils dormaient tous... avec une compagne ou tout seul. Il aurait fallu être fou, d'ailleurs, pour passer une nuit pareille ailleurs que dans un lit.

« Heureusement, disait le commissaire Laviolette, que « or » ça réduit le champ des investigations. Si la victime avait tracé : « ro » ou « ra », ç'eût été une bien autre histoire ! »

Heureusement, « or », tant prénoms que noms, on en trouva trois : un certain Orlando, cordonnier italien, sourd et déjà vieux. Il dormait. Et d'un. On retint plus longtemps un Gabriel Oraison, joueur de basket, jeune et souple, mais Laviolette survint durant l'interrogatoire et, à sa seule vue, fit signe qu'on pouvait renvoyer le suspect à son sport favori. Il y eut aussi un certain Orsini, déménageur. Cette nuit-là, il était sur la route, dans son fourgon capitonné, avec un compagnon. A trois heures du matin, le péage d'Auxerre avait délivré au nommé Orsini un certificat de sortie.

Ce fut tout pour les noms. Pour les prénoms, il n'y en eut qu'un : un Italien aussi ; un certain Orphéo Tamburi, accordeur et aveugle.

Il fallait se lancer dans d'autres directions. On poussa la conscience policière jusqu'à l'extrême limite. On s'attaqua aux professions. On découvrit un orthopédiste, petit et d'ailleurs bancal, mais son alibi était increvable : cette nuit-là, il veillait avec trois autres personnes, un sien oncle mort à Fours. Le chasse-neige n'avait dégagé la route qu'à six heures du matin.

Alors, on alla sonner sans ménagements chez un ornithologue passionnel qui habitait les hauteurs des Courbons et n'était pas en odeur de sainteté auprès des autorités. Il était, comme on dit pudiquement, « bien connu des gendarmes ». Entendez qu'il avait été condamné au tribunal d'instance pour attentat à la pudeur sur mineur de plus de quinze ans.

« Fous-moi ça dehors ! cria Laviolette à Courtois, dès qu'il aperçut le client.

— Mais chef...

— Enfin, réfléchis ! Cette tante pèse aux moins quatre-vingt-dix kilos ! Tu la vois sur les épaules de Gassendi ? Tout se serait écroulé sous elle ! ».

L'ornithologue passionnel s'en tira avec cette diatribe, mais entre les mains du commissaire Laviolette il ne restait que du vent.

« Que du vent ! » répéta le juge Chabrand.

Il en soufflait un du nord-est précisément, qui faisait reluire de froid, comme si elles étaient propres, les vitres du vieux palais de justice où le juge tenait cabinet. C'était si adroitement chauffé que le juge était en carrick et le commissaire en pardessus et cache-col.

« Pas tout à fait quand même, dit Laviolette qui en " roulait une " avec application. Pas tout à fait quand même si nous tirons correctement les conclusions qui s'imposent.

— Bon ! » dit le juge.

Il alla derrière son bureau et déballa une à une les pièces à conviction : le premier galet qu'il avait ramassé ; le deuxième, noirci par l'incendie ; celui découvert à Saint-Michel-des-Fusils ; les deux derniers enfin, tachés de sang. Tous pesaient entre six cents et sept cents grammes. Tous avaient été sélectionnés parce qu'ils n'étaient pas intacts et présentaient une arête vive comme un véritable coup de poing magdalénien.

« J'ai fait effectuer, dit le juge, des essais balistiques par le Laboratoire de Marseille. Ça a duré assez longtemps parce qu'ils ont dû eux-mêmes faire appel au bureau des coordonnées de la région militaire. Et voici la conclusion. »

Il tira du dossier une feuille dûment authentifiée par un en-tête et deux gros cachets couvrant une signature. Il lut :

« *Les projectiles soumis à notre examen sont dans l'incapacité de mettre un adversaire hors de combat, sans l'adjuvant nécessaire d'une arme de jet idoine à accroître la masse dudit projectile, par la vitesse y imprimée.* C'est succinct, concis et sans appel !

— Un lance-pierres ! commenta Laviolette. Nous allons nous faire foutre de nous par toute la presse française ! Quand il la lit, s'il en a le loisir, le Quai des Orfèvres doit se tordre de rire. Il y a là-haut un mien collègue... Bref !

— ... Et ils ajoutent : *D'autre part, le lanceur a dû se soumettre à un entraînement rigoureux.*

— Tu parles ! »

Laviolette désignait d'un mouvement du menton la pièce à conviction n° 6 qui ne trouvait place en aucun dossier ni en aucun tiroir. C'était le triangle en tôle des Ponts et Chaussées où le cantonnier avait la tête écrasée. On l'avait relégué contre l'armoire aux dossiers, attaché au mur par une chaîne munie d'un cadenas et portant des scellés.

« Un lance-pierres, un tire-élastique, une fronde... énuméra Laviolette.

— Un mangonneau, une baliste, un onagre... ironisa Chabrand.

— Vous pouvez rire, vous aussi, dit Laviolette. Vous

rirez moins quand vous aurez sorti la dernière pièce à conviction.

— C'est vraiment bien pour vous être agréable! » soupira le juge.

Il exhuma d'un fond de tiroir une boîte toute neuve qu'il ouvrit avec précaution. Elle contenait le moulage en plâtre de l'empreinte de chaussure découverte sur l'entablement de la statue de Gassendi. Elle était là, saisissante de vérité, révélant tous ses détails et même les stries des têtes rondes des clous, parfaitement visibles, ainsi que les deux barrettes d'acier, l'une au talon, l'autre à la pointe, destinées à freiner l'usure du cuir. Il était aussi parfaitement visible qu'il manquait deux clous.

« Voilà! dit le juge. Repaissez-vous de cette trouvaille qui devait soi-disant nous conduire à la vérité.

— Pardon! Ça c'est vous qui l'avez dit! J'ai au contraire avancé, si vous voulez bien vous souvenir, que ça ne ferait qu'embrouiller l'affaire.

— Sur quoi basiez-vous votre conviction?

— Sur le fait que j'ai porté ce genre de godillots dans mon enfance. C'étaient des brodequins tout cuir, qu'on n'usait jamais parce que le pied forcissait et qu'au bout d'un an, un an et demi, on ne rentrait plus dedans. Aussi, les parents avisés les choisissaient-ils toujours un peu amples. De sorte qu'on avait deux occasions d'attraper des ampoules : quand elles étaient neuves, parce qu'on y nageait dedans; quand elles étaient vieilles, parce qu'on n'y rentrait plus dedans. Mais n'importe! Quelles glissades! On se régalait! Ça rayait la glace et les parquets! Ça labourait les flancs des copains qui vous supportaient quand on jouait à " Morpion ". Tenez, un jour...

— Bref ! coupa le juge, vous me raconterez vos mémoires une autre fois. Les recherches n'ont rien donné ?

— Rien de rien ! Les trente copies conformes du moulage ont été présentées à tous les marchands de chaussures du département... »

Le juge voulut parler.

« Attendez ! dit Laviolette. Nous étions prêts à aller beaucoup plus loin encore : jusqu'à Marseille, Avignon, Grenoble, etc. Mais quelqu'un nous a fourni un renseignement capital ; un qui tient un bazar à Faucon-du-Caire et qui doit bien avoir dans les soixante-quinze ans. " Ça ne m'est pas inconnu, a-t-il dit, attendez un peu ! " Il a une arrière-boutique dans un ordre rigoureux. Il s'en est excusé presque : " Ici, pendant l'hiver, on a le temps de ranger. " Il avait tout archivé, année par année, depuis la mort de son père, en 1925 ! Lequel tenait déjà ce magasin avant lui. Il nous a sorti un tarif illustré de 1932. La chaussure en question était fabriquée à Annonay, par la Maison Meyssonnier et Lauze...

— Mais alors...

— Il n'y a pas de " mais alors ". La Maison Meyssonnier et Lauze a fermé ses portes en 1938. De toute façon, elle ne fabriquait plus à l'époque ce genre de chaussures depuis plusieurs années. Voilà ! »

Après cette déclaration, Laviolette sortit son matériel à rouler et s'en prépara une bien tassée, pour donner au juge le temps de méditer, avant de lui dire les choses difficiles qu'il lui restait à énoncer. Chabrand gardait le silence, les yeux fixés sur un rapport devant lui.

« Voulez-vous mon impression, juge ?

— Ah ! vous me rendriez service !

— Eh bien : l'assassin joue ! L'assassin joue avec

nous, non pas comme le chat avec la souris mais bel et bien comme la souris avec le chat ! Jusqu'ici, à mon avis, il lui était parfaitement égal de se faire prendre. Et puis maintenant, il a pris notre mesure. A son grand étonnement, il constate notre impuissance, alors, l'élément jeu qui, jusque-là, ne s'était pas imposé à son esprit, lui apparaît en pleine lumière et il se met à se montrer en clair-obscur : à la chapelle où il massacre un panneau de cantonnier ; au bois du Deffand où il occit un lièvre ; dans le lit de la Bléone où il choisit ses galets. Et il tue à nouveau ! Et il nous laisse cette superbe empreinte dont il sait parfaitement qu'elle ne nous conduira nulle part !

— Exprès ?

— Exprès ! Retenez bien ceci, juge : l'assassin joue ! Il joue ! Il joue ! »

Il n'en finissait pas de scander ces mots, deux doigts levés devant lui, et, chaque fois qu'il disait : « il joue », la cigarette qu'il finissait de fumer se pointait, accusatrice, vers son interlocuteur.

Le juge gardant le silence, Laviolette reprit :

« Qu'y a-t-il dans ce rapport qui semble vous captiver ?

— Il me captive en effet et je commence à entrevoir vaguement où vous prétendez m'entraîner.

— Ce rapport vous éclaire-t-il à ce sujet ?

— Plus ou moins. C'est le compte rendu de l'examen anthropométrique de ladite empreinte. Vous ne l'avez pas encore reçu ?

— Il a dû arriver au bureau ce matin. Non.

— Vous écoutez ?

— Je suis tout ouïe ! comme vous dites.

— *Pointure trente-neuf, pied étroit. L'individu a plutôt tendance à s'appuyer sur l'intérieur de la semelle que sur l'extérieur, ce qui laisserait à supposer qu'il est atteint de* genu valgum.

— Merci ! Comme dix pour cent de la population à peu près !

— *Les renseignements suivants,* poursuivit le juge, qui lisait toujours, *sont communiqués avec les réserves d'usage : l'individu doit mesurer entre un mètre cinquante-huit et un mètre soixante et un, il serait de corpulence mince et pèserait entre cinquante-quatre et cinquante-huit kilos.* Qu'est-ce que vous en dites ?

— Que ça me laisse sans voix !

— Plût au ciel !

— Et vous ? A part cette repartie. Ça vous suggère quoi ?

— Une femme ?

— Une femme ? Qui nous aurait laissé l'empreinte de ce brodequin ? »

Laviolette secoua la tête.

« Non, juge ! Il faut aller plus loin. Comme disent les journalistes : " il faut descendre encore dans l'horreur ! " »

Le juge laissa glisser le silence. Il regardait fixement par la fenêtre la place du Palais sous le jour funèbre.

« Je vais retourner la carte que je gardais dans ma manche, dit Laviolette. Le jour de l'enquête à Saint-Michel-des-Fusils, les deux chasseurs de sangliers m'ont fourni, en additionnant leurs deux témoignages et en divisant par deux, un renseignement très précis : la forme qu'ils ont cru apercevoir dans la brume mesurait un mètre cinquante-huit...

— Pourquoi ne l'avez-vous pas dit ?

— J'étais comme vous maintenant : parfaitement incrédule. Mais, puisque les prémices de l'examen anthropométrique coïncident avec la vision des Memrods, il faut bien se rendre à l'évidence et je ne risque plus vos sarcasmes.

— Un petit homme... dit Chabrand en hésitant.

— Vous imaginez bien qu'avant de venir ici je me suis prémuni contre ce que vous venez de dire : j'ai trouvé dans tout le canton, avec l'aide de tous mes collaborateurs, une douzaine d'individus répondant approximativement à la pointure — moins le pied étroit et moins le *genu valgum* —, répondant, dis-je, à ces mensurations : un mètre cinquante-huit, pointure trente-neuf. Tous, vous entendez bien, tous ont un alibi inattaquable pour au moins deux crimes sur trois ! Sachant qu'ils ont tous été commis par le même individu, il était inutile d'insister.

— Alors ? » dit Chabrand, dont la voix chevrotait un peu.

Mais il ne posait pas la question. Il n'attendait aucune réponse. C'était à son for intérieur qu'il parlait.

« Un enfant... » souffla-t-il derrière sa main qui lui couvrait la bouche.

Laviolette ne pipa mot, mais il branla du chef. Le juge fit deux fois le tour de sa table de travail, à pas lents. « Il ne sait plus où pendre la lumière ! » se dit Laviolette, qui le regardait avec intérêt évoluer autour de lui.

« Un enfant ! » répéta Chabrand en s'écroulant dans son fauteuil.

Il était au comble de l'étonnement. La logique du monde qu'il s'était construite ne laissait aucune place à l'éventualité qu'un enfant pût être un meurtrier ; à moins, bien entendu, qu'on lui fournît pour cela de solides raisons idéologiques.

« Mais pourquoi ? Pourquoi ? » répéta-t-il avec force.

Il se frappait le front de la main droite. Il ne comprenait pas.

« Pourquoi ? répéta Laviolette. C'est son arme principale. En ce moment, il doit se dire : " Ils n'arriveront jamais à comprendre pourquoi. " Et il a raison. Parce que moi, depuis des jours maintenant, je me demande comme vous : " Mais pourquoi ? Pourquoi ? " Je me suis donné cent réponses. Toutes plus dérisoires les unes que les autres.

— Un enfant qui serait fou ?

— Non. N'espérez pas ça non plus. Le mobile, n'en doutez pas, sera parfaitement conséquent, si j'osais, je dirais presque : parfaitement raisonnable. Assez plaisanté. Grâce à un travail de Romain de toute l'équipe, j'ai pu circonscrire les classes où il est possible qu'il y ait des individus répondant aux mensurations requises : soit qu'ils soient précoces, soit au contraire que leur croissance soit un peu retardée, en gros, ça va de la huitième jusqu'à la troisième (s'il y a des exceptions ailleurs, nous nous en occuperons après). Je me suis un peu fait aider pour toutes ces évaluations par le docteur Parini, lequel, comme vous le savez, est adjoint chargé des établissements scolaires. Sans lui donner, naturellement, les raisons de mes questions.

— Et de moi, qu'attendez-vous ?

— J'ai besoin d'ordres pour perquisitionner dans toutes les classes concernées, dans tous les établissements de la ville. Il nous faut frapper vite et simultanément. Il faut que le secret le plus absolu soit conservé jusqu'à l'exécution.

— Qu'espérez-vous découvrir ?

— L'arme du crime.

— Soit, dit Chabrand. Mais si nous nous couvrons de ridicule ?

— Les victimes, elles, sont couvertes de terre. Ça ne pourra pas être pire. Et puis, il faut faire quelque chose.

— D'accord », dit Chabrand.

Ils entreprirent d'établir ensemble la liste des établissements concernés.

« Et le séminaire ? dit Chabrand, quand ils eurent collationné la liste.

— Quoi, le séminaire ?

— Mais oui. Il y a des enfants là-dedans, non ?

— Sans doute. Je n'ai pas vérifié. Il me paraît peu vraisemblable... »

« A cause de ce croque-mort de vertu, je vais me faire taper sur les doigts par les frangins ! se disait Laviolette. Le séminaire ! Je te demande un peu ! Ça passe son temps à tuer des ennemis déjà morts ! Ça se croit en avance de cent ans et ça en est encore au temps du petit père Combes ! »

« Il y aurait grande injustice à ne pas inclure le séminaire, disait avec dignité le juge Chabrand, qui l'ajouta sur sa liste.

— Soit ! dit Laviolette. Mais celui-là j'irai moi-même et, bien que ce ne soit pas dans vos attributions, vous viendrez avec moi ! J'imagine qu'il vous sera agréable de contempler un ennemi à terre !

— Sans doute », dit Chabrand, mi-figue mi-raisin.

Aller imaginer que, non seulement des gamins de septième et sixième, mais encore des gaillards qui fumaient déjà — et quelques-uns de l'herbe — ou qui faisaient l'amour, à l'occasion ; aller demander donc, à ces garçons, s'ils jouaient encore avec des tire-élastiques, c'était du dernier grotesque ! Oui ? Eh bien ! on en trouva six dans les pupitres d'une troisième, avec le plan de toutes les enseignes lumineuses de la ville et des croix sur celles qu'on avait déjà occises. (Une enquête qui dormait depuis longtemps et qui se trouva d'un coup revigorée.) On en dénicha cinq dans une quatrième ; plus de douze dans les septièmes et huitièmes, dont certaines voisinaient avec des trophées : quelques moineaux morts, momifiés au fond des tiroirs ; la peau d'une couleuvre soigneusement épinglée.

Le commissaire et le juge suivaient le chemin sans joie qui longe la muraille du séminaire. Ils n'étaient fiers ni l'un ni l'autre. L'hiver les maudissait en conscience par une pluie indécise qui tournait à la neige pendant cinq minutes, revenait à la pluie, tombait sur du verglas et de la vieille neige fondante. Des corbeaux à la dérive, sous le poids de tant d'eaux, claquaient lamentablement des ailes à travers ce ciel déjà obscur à deux heures de l'après-midi.

Ils sonnèrent à la poterne, à gauche de la grande grille qu'on n'ouvrait plus. Ils s'étaient fait annoncer. Un portier en soutane, sous un parapluie bleu de berger, vint leur ouvrir. Il souriait, lui ! Comment faisait-il ? Le vent charriait des tombereaux de feuilles mortes sous la carène grondante du préau inhabité. Le christ sulpicien, sur sa croix de chêne détrempée, au milieu de la cour, était noir comme l'hiver, saturé de pluie et de solitude. Les bâtiments au fond, sonnaient le creux, grinçaient leur délabrement et se chuchotaient sous la bise leurs fastes passés. A gauche de la porte principale, une étude était éclairée. Le Frère qui les précédait toqua à la porte. On lui cria d'entrer.

Le professeur, derrière sa chaire, devait avoir trente ans et le même sourire affable que le Frère au parapluie bleu. Six élèves entouraient le poêle à mazout. Ils se levèrent. Le juge les contempla. Il y avait un Noir superbe aux yeux profonds ; deux Asiatiques aux têtes rondes ; un Auvergnat (ou ce que Chabrand crut être un Auvergnat, mais il faisait si obstinément français qu'il n'y avait pas moyen de s'y tromper) et deux Italiens aux yeux veloutés, déjà contents de se savoir prémunis contre la pauvreté de la patrie.

Pendant qu'ils étaient debout, Laviolette fouilla sommairement et sans conviction quelques bureaux de cette étude assez grande pour contenir soixante élèves. Il n'était venu là que pour faire plaisir au juge et il n'était pas peu satisfait de constater que le juge n'y en prenait aucun.

« Bon, dit Chabrand, nous allons voir les autres classes.

— Tout l'effectif est sous vos yeux », dit le prêtre enseignant.

Chabrand tourna les talons sans répondre.

Laviolette tendit la main au prêtre qui la serra en souriant. Le portier au parapluie les ramena à la poterne. Ils se retrouvèrent avec les corbeaux volant à gauche et la pluie, de face cette fois. Les longues branches des platanes nus jouaient en s'entrechoquant un fandango macabre. Le juge et le commissaire fonçaient, le parapluie tendu en avant et ne les protégeant en rien. Ils ne desserraient pas les dents.

« Trente-neuf ! annonça le juge Chabrand en désignant son bureau d'un geste tragique. Trente-neuf tire-élastiques de tout poil, prouvant l'ingéniosité de chacun, mais pas un seul, pas un seul qui soit capable de tirer un de ces cailloux à plus d'un mètre sans se rompre ! »

Il essayait en vain de faire tenir sur ces fragiles supports les galets de Bléone qui avaient tué trois hommes. Il brandissait le rapport des services balistiques, lesquels, cette fois, avaient fait diligence. Il souleva dans ses mains une partie des « armes de jet » soigneusement étiquetées au nom de chacun de leurs possesseurs. Il les laissa retomber en pluie sur le bureau, d'un geste découragé.

Il alla rejoindre Laviolette, lequel contemplait, captivé, le spectacle qui se déroulait sous les fenêtres du palais de justice.

Une soixantaine de parapluies bien groupés et en bon ordre formaient une carapace compacte qui rappelait la « tortue » des légions romaines attaquant un camp retranché. De cette curieuse bête surgissaient des banderoles où l'on pouvait lire, pour peu de temps encore, car elles commençaient à se délayer, des choses de ce genre : « *La police, impuissante, s'en prend à nos enfants !* » « *Arrachons nos petits aux mains des sbires !* » « *Laviolette, démission !* »

Le cri unanime : « La police au poteau ! » était étouffé par le vacarme de l'averse. Il déboucha une autre tortue de la rue adjacente, aussi noire et blanche, aussi digne, aussi piquetée de banderoles.

« Les deux fédérations de parents d'élèves ensemble ! dit Laviolette. Je peux me flatter de faire l'unanimité ! »

Chacune d'elles criait les mêmes slogans : « Démission ! » et : « Laviolette au rancart ! » Mais leurs familles politiques étant notablement divergentes, elles s'en seraient voulu de crier à l'unisson. Aussi étaient-elles inaudibles.

La pluie, impartiale, dure, droite, tombait sans reprendre haleine, à peine moins obstinée que l'autre jour au séminaire, sur le commissaire et le juge. Le vent s'en mêla, tordant les banderoles comme draps à l'essorage. On vit se retourner quelques parapluies de qualité médiocre. On piétina. On vacilla. L'espace était étroit. On faillit se mélanger. Une répulsion instinctive frémit sur les parapluies des deux bataillons qui parvinrent, au prix de quelques pieds écrasés, à conserver leur autonomie et leur dignité. Ils se retirèrent en bon ordre, allant porter à la préfecture leur indignation et leur désir de voir le commissaire Laviolette muté à Cayenne.

« Et pourtant, dit Laviolette, il y a nécessairement un père ou une mère d'assassin parmi ceux-là !

— Pas nécessairement, dit le juge. Un grand nombre de parents ne font partie d'aucune fédération. »

Il réfléchit soudain. Qui lui avait parlé de ça ? Quelqu'un, il y a quelques semaines, lui avait dit : « Oh vous savez, moi, j'ai un écolier, mais je ne fais partie d'aucune fédération. J'estime que les maîtres savent ce qu'ils font. Autrefois, les parents n'intervenaient pas et ce n'était pas plus mal. » Qui ? Il se souvint. Il sourit.

Laviolette poussa un gros soupir.

« Cette affaire aura ma peau ! Les fédérations auront ma tête ! Et la presse m'écorchera ! »

Il jetait un regard mélancolique sur les titres des quotidiens que le juge avait éparpillés autour de lui avec mépris, après les avoir parcourus : « *Le monstre de*

Digne est-il un enfant ? » « *Un Elève des lycées auteur des trois crimes de Digne !* » « *Le commissaire Laviolette sur la piste du potache !* »

« Conards, va ! »

Tandis que le *De profundis* des policiers acculés à l'impasse retentissait dans sa tête : « L'enquête est au point mort ! »

Et pourtant... Il sentait que, entre lui et la vérité, il n'y avait que le truchement infime d'un raisonnement mal appliqué, que la prise en considération de certains détails auxquels il n'avait pas pris garde ; mais lesquels, lesquels ?

« A propos, dit-il, l'autre soir je suis retourné voir Maria Cordelier.

— Maria Cordelier ? Ah oui ! La " Maison du Maître " ?

— C'est ça, oui. " La Maison du Maître ". Je voulais en apprendre un peu plus long sur sa voyance. Eh bien, elle m'a tout simplement avoué que c'était elle, le soir où Jeannot Vial a été assassiné, qui avait prévenu sa mère. Vous savez · ce que je voulais obstinément savoir et que le procureur et vous-même, d'ailleurs, vous acharniez à m'empêcher d'apprendre ?

— Oui. Vous vous êtes fait égratigner ce jour-là, si mes souvenirs sont exacts. Alors, tout simplement, que vous a-t-elle dit au juste ?

— Que ce soir-là, Arlène Vial était chez elle, comme tous les vendredis. " Pour une méditation mystique destinée à la soulager de ses phantasmes. " Je cite. Depuis dix ans que son mari l'a abandonnée, et, circonstance aggravante, le jour anniversaire de leur quinzième année de mariage, elle fréquente assidûment la " Maison du Maître ". Or, Maria a vu soudain...

— Vous m'avez dit qu'elle prétendait ne pas être voyante ?

— Elle ne voit que ce qui est inscrit dans le cerveau de ses interlocuteurs. Elle a vu soudain, donc, me dit-elle, " passer un voile noir sur la mémoire d'Arlène. J'ai reçu une sorte d'insolation aveuglante. J'étais en train de lire en italien, pour une dizaine de disciples, les *Fioretti* de saint François, ça m'a éteint la voix ! Arlène ! ai-je dit, que fait votre fils ? Elle m'a répondu qu'il faisait un bridge chez les Bahut-Lamastre. Eh bien ! lui ai-je dit, courez-y ! Courez-y vite ! "

— Dites donc ! C'est bougrement utile ce truc-là ! dit le juge, oubliant pour une fois de châtier son langage.

— Ah ouiche ! A peu près aussi utile qu'un constat d'adultère par un huissier ! Quand elle est arrivée rue Prête-à-Partir... Vous connaissez la suite ! Si c'était utile, elle serait arrivée avant nous. Et surtout : elle serait arrivée avant l'assassin.

— Sans doute ! Mais pourquoi me parlez-vous de tout ça maintenant ?

— Pour éclairer votre religion. Et puis... Parce qu'il se pourrait qu'il y ait tout de même quelque chose d'utile dans cette affreuse confusion de foi et de magie. Maria m'a avoué que cette mort de Chérubin Hospitalier lui avait " glacé l'âme ", et que depuis, elle avait beaucoup pensé...

— Et alors ? A-t-elle " vu " la solution ?

— Pas positivement, mais elle m'a parlé du " or ". Elle m'a répété qu'elle n'avait même pas vu ces deux lettres dans mon cerveau (à plus forte raison la suite) parce que je ne les voyais pas non plus, ce qui s'appelle " voir " a-t-elle dit. A cause de la paresse de mes neurones improductifs. " Mais surtout ! surtout ! a-t-elle ajouté le doigt levé, parce que j'ai le cœur trop pur pour le voir ! Mais vous, vous devez y appliquer toute votre bonne volonté ! Toute votre âme ! Vous devez trouver ! Quand vous connaîtrez ce mot, la moitié de la lumière sera faite ! " Elle s'est resserrée dans son châle devant son feu éternellement mourant et elle a ajouté : " Ce doit être quelque chose de très vilain ! " »

Le juge éclata de son célèbre rire éteint :

« Je te crois ! Trois assassinats ! »

Laviolette roulait méthodiquement une cigarette.

« Moi, dit-il, je ne suis qu'un pauvre policier près de la retraite et péniblement arrivé — arrivé ! à l'ancienneté. Je n'ai donc pas de très grands moyens, mais vous... Si vous vous appliquiez un peu sur ce " or ", hein ? Que vous en semble ? Ce serait le moment d'aiguiser votre intellect, non ?

— Qu'est-ce à dire ? Les enquêtes sont le fait de la police ?

— Sans doute, sans doute ! Mais en haut lieu, dit-il en levant un regard plein d'onction vers le plafond, on nous met dans le même sac. J'ai omis de vous signaler que, la dernière fois où j'ai vu le préfet, au moment de le quitter, il m'a lancé : " Je sais que vous aimez Digne ! " J'ai peur qu'en ce qui vous concerne, il le sache aussi.

— Oh ! oh ! » dit le juge.

Il se vit à Paris, Lyon, Marseille, Clermont-Ferrand, tous lieux où la méditation indispensable aux trente-deux chapitres de sa « Réfutation » ne saurait porter ses fruits. Il se promit de passer des nuits blanches sur ce « or ».

« Nous autres, pauvres policiers, dit Laviolette, nous sommes malheureusement tenus de suivre des voies logiques et parfaitement routinières, sous peine de nous faire foutre de nous par l'opinion et nous faire taper sur les doigts par la hiérarchie. Ça nous aide beaucoup à ne pas voir plus loin que le bout de notre nez. Quand nous voyons " or ", comme dans un roman policier de troisième ordre, nous cherchons tout bêtement d'abord s'il s'agit du début du nom de l'assassin, désigné par sa victime ; ou s'il s'agit de sa profession ; ou d'une particularité qui le concernerait. Ça fait plaisir au procureur. Nous avons approché le problème d'une manière strictement orthodoxe et c'est sans importance que nous n'ayons pas trouvé la solution. C'est seulement la nuit, dans notre plumard, en heures supplémentaires non payées, que nous pouvons enfin faire de la recherche !

— Accouchez ! gémit le juge. Vous m'agacez et je n'y vois goutte !

— " or " : c'est un prof de philo qui a tracé ces deux lettres dans la neige. Ne l'oubliez pas ! Entre le moment où il vient d'être frappé et celui où il va s'affaler sur le tas de graviers, il y a une distance de quatre mètres et il s'écoule probablement entre six et dix secondes. Durant ce laps de temps, son esprit diminué, rempli par la panique de la mort, va devoir rassembler tous les éléments de sa vie récente, trier là-dedans à toute vitesse les raisons qu'on a eues de le détruire. Au moment où il s'affale, il a réussi à construire une théorie. Il s'efforce d'en faire la synthèse en un seul mot qu'il commence d'écrire : " or ". A ce moment-là, il est frappé pour la seconde fois. Voilà. Vous en savez autant que moi.

— Après un tel effort, vous pouvez aller vous reposer !

— Que nenni ! Je vais m'attaquer au *genu valgum* ! C'est-à-dire que je vais m'efforcer de trouver tous les élèves mesurant environ un mètre cinquante-huit et pesant entre cinquante-cinq et soixante kilo, et qui sont atteints de cet affreux vocable. Puisque l'anthropométrie a découvert ça sur cette salope de chaussure ! Il faudra persuader les parents ! Ça va être pratique ! Mes hommes sont tous là-dessus. Pendant les heures de gymnastique, ils " espinchent " les athlètes dont les genoux à protubérances se touchent ! J'en ai mis à la piscine, sur les courts de tennis, enfin... partout où l'on se montre jambes nues. Vous pouvez vous attendre à une deuxième manifestation de parents d'élèves quand j'irai demander à tous ces gamins... (Tiens ! Et faire admettre aux parents que leur chef-d'œuvre est atteint de *genu valgum* ! Tiens ! Je n'avais pas pensé à ce détail !) Bref ! Quand j'irai demander à tous ces gosses, ce qu'ils faisaient dans la nuit du 3 février et la nuit des autres meurtres...

— Vous comptez beaucoup là-dessus ? demanda le juge, sceptique.

— Raisonnablement ! Je compte surtout sur votre lumineuse intelligence pour me révéler les lettres qui suivaient le " or " tracé par la victime. »

Il tendit la main. Il s'en alla. Puis il rouvrit la porte, y passa la tête et dit :

« Pour ne rien vous cacher, je crois avoir une petite idée là-dessus. Nous la confronterons avec la vôtre, sitôt que vous en aurez une ! »

Le juge se dit que, somme toute, les banderoles qui exigeaient « Laviolette au rancart » ne manquaient pas d'un certain à-propos.

8

Mon cher petit assassin,

Il y a déjà trois semaines, je vous adressais cette grande épître pathétique et vous ne daignez toujours pas répondre ! Ce n'est pas gentil ! Vous savez que lire me fatigue les yeux et que pourtant j'adore la lecture ! Vous savez que je ne m'endors jamais avant trois heures du matin et que j'adore la compagnie ! Je ne vous demandais pourtant pas grand-chose : venir me faire la lecture trois fois par semaine ! Et puis : vous m'auriez raconté vos crimes ! Vous savez que je suis friande de belles histoires ! Pourquoi ne me répondez-vous pas ? A moi qui vous ai fait sauter sur mes genoux ? Vous savez que je n'aurais qu'un mot à dire et... Vous me comprenez ! Allons, faites un petit effort ! Vous en faites tant de si grands ! Ce n'est pas bien de sortir la nuit, seul comme ça, à l'insu de votre pauvre mère qui se tue au travail...

La douairière s'interrompit, la plume en suspens, et laissa couler d'elle un ricanement sarcastique. Après quoi, elle reprit de plus belle :

... Si vous venez, je vous rendrai ce bel instrument de précision que m'avait offert naguère votre cher père ! Et tout sera dit ! Je ne regarderai plus jamais votre fenêtre s'éclairer

ni la lucarne du grenier, comme elles le firent certaines nuits que je vous énumérais dans ma dernière épître. Sinon... Mon cher petit... Mais je vous embrasse tout de même, persuadée que vous ne résisterez pas à votre tendresse pour moi.

A. de Champclos.

P.S. — Je me suis permis de vous écrire, sachant que c'est vous qui relevez la boîte aux lettres. Sinon, vous pensez bien !

La douairière de Champclos écrivait avec un calame, ce qui rendait malaisé à déchiffrer sa grande écriture négligente. Elle sabla d'un geste large, vida le sable dans la corbeille et se relut, satisfaite, la lettre tendue à bout de bras, car elle ne portait pas de lunettes, ayant renoncé depuis longtemps à cette coquetterie.

Elle ouvrit un petit tiroir du secrétaire, y puisa une enveloppe rose, secoua le calame et s'apprêta à écrire une adresse. Elle calligraphia le nom puis s'arrêta. Après tout, ce n'était pas si loin, et comme justement elle avait à sortir, elle irait la porter jusqu'à la boîte de son destinataire. Ça ferait toujours un timbre que le gouvernement n'aurait pas.

La douairière de Champclos marchait, à pas comptés, sur ses quatre-vingt-neuf ans. Elle avait encore bon pied bon œil. On lui reconnaissait, avec admiration, une mémoire peu commune. Elle parlait volontiers de son enfance, entre 1890 et 1900, comme si c'était hier. Elle confondait un peu les générations, par exemple, les entassant l'une sur l'autre lorsque la ressemblance entre parents et enfants était vraiment très marquée ; disant par exemple à une telle : « Oh ! quelle surprise ! Il y a au moins vingt ans que je ne vous ai vue ! » Or elle s'adressait alors à la petite-fille d'une telle, morte depuis longtemps, et cette petite-fille-là n'avait jamais vu la douairière. Ce sont les légers inconvénients de vivre trop longtemps. Mais n'importe ! cela ne l'empêchait pas de découper alertement les coupons de ses titres, d'aller voter (à gauche), de savoir qui était leader du Tour de France, et, le cas échéant, de voir et de commenter le dernier Jean-Luc Godard. (On en donnait peu à Digne.)

C'était à un niveau beaucoup plus profond que son ordinateur était bloqué. Aussi personne ne pouvait s'apercevoir, sous le camouflage des actes correctement programmés par son cortex, que tout le centre d'information de son cerveau était complètement entartré par la sclérose ; les relais y étaient en court-circuit ; il y avait des varices sur le bulbe rachidien. Folle ? Non pas ! Mais n'ayant plus de garde-fou. Se permettant des audaces de collégien. Témoin, cette deuxième lettre qu'elle écrivait à l'assassin.

Ce jour-là, on était au début de mai, l'air embaumait le seringa en fleur. La douairière, ragaillardie, décida d'aller toucher les intérêts de ses titres, opération qu'elle remettait depuis une quinzaine à cause du temps, peu propice jusque-là aux nonagénaires.

Elle saisit le sac en tapisserie sur laquelle la dernière de ses gouvernantes, qui avait pu résister à la tentation de manger de la viande en dehors des fêtes, lui avait brodé deux fables de La Fontaine. Elle coiffa le chapeau à falbalas, copié en 1905 sur celui de Sarah Bernhardt (et que sa modiste, depuis, lui reproduisait fidèlement). Ainsi, certaine d'être reconnue de tout Digne et donc de n'être pas bousculée, elle ouvrit le tiroir de sa commode Louis XV. Il y avait là deux ou trois centaines de titres 1973 que, malgré ses protestations indignées, on lui avait échangés contre du Pinay indexé sur le napoléon. Ça faisait du volume, mais n'importe ! Le cabas était fort profond. Elle y joignit, avec une moue de commisération, un bon paquet d'obligations de la ville de Digne et, enfin, glissa entre deux liasses sa lettre à l'assassin qu'elle se proposait d'aller jeter dans sa boîte aux lettres.

Digne était en liesse. C'était la Saint-Pancrace. La Dizaine commerciale battait son plein. On avait accroché à tous les platanes des haut-parleurs mal réglés qui diffusaient des annonces publicitaires inaudibles, sinon à partir d'un kilomètre à la ronde, mais dont la tonitruante ambiance condamnait toute conversation. La douairière traversait cet enfer le sourire aux lèvres. Elle adorait le bruit.

Elle croisa des connaissances qui lui demandèrent, crut-elle comprendre, des nouvelles de sa santé ; elle leur répondit, en tout cas dans ce sens, et qu'elle était fort bonne. A quinze heures quinze, elle entrait à la banque.

Le jeune homme vers qui elle se dirigea sans hésiter sortait de stage et n'était pas de Digne. L'apparition ne le fit pas rire. Les jeunes ne regardent pas les nonagénaires, ou, en tout cas, ils ne les voient pas. Lorsque, par contrainte professionnelle, ils sont tenus d'enregistrer leur présence, ils ont plus tendance à se croire en face d'un fantôme que d'un mortel. Et il faut dire que la douairière, avec son visage de plâtre et son chapeau noir de veuve tragique, figurait assez bien le spectre d'une lady. Toutefois, lorsqu'il la vit sortir d'un geste ferme quatre liasses d'emprunt 73 et deux cents obligations, le tout asséné si sec qu'un nuage de poussière dansa aux rayons du soleil, le jeune homme comprit qu'il avait affaire à une vivante du meilleur aloi et elle n'eut plus quatre-vingt-dix ans.

Et puisqu'elle était redevenue une cliente ordinaire, il

prétendit, lorsque les coupons furent détachés, lui remettre un reçu contre quoi son compte serait crédité sous huitaine, comme tout le monde.

« Comment, crédité ? Comment sous huitaine ? Sachez jeune homme que mon compte n'a jamais plus de mille francs ! Et me faire déplacer deux fois ? Moi ! La Chevalière de Champclos ! Sachez bien, jeune homme... »

Un chef de bureau qui avait reconnu sa voix accourut pour arrondir les angles.

« Mais c'est une erreur, madame la Chevalière ! Mais comme d'habitude, on va vous régler tout de suite, madame la Chevalière !

— Et en espèces ! Comme d'habitude !

— Et en espèces ! Bien sûr, madame la Chevalière ! »

Dans quel d'Hozier de théâtre avait-elle pêché ce titre qui aurait fait pouffer les six familles provençales encore survivantes — par des miracles d'alliances — aux descendants de l'host de Raymond Toulouse ? En tout cas, à Digne, on l'en saluait.

Pour punir le blanc-bec de son outrecuidance, elle lui fit faire du rabiot. Elle s'empêtra dans les coupons des obligations, recompta dix fois les liasses de billets de banque (soigneuse toutefois, de ne jamais soulever la dixième coupure), tant et si bien qu'elle sortit de là à seize heures quinze, accompagnée par le chef de bureau qui ne manqua pas de faire son travail :

« Vous savez, chère Chevalière, c'est très imprudent, laissez-moi vous le dire en toute amitié, de vous promener avec de pareilles valeurs au porteur sur vous. Tout ceci serait beaucoup mieux en sûreté dans l'un de nos coffres, avec vos bijoux... »

La douairière branlait du chef comme si elle approuvait, mais elle dit :

« Mon cher Gillet, regardez-moi bien : avec mon chapeau et mon cabas, j'ai l'air d'une pauvresse folle ! Ne protestez pas ! Je compte sur l'inintelligence des malandrins. Ils sont conventionnels comme tout le monde ! Jamais on ne leur fera croire qu'une folle a de l'argent dans son sac ! Et une folle de mon âge ! Voyons ! »

Elle pirouetta sur les talons et partit se mêler à la liesse de Digne. Le cabas ballant à bout de bras, elle fit du lèche-carreaux tout au long du boulevard Gassendi. Elle rencontra une amie, presque aussi vieille qu'elle, qui rôdait autour du salon de thé, n'osant, toute seule, aller y grignoter un petit four.

« Comment donc, vous n'osez pas ! Nous allons y aller ensemble ! »

Elles firent sensation, l'une contre l'autre jetées, à la terrasse où il y avait beaucoup de monde. Une grosse gourmande de douze ans qui s'efforçait d'avaler un éclair d'une seule bouchée faillit mourir étouffée par le rire réprimé qui lui coinça l'éclair au fond du gosier.

Les deux vieilles dames, sitôt installées, entreprirent de « déshabiller » les passants, dont elles connaissaient un grand nombre. Elles commentaient à haute voix l'infortune des uns et des autres, se les désignant du doigt, au passage. A cause des haut-parleurs, nul ne les entendait et elles ne s'entendaient pas elles-mêmes, mais c'était bien agréable de tenir ainsi à jour la Carte du Tendre du pays.

La douairière se laissa faire violence par la serveuse. Elle ne but qu'un thé au citron, mais elle fit disparaître un gros chou, une meringue et une jalousie. Son dentier en claquait d'allégresse.

Régler l'addition ne fut pas une petite affaire. Le cabas de la douairière et la bourse en mailles d'argent de sa copine se livrèrent, haut-levés, un duel homérique, tandis que les voix glapissantes appelaient la serveuse. Elle vint nonchalamment : ça ne ferait pas lourd comme pourboire.

« Chère amie, je vous en prie...

— Mais non, ma chère amie, je ne permettrai pas ! »

La douairière l'emporta de haute lutte, avec un billet de cent francs arraché d'une liasse, tandis que tombait à terre la lettre à l'assassin.

« Chère Chevalière ! Vous avez perdu quelque chose ! » dit l'amie, qui avait déjà remisé précipitamment sa bourse.

Un jeune homme bien élevé se baissait, recueillait l'enveloppe. Elle était tombée à l'envers. Il la rendit à l'envers comme l'exige la bienséance.

La douairière remercia noblement et se hissa hors de son fauteuil. Elles se congratulèrent encore devant la terrasse et partirent, chacune de leur côté, se retournant fréquemment pour s'adresser, à travers la foule, de petits signes d'amitié.

Il était près de sept heures du soir ; dominant le tumulte des haut-parleurs, une musique militaire remontait le boulevard, tous cuivres dehors, électrisant la foule. La douairière, au pied d'un platane, jouissait avec bonheur d'un pareil tintamarre.

Mais saint Pancrace en avait assez d'être fêté avec tant de zèle. Tandis que le soleil baissait à l'horizon, le saint de glace darda quelques têtes noires de nuages au fond des Clues de Chabrières. Le ciel, vers le triangle maléfique : Barrême, Saint-André, Castellane, se mit à clapoter sous l'orage.

On était tellement occupé à couvrir de vivats le IIe BCA claquant de tous ses cuivres, qu'on ne vit pas venir le saint de glace dans ses œuvres. Il s'abattit d'un seul coup. Un éclair qui fit rougir les pavillons des cors et des trombones. Un tonnerre qui couvrit le vacarme conjugué des cuivres et des haut-parleurs et, incontinent, un énorme seau d'eau qui s'abat sur tous : hommes, femmes, enfants, vieillards, soldats; mais un seau d'eau inépuisable : au bout d'une minute à peine, les caniveaux regorgeaient.

Ce fut la fuite éperdue. Entraînée, de longue date, à cause de son chapeau, à se méfier des caprices du ciel, la douairière de Champclos ne restait jamais plus de cinq minutes sans y jeter un coup d'œil lorsqu'elle sortait. Cela lui permit de s'abriter avant le déluge, sous le velum d'un café. Et, ma foi, puisqu'elle y était, il fallait bien consommer. Elle se commanda un porto et, de là, intimement satisfaite et confortablement installée, elle contempla la débandade.

Trois grâces, peintes à plaisir, surgirent soudain devant son guéridon, piaillantes de froid, les permanentes en déroute et bouchant complètement son horizon. Elle allait leur faire remarquer vertement qu'elles n'étaient pas transparentes, lorsqu'elle s'avisa que, précisément, elles l'étaient, du moins partiellement, à cause de cette averse soudaine qui plaquait sur elles les robes légères. Elle se permit quelques réflexions amusantes sur ces transparences pas toujours très heureuses.

Lorsqu'elle s'arracha à ce divertissement, il était près de huit heures et l'orage se relevait. Tout Digne rentrait à la maison, réparer les dégâts et mettre les pieds sous la table.

La douairière songea qu'il lui restait une course à faire et se remit en route.

Le chemin était long jusqu'à cette boîte aux lettres, et elle se reposa deux fois en route, sur les bancs publics. Lorsqu'elle atteignit son but, la nuit était close, le silence régnait. L'orage grommelait aux sources de la Bléone.

Satisfaite de sa journée, quoique un peu lasse, la douairière était encline à l'indulgence et aux scrupules. Elle allait jeter dans la fameuse boîte sa lettre empoisonnée, lorsqu'elle se ravisa : « Tout de même ! Et si ce n'était pas lui qui relève le courrier ? La dernière fois, j'étais allée la lui porter à la sortie... Il vaudrait peut-être mieux... Je ne voudrais tout de même pas le faire punir ce pauvre petit ! J'irai demain ! C'est jeudi ? Non, c'est vendredi. Non ! C'est jeudi ! J'irai l'attendre demain. Je la lui remettrai en main propre ! » Et la lettre réintégra le cabas.

Elle n'était plus très loin de sa haute Thébaïde à deux étages dont elle n'occupait que le second, de plain-pied sur la rue Bonempère et dominant cet adorable jardin fait de terrasses en cascade et qui descendait jusqu'au bord du torrent des Eaux-Chaudes.

Pourtant, sur la courte distance qui la séparait de sa maison, saint Pancrace revint à la charge. Il s'était éloigné, croyait-on, vers les Évêchés et la Tête d'Estrop faire fondre les derniers névés, mais c'était une fausse sortie. Il revenait à fond de train. On l'entendait là-haut, déchirer ses ailes maléfiques contre les barres des Clues. Il piqua sur Digne de tous les côtés à la fois, soufflant un étrange tumulte qui imprimait aux girouettes une vitesse de moulin à vent.

La douairière fut attaquée en traître par ce souffle

incongru qui lui plaquait sur les hanches sa robe de faille et prétendait lui arracher son chapeau. Elle termina le peu de chemin qu'il lui restait à faire à pirouetter, tantôt de dos, tantôt de face, pour déjouer les desseins du vent qui visait à jeter au sol ce chef-d'œuvre de « mademoiselle Armandine, modiste, 33 rue Royale, Paris, 1905 ».

Enfin elle atteignit le portail magnifique flanqué de deux colonnes pompeuses, mais qui ne fermait plus depuis que, il y a vingt ans, un poids lourd en reculant en avait tordu la base. De temps à autre, une fois par an, la douairière passait chez Pleindoux, le ferronnier : « Dites, monsieur Pleindoux, vous devriez venir me réparer ma grille ! — Voui, il faudra que j'y passe un peu... Excusez-moi ! On a tellement de travail ! » C'était dit pour un an. Il espérait que dans l'année le froid ou le chaud emporterait la vieillarde et sa grille à réparer. « A réparer ! Je te demande un peu ! Tant comme elle a de sous, comme si elle pouvait pas m'en commander une neuve ! »

La douairière se glissa de biais par l'entrebâillement de cette grille qu'on ne pouvait plus ni fermer ni ouvrir.

La grotte d'ombre du jardin la reçut, toute bruissante de feuillages affolés et d'oiseaux mal à l'aise sur des nids perdus dans la houle des branches. On entendait aussi, sous le tumulte, quelques coassements de grenouilles malcontentes maugréant contre cette bourrasque qui séchait leurs muqueuses.

La douairière fouilla son cabas. Il y traînait toujours quelque torche électrique voisinant avec ses clés et qu'elle saisit fortement en main. Elle se dit à cet instant qu'elle aurait peut-être mieux fait de passer par la rue Bonempère, mais traverser le jardin raccourcissait son trajet d'au moins cinq cents mètres. L'inconvénient, c'est qu'il lui fallait remonter cette interminable allée de buis et gravir cet escalier monumental coupé de rocailles et de jarres à géraniums.

Ce jardin, autrefois policé de force par trois jardiniers depuis longtemps sous terre, profitait de sa situation à côté du torrent pour y puiser une luxuriance qui faisait monter les espèces à l'assaut les unes des autres. De sorte que, des nuits comme celle-ci, c'était un mur d'ombre auquel on se heurtait, dès la grille franchie.

La douairière s'éclaira de sa torche. « Il faudrait changer la pile » se dit-elle. La misère de la vieillesse, ce sont surtout ces gestes qu'on se propose de faire, mais qui, soit malhabileté, soit manque de force, restent à l'état de projet ; ces actes de la vie courante, autrefois si machinaux et qui se révèlent soudain obstacles infranchissables.

Combien de dizaines de milliers de fois avait-elle remonté ou descendu cette allée de sa maison de naissance, depuis quatre-vingt-neuf ans ? Le cerceau, les pompons, les nattes... Les cris de la mère appelant « Adélaïde ! » du haut de cet escalier mal commode et pompeux. Et ces soirs de Saint-Pancrace justement, pressée par de furtifs amoureux, dans l'ombre des charmilles... En tant d'années ! En tant d'années ! Un souvenir la frappa au visage, émergeant pour la première fois hors d'un demi-siècle de respectabilité : mais oui ! Certaine nuit d'été, alors que son mari dormait là-haut — mon Dieu ! mais avec qui était-ce donc ? Quelqu'un sans doute mort à l'heure actuelle... — elle avait fait l'amour debout, à la sauvette, sous ce buis énorme qui n'avait presque pas changé depuis les cinquante années que cet événement insignifiant avait eu lieu. Cinquante ans ! Depuis combien de temps personne ne l'avait-il plus appelée « Adélaïde » ?

Oui, cette allée avait été la compagne de sa vie, et pourtant, ce soir, elle était hostile. Quelle heure pouvait-il être ? Pas très tard sans doute. Comme une réponse, dans le tumulte du vent, Saint-Jérôme sonna neuf heures.

La douairière, tout enthousiasme retombé, le cabas traînant à bout de bras, de tout le poids de ses trente millions et des poussières, et de sa lettre à l'assassin, remontait péniblement l'allée de buis. Elle atteignit enfin la base de l'escalier monumental. Elle y souffla quelques secondes. Mon Dieu, dormir ! Dire qu'il y avait encore trente-cinq marches à gravir !

Elle reprit courage, leva en même temps sa torche et l'inévitable cabas pendu au bras.

Alors elle le vit : juché sur l'entablement d'une volée de la rampe d'escalier, à la place de la jarre disparue, jetée bas autrefois par le vent. Son visage était encadré par la minable lumière de la torche et il n'essayait pas d'y échapper. Mon Dieu ! comment n'avait-elle pas remarqué, lorsqu'elle le faisait sauter sur ses genoux, ce visage sans regard ? Ces yeux glauques, insondables, sans pupilles apparentes, sans clarté ! Comment, pourquoi, ne l'avait-elle pas laissé s'étouffer par un gros bonbon qu'elle lui avait offert ? Comment ne l'avait-elle pas laissé choir par mégarde, quand il était sur ses genoux, à dix-huit mois ? Maintenant, il était trop tard ! Il était là, immobile et figé sur cet entablement comme un Eros de cauchemar mais ce n'était pas un arc qu'il dardait.

Elle ouvrit la bouche, croyant pouvoir crier, mais elle était trop vieille. Même l'angoisse, même la terreur étaient pour elle des sentiments usés. Elle n'exhala de sa poitrine qu'un piaillement de poule surprise en plein sommeil par le renard.

Le vrombissement tendu de l'arme tourbillonnante se confondit dans le souffle de la tempête.

Alors l'assassin descendit de son piédestal. Il dévala l'escalier dans le bruit ferré de ses chaussures. Il enjamba le cadavre de sa victime sans un regard pour le cabas qui lui avait échappé. Il se fondit dans la nuit, en direction du torrent.

Il ne restait plus, en travers de l'escalier, que le cadavre de cette pauvre femme dont les mystères un à un se dissolvaient dans le vent. Le dentier commençait à déloger hors de la bouche ouverte ; le chapeau, envolé au premier geste instinctif de défense, avait entraîné la perruque avec lui. Tout ce qui avait été quant-à-soi, pudeur, bonne éducation, la mort en dessaisissait sa victime.

Plus loin, en équilibre instable, renversé sur une bordure de rocaille, le cabas se gonflait sous le vent comme un parachute. Enfin, la force ascendante de la bourrasque le fit basculer et l'arracha brutalement aux liasses de billets et de titres, au milieu de quoi était blottie la lettre à l'assassin.

Là-haut dans le ciel, le saint de glace redoublait d'efforts. Il était déjà arrivé, au cours des âges, certaines nuits où il avait bien sévi dans la journée, que, profitant d'un relâchement, le Comité des Fêtes ait quand même réussi à faire péter le feu d'artifice prévu au programme. Mais cette fois, il n'en serait pas question ! Les potences avaient beau être dressées et les pièces à feu — qui pouvaient éclater même sous l'eau ! — être fixées sur les roues, et les caisses à fusée sous leurs housses, décidément, non ! il n'y aurait pas, ce soir de Saint-Pancrace, de feu d'artifice à Digne !

Le vent tournait du nord au sud, d'est en ouest. Il plongeait, il se redressait, il poussait des pointes à quatre-vingt-dix à l'heure, tout de suite après avoir fait semblant de se calmer pendant dix minutes. A onze heures, les artificiers, dégoûtés, avaient de nouveau tout rangé dans les caisses, les caisses dans le camion, le camion au garage.

Mais le vent n'abandonnait pas. La douairière morte avait le visage miséricordieusement recouvert par sa robe qui s'était retournée. Et le cabas, soulagé de son poids de titres, s'envolait comme un ballon vers les grands arbres. Il laissait nus et crus, sur le gravier de l'allée, sa charge de rentes, les liasses de billets de banque et la lettre à l'assassin.

Tout ceci commençait à se désunir et à se déchirer. Les Obligations tiraient sur le mince élastique qui les retenait. Les premières se coupaient peu à peu à son contact. Les liasses de billets de banque épinglés prenaient le parti de s'en aller ainsi, par dix, jouer à cache-cache dans les bosquets. Soudain, le caoutchouc qui reliait les titres cassa avec un bruit sec. De grands cerfs-volants de beau papier appareillèrent sur la nuit, imitant des fantômes. Ils allèrent se jucher aux fourches des arbres ; d'autres, plaqués au sol, sous les seringas ; quelques-uns, avantagés par le vent, se balancèrent longtemps au-dessus du torrent des Eaux-Chaudes et finirent en caravelles dans le courant qui les emporta. Si les neveux, héritiers de la douairière, avaient pu contempler ce spectacle navrant, ils auraient hurlé de terreur et de désespoir.

A la faveur de cette dispersion, la lettre glissa hors de

la liasse de titres et fut emportée à son tour. Plus lourde, elle accompagna un peu dans l'allée quelques Obligations qui semblaient vouloir gagner la rue mais se plaquèrent contre les barreaux du portail. La lettre était restée en arrière. Le vent s'y reprit à trois fois avant de réussir à lui faire franchir la grille. Sa première étape de liberté fut un trottoir brillamment éclairé mais complètement désert. C'est là que le vent la dressa sur sa tranche et la fit rouler sur ses quatre angles en une translation complètement absurde, mais parfaitement efficace.

De coin d'arbre en poteau de lampadaire, d'encoignure de porte, où on la pensait arrêtée pour toujours, en bouche de caniveau, où elle hésita à plusieurs reprises à se jeter, la lettre gagna le centre de la ville.

Elle fit un séjour assez long sur le ciment du kiosque à musique, y dansant, pour elle toute seule, une mazurka bizarre qui la jetait en Nijinsky jusqu'au plafond de l'édifice d'où elle retombait en gracieux tourbillons. Mais un courant latéral la chassa de cet abri et elle reprit son voyage, tantôt comme propulsée par un discobole, tantôt zigzaguant sur tranche, d'un bord à l'autre des trottoirs, comme un homme ivre.

Comme chaque nuit, dans la ville maintenant déserte, des voitures hérissées de flics et tous phares allumés sillonnaient lentement les rues. Le vent joueur saisit l'enveloppe voyageuse par le dessous et la plaqua contre le pare-brise d'une 504 de la police, le côté portant le nom du destinataire tourné vers l'intérieur. Ce fut l'espace d'un éclair, le temps pour le conducteur d'apercevoir le bout de papier, non celui de lire ce qui était écrit dessus ; le vent le confisqua aussitôt et l'envoya rouler sous un guéridon de café où il resta tapi un grand moment, coincé sous le pied de fonte d'un parasol absent, d'où une violente rafale le délogea enfin.

C'était le moment où le commissaire Laviolette faisait dans sa Vedette une tournée d'inspection de ses hommes, afin de vérifier si quelque chose clochait en ville. La grosse voiture avançait contre la bourrasque. Le commissaire sortait d'un repas de noces où les deux familles avaient voulu prouver qu'elles avaient la meilleure cave de Digne. De sorte que, à trois heures du matin qu'il était alors, si on lui avait enjoint de souffler dans l'alcootest, le commissaire eût écopé d'un retrait de permis au moins égal à trois mois. Mais il en avait conscience et conduisait à trente à l'heure. Un cigare fiché entre les dents (et il était éteint), il réfléchissait tristement à sa médiocrité, à son peu de pénétration, au déclin de ses facultés, face à ces trois énigmes dont le sens lui échappait.

« Tu es complètement opaque, mon pauvre vieux ! Tu devrais leur foutre ta démission... Tu bouches la place aux jeunes avec ton gros derrière, c'est tout ce que tu fais. Et pourtant tu devrais savoir ! Tu as maintenant assez d'éléments pour découvrir le pot aux roses. Qu'est-ce qu'il te manque ? Qu'est-ce que tu attends ? »

Il freina à mort. Devant les phares, quelque chose de blanc virevoltait gaiement. Il crut voir une souris. Il avait horreur de les écraser. Mais non, ce n'était pas une souris, c'était un simple bout de papier. « Demain, se dit-il, les rues de Digne seront propres. Le vent qui souffle s'occupe de la voirie. »

Aspirée par le déplacement d'air de la voiture en marche, la lettre à l'assassin passa sous la Vedette et se blottit dans une entretoise, entre un amortisseur et la barre de torsion.

Mais brusquement le vent tomba et la pluie qu'il retenait se mit à danser sur la ville, en longues draperies ondulatoires. La lettre, chassée par les tourbillons d'eau que soulevaient les pneus, se retrouva sur la chaussée et, cette fois, solidement plaquée au sol. Il lui passa dessus les roues de maintes patrouilles vigilantes qui quadrillaient la ville. L'enveloppe creva. Une hémorragie vineuse s'élargit autour d'elle qui fut bientôt les seuls vestiges de l'écriture de la douairière. A cinq heures du matin, cette missive n'était plus qu'un amas informe, amalgamé, corrompu, délayé, sous les déjections d'un engin de chantier qui passa, dégoulinant de boue.

On ne peut pas faire un chef-d'œuvre éternel avec une plume d'oie et un encrier d'encre violette Baignol & Farjon, surtout quand saint Pancrace s'en mêle. Mettant son mauvais temps proverbial entre l'assassin et la justice, il s'était cruellement vengé d'avoir été bouté par l'Église hors du calendrier des Postes.

Le boucher, qui, chaque matin, lui apportait sa côtelette, découvrit la douairière morte devant son escalier monumental. Il distingua aussi, dans le brouillard de pluie qui s'alentissait encore, des guirlandes de titres, suspendues un peu partout, parmi les arbres et les bosquets. Cette découverte, autant que celle du cadavre, lui fit prendre le pas de course et crier au secours dès le portail franchi.

Ce que n'avaient pu réussir les énergiques protestations des fédérations de parents d'élèves, le meurtre de la douairière y pourvut en un instant : en dépit des frangins et de Casimir Honnoraty, le commissaire Laviolette fut dessaisi de l'enquête.

On vit apparaître en personne le divisionnaire Moracchini, dit « Palombo », à cause de son quarante-cinq fillette bien utile pour étayer l'équilibre de ses un mètre nonante-deux.

Le surlendemain seulement de son arrivée, il vint rendre visite à Laviolette, lequel était studieusement penché sur un plan de Digne, pour de nouvelles voies à mettre en sens unique; tâches urgentes, auxquelles on l'avait prié désormais de limiter ses talents.

Le divisionnaire posa à terre une serviette lourde des quinze kilos du dossier, s'assit à califourchon sur une chaise devant Laviolette et le regarda bien en face pendant deux secondes.

« J'ai cru, dit-il, que vous vous foutiez de nous. Je vous fais amende honorable : vous avez probablement raison. »

Il ne lui laissa pas le temps de répondre. Il n'avait pas l'air d'un homme heureux : l'œil sévère, le gros sourcil levé très haut, la moustache emmerdée comme celle d'un adjudant de carrière au sortir d'une algarade du colonel. Bref. Tout à fait l'allure de l'homme qui ne prévoit pas d'éclaircie à l'horizon.

« Et je préférerais, poursuivit-il, venir vous dire en face : commissaire Laviolette, vous êtes bon pour la retraite! Parole! Malgré l'estime que je vous ai et la peine que cela m'aurait coûtée, j'aurais préféré de beaucoup vous voir passer pour un imbécile que d'être contraint de le paraître avec vous!

— Parbleu! dit Laviolette.

— J'ai passé une nuit entière à éplucher le dossier. Page après page ! Témoignage après témoignage ! Rapport après rapport ! Travail parfait, je vous félicite !

— Travail parfait, mais sans résultat.

— Oh ! le résultat est parfait aussi : nous sommes dans la mistoufle jusqu'au cou ! »

Le divisionnaire se leva, ce qui était toujours un déploiement très impressionnant.

« Un enfant ! » dit-il. « Un enfant ! répéta-t-il en frappant sa paume de son poing fermé. Et dire que lorsque le procureur m'a fait part de votre théorie, je lui ai éclaté de rire au nez !

— Parbleu ! répéta Laviolette avec une grande satisfaction.

— Mais comment ? Mais pourquoi ? Mais comment allons-nous faire admettre cette abomination à l'opinion ?

— On trouvera bien quelque précédent. Sinon en France, du moins aux États-Unis, pays prodigue en précocités de tout genre. Mais excusez-moi, malgré tout le respect que je vous dois, il nous reste un espoir : et si cet assassin restait introuvable ? »

Le divisionnaire siffla longuement.

« Mazette ! comme vous y allez ! Si vous aviez entendu le préfet ! Il n'est pas question de ne pas le trouver ! Et il n'est pas question non plus, ajouta-t-il avec une sourde énergie, d'en trouver un faux. Et pourtant ! Je vous jure Laviolette, que si nous épinglions un adulte, notamment parmi les mégalomanes qui nous écrivent journellement pour s'accuser et que nous relâchons, quelquefois vers l'asile, si nous en épinglions un seul, dis-je, en l'aiguillant convenablement pour lui suggérer ses actes passés et lui faire signer une confession complète, eh bien ! je vous garantis que ni la presse ni le procureur ni les familles ni le Préfet ne chercheraient à comprendre, tant ils seraient soulagés que vous eussiez tort ! »

Laviolette éprouva un petit frisson dans le dos.

« Heureusement, songea-t-il, il y aurait le juge Chabrand !

— Parbleu ! » dit-il encore une fois.

Le divisionnaire soupira.

« Mais ça, ils peuvent toujours se fouiller. Nous irons jusqu'au bout. Nous découvrirons la vérité, que ça leur plaise ou non ! Parce que, vous comprenez, ce que je commence à voir poindre chez eux, c'est la peur que l'assassin soit parmi eux, enfin, parmi leur progéniture. Ils n'en sont pas tellement sûrs que ça de leur progéniture ! »

Il marchait de long en large, faisant crier le modeste parquet.

« Enfin... Je crois savoir pourquoi la douairière a été tuée, c'est déjà ça. Elle, du moins, c'est assez clair : elle a dû voir quelque chose qui obligeait l'assassin à la supprimer.

— Je l'ai pensé aussi, mais que peut-elle avoir vu ?

— Elle avait un belvédère de première ! Un véritable phare ! Une espèce de bow-window d'où elle dominait la situation : les six immeubles de la zone Saint-Crispin ; les quatorze villas du lotissement des Thermes, plus quelques vieilles résidences en contrebas où demeurent encore quelques riches familles.

— Ça fait du monde !

— Encore assez, oui. Mais, en revanche, ça élimine à peu près les deux tiers de Digne.

— Comment ça, ça élimine ?

— Dame oui ! Il y a gros à parier que la douairière a

surpris quelque chose depuis son belvédère et à l'aide de ceci. » Il tira de la serviette au dossier une antique, quoique somptueuse, paire de jumelles marines.

« Tiens, il y a des initiales !

— Ah ? Je n'avais pas remarqué.

— Si. Tenez ! »

Laviolette se mouilla l'index et fit briller le cuivre de la béquille entre les deux oculaires.

« A. de T.

— C'est ma foi vrai. On a dû lui en faire cadeau...

— Ça m'a l'air de jumelles réglementaires.

— Effectivement. En usage il y a probablement une trentaine d'années, dans la Marine nationale. »

Un silence se creusa entre les deux hommes. La vérité passa, insaisissable, et pourtant ils savaient tous deux qu'elle était là : dans cette paire de jumelles. Si, au lieu des yeux de la douairière, maintenant éteints, il y avait eu une caméra au bout de cette lorgnette, il eût suffi d'en dérouler le film pour savoir maintenant où se diriger.

« Nous allons, dit Moracchini avec un enthousiasme très contenu, faire faire le panorama complet de ce qui peut être vu de cette fenêtre, depuis cette chaise longue et devant cette table basse où elle a dû passer la majeure partie de sa vie depuis très longtemps. Moi-même, je vais m'installer à sa place, noter *une à une* toutes les maisons qu'elle pouvait apercevoir, et ensuite nous irons interroger *un à un,* très complètement, chaque habitant de toutes ces maisons.

— Et s'il n'y avait aucune relation entre cette manie de la douairière d'espionner le voisinage et son assassinat ?

— Il y en a une ! Lors de ma perquisition, j'ai découvert du sable dans la corbeille à papier, par ailleurs vide. J'ai découvert que son encrier était resté ouvert. Comme elle écrivait avec une plume d'oie, il est facile d'en déduire qu'avant de sortir ce jour-là elle a écrit à quelqu'un. Nous avons deux témoignages au sujet de cette lettre : l'amie qu'elle accompagnait au salon de thé lui a signalé à un certain moment qu'elle venait de la perdre ; un jeune homme la lui a ramassée (malheureusement sans lire la suscription). Il a toutefois remarqué un détail capital : à son avis et sans pouvoir en jurer, lorsqu'il l'a vue virevolter hors du cabas de la victime, il lui a paru que cette lettre n'était pas affranchie. De plus, d'après sa femme de ménage, la douairière écrivait rarement. Elle téléphonait plutôt ! En outre, personne ne l'a vue se diriger vers la Poste — si elle l'avait fait, grâce à son inoubliable chapeau, on s'en serait aperçu, quelqu'un se souviendrait. Tout me porte donc à croire qu'elle avait encore cette lettre avec elle quand elle est morte et qu'on l'a tuée pour la lui reprendre.

— Vous avez pu lire dans mon rapport, lorsque j'ai fait les premières constatations, que, malgré tous nos efforts, on n'a pu recueillir qu'un certain nombre de titres de rente. On n'a découvert aucune lettre. Ni sur le cadavre ni dans le cabas retrouvé dans un arbre ni dans le lit du torrent ni dans le jardin. On a assez cherché ! Les héritiers étaient furieux ! La lettre dont vous parlez est peut-être simplement perdue corps et biens, comme un certain nombre d'Obligations. »

Le divisionnaire se leva lourdement.

« Il ne me reste qu'une chose à faire : prendre une à une les maisons qui peuvent être vues depuis le Belvédère et aller interroger tout le monde. Souhaitez-moi bonne chance ! »

Il tendit la main, tourna le dos et se dirigea vers la

porte. Il se ravisa et revint vers Laviolette en se grattant la base des cheveux.

« Pendant que j'y songe, que je vous prévienne... Pour endormir la confiance de l'assassin je vais être obligé de vous désavouer un peu. Oh ! n'ayez crainte ! ce sera discrètement et en toute amitié ! Vous ne m'en voudrez pas ?

— Mais voyons ! Je vous en prie ! Tout ce que vous jugerez bon dans l'intérêt de l'enquête.

— Ah, merci ! Vous m'ôtez un grand poids ! »

Il ouvrit la porte et la referma derrière lui.

Laviolette sortit de son fauteuil et, sur la pointe des pieds, il vint vivement rouvrir le battant sans bruit et colla son oreille contre l'ouverture.

Les flashes fusaient dans le corridor autour du divisionnaire.

« Monsieur le commissaire, juste un mot je vous prie !

— Mais je n'ai aucune déclaration à vous faire. Laissez-moi passer !

— Monsieur le commissaire divisionnaire ! Une seule question, que pensez-vous de la théorie du commissaire Laviolette, selon laquelle le meurtrier serait un enfant ?

— C'est tout simplement absurde ! » laissa tomber le divisionnaire.

9

Et pourtant on ne trouva rien, car le divisionnaire Moracchini s'avisa tout de suite que, chez la douairière, il existait un deuxième bow-window, aussi bien agencé et confortable, pourvu d'un fauteuil relax et d'une table basse, et que, de ce second observatoire, on pouvait contrôler toute l'autre partie de Digne : la vieille ville, les casernes, les quartiers neufs. La douairière devait suivre le soleil : le matin à la fenêtre du Levant, le soir à celle du Couchant. Cette dispersion infinie du champ d'observation ne permettait plus un contrôle sérieux. On y renonça.

On dut aussi, sous la pression des instances supérieures, elles-mêmes convenablement assiégées par les associations de parents d'élèves — et à deux ans des élections, il ne convenait pas de négliger leurs existences —, renoncer à étoffer, officiellement, la théorie du commissaire Laviolette.

En revanche, les petits hommes, cet été-là, passèrent une mauvaise saison : tout ce qui, à trente kilomètres à la ronde, mesurait moins de un mètre soixante, fut en butte aux contrôles de police, aux interrogatoires, à l'ostracisme des honnêtes gens. Quelques-uns, particulièrement sans protection, subirent même, de la part d'énergumènes ivres, quelques sévices.

La piste n'en chauffa pas pour autant. L'automne vint, ramenant la peur, au long des soirées monotones.

Le commissaire Laviolette, l'un des premiers, attrapa la grippe. Il refusa de s'aliter pour si peu, naturellement, et il traîna ainsi, lamentable, emmitouflé, l'œil pleurard, de chez lui au bureau et du bureau au *Café des Gavots* où il jouait au billard. Ce procédé lui permit de refiler son mal à quelques-uns de ses subordonnés et de ses partenaires.

Ce soir-là, il commençait lentement à se remettre. Engoncé dans sa robe de chambre élimée aux fesses, il posa ses pieds sur le tabouret et s'installa devant « l'étrange lucarne ».

Dehors, un vent lugubre miaulait à travers les antennes. Laviolette en soupira d'aise. Pour achever, selon lui, de se « remonter », il s'était préparé un bon vin chaud, avec de la cannelle et un soupçon de noix muscade râpée. En outre, il se promettait mille délices d'un film d'épouvante que programmait FR 3 en fin de soirée.

Mais, d'abord, c'était l'heure des informations. Il s'agissait de ne pas se laisser distancer par l'actualité. Le commissaire ouvrit le récepteur.

A Beyrouth, on démolissait au rocket et au mortier des immeubles encore en construction. Des foules d'Afrique qui manifestaient pour la liberté avaient enfin le bonheur d'être dispersées, à coups de crosse et de pied au cul, par des gendarmes qui, au moins, n'étaient plus blancs. En Angleterre, ça ne marchait pas très bien. En Italie, ça allait franchement mal. Et il ne fallait pas croire que, même avec son Deutschmark à 2,10, le chancelier Helmuth lui-même n'éprouvait pas quelque inquiétude avec sa bande à Baader. Bref, le commissaire, les pieds dans ses pantoufles, partageait le ronronnement heureux de ses compatriotes, satisfaits de vivre dans l'un des rares pays du monde où les choses allassent cahin-caha. Mais non ! Qu'est-ce à dire ? Quels sont ces trublions ? La lucarne en question venait soudain d'être envahie par quelque huit cents autonomistes bretons, lesquels, non contents de s'être privés de feuilleton pour tout l'hiver, en plastiquant leur réémetteur de télévision, descendaient maintenant les rues de Vannes en bouleversant tout sur leur passage. Ils déferlaient littéralement, renversant les voitures d'autres Bretons, envoyant promener les cageots de fruits aux étalages ; arrachant les grilles d'égout pour une ébauche de barricade. A tort, d'ailleurs, car il n'y avait pas sur tout l'horizon un seul casque de CRS en vue.

Laviolette trépignait d'aise comme devant un match de boxe : « Qu'est-ce qu'ils leur mettent, seigneur ! Qu'est-ce qu'ils leur mettent ! » s'exclamait-il tout seul.

Il était debout. Il venait de verser précautionneusement, sans perdre de vue, du coin de l'œil, le spectacle télévisé, le reste du vin chaud dans son bol vide. Il le portait à ses lèvres. Il en faisait « gouleyer » une bonne lampée entre langue et palais, lorsqu'il s'interrompit soudain, pétrifié.

L'écran montrait maintenant un de ces gros plans comme en prennent parfois intrépidement les caméramen au péril de leur vie.

C'était un maigre et grand Breton au veston bleu flottant, un Celte à la tête burinée, au regard immobile, dont on sentait qu'il ne comprenait rien par système. Il tirait subrepticement de sa poche une bonne vieille fronde solide, il l'armait. On vit un moment une vitrine dominée du mot *Conforama* et qui devait bien faire trois mètres sur six. Le Breton balança sa fronde. Une partie de la vitrine s'écroula d'un seul bloc, avec un vacarme à faire frémir d'aise tous les cadres supérieurs de la Compagnie française du verre.

Laviolette s'étouffa d'un seul coup dans sa lampée de vin chaud. Il lui en monta jusque dans les narines. Il fit trois fois le tour de son fauteuil, toussant, pleurant, ahanant.

« Vingt dieux de vingt dieux, de vingt dieux de vingt dieux ! »

L'étouffement le pliait en deux. Il n'arrivait pas à trouver son mouchoir, à l'extirper de sa poche, à s'essuyer les yeux pour, tout au moins, y voir assez de quoi tâtonner jusqu'à l'évier, y tirer un verre d'eau.

Ayant bu enfin, il revint s'affaler, épuisé, désormais complètement indifférent aux images de l'écran, mais parlant seul, et cette fois, fort distinctement :

« Vingt dieux de vingt dieux ! Quelqu'un qui a ça dans le sang ! Quelqu'un dont les ancêtres se sont battus avec cette arme, du haut des arbres du réduit : contre César, contre les rois de France, contre les Bleus de la République, contre les sergents conscripteurs de Napoléon ! Un Breton ! Vingt dieux ! Et cette fronde ! Est-ce que tu crois que ça a l'air d'un tire-élastique ? C'est un bon outil professionnel, oui ! Il me faut un Breton ! »

Il se leva de nouveau péniblement.

« Je vais commencer par le commencement, dit-il. L'annuaire ! Après, s'il y a à Digne des Bretons qui n'ont pas le téléphone, on les fera chercher par les gendarmes — espérons qu'ils n'ont pas, eux aussi, l'équivalent d'une association de parents d'élèves... — Il faut que je me fasse amener, d'ici demain, tous les

Bretons de Digne et des environs. Le commissaire Moracchini va en baver des ronds de chapeau ! »

Il se précipita vers le cagibi où voisinaient l'annuaire, le téléphone et le bloc sténo ; lequel cagibi était déjà décoré de numéros innombrables, griffonnés contre le mur, sur l'applique, sur la couverture de l'annuaire ; en long, en large, en diagonale, au crayon et à l'encre. Laviolette rapporta le volume jusqu'à son fauteuil, mouilla largement son pouce, ouvrit à *Digne* et commença de pointer de *A* jusqu'à *Z*.

Il allait avec patience. A la télé, dont il avait coupé le son, défilaient en vain les images muettes d'un show. Le crayon dont il usait pour pointer, le cas échéant, descendait au long des colonnes. A chaque feuillet, Laviolette mouillait son pouce. Il trouva bien un *Hervé* et un *Maheul,* qu'il faudrait vérifier, mais ces noms n'étaient pas spécifiquement bretons.

La chance le lanterna jusqu'à la dernière page de *Digne,* à la dernière colonne, presque aux dernières lignes, et là, enfin, il trouva un nom qui le ramena trente-cinq ans en arrière :

« *TÉRÉNEZ* (I. DE) : Créations. 133 Bd Gassendi. »

Et tout de suite au-dessous :

« *TÉRÉNEZ* (MME VVE A. DE) Villa Popocatepetl, Les Sarrets. »

Térénez ! 1940 ! La baie de Morlaix ! Le Dourduff ! La plage du Guersit ! Dans cette vieille bétaillière, volée à Châteaubriant et avec laquelle, depuis trois jours, deux soldats français, lui Laviolette et un certain Joseph Madec de Saint-Jean-du-Doigt, faisaient du slalom à travers les patrouilles motocyclistes allemandes. Térénez ! C'était là qu'il avait embarqué. Il revoyait le château, au milieu de ses champs de choux-fleurs et d'artichauts, la comtesse, dont le fils était officier de marine et qui leur avait offert à boire, à manger, à dormir, tandis que, dans un vieux poste de TSF, un vieux maréchal paraphait le désastre.

Il n'en menait pas large, cette nuit-là, le caporal Laviolette, blotti entre les douze sauveteurs hospitaliers bretons qui souquaient ferme vers l'Angleterre, par des creux de trois mètres.

« Térénez ! »

Et soudain, quelque chose se débloqua dans son cerveau aussi brutalement que lorsque l'on débouche un syphon de lavabo avec une bonne dose de soude caustique.

« Térénez ! Térénez ! Térénez ! »

Il s'exclama trois fois. Trois fois qui correspondaient à trois détails qui venaient de frapper sa mémoire : dans les affaires de Jeannot Vial qu'on avait rendues à sa mère, l'attaché-case portait à l'intérieur cette marque : « *Térénez, Créations, Digne* » ; la seule chose de Jules Payan qu'on avait retrouvée dans la boîte à gants, c'était une paire de mitaines de conduite, racornie mais non carbonisée, sur le cuir desquelles se lisait encore, à l'intérieur, le mot « *Térénez* » ; enfin, sur l'encolure poissée de sang du chandail de Chérubin Hospitalier « en - vraie - laine - du - sud-ouest - dessuintée - à - l'eau - des - ruisseaux », il y avait aussi cette marque « *Irène de Térénez, Créations* ». Vingt dieux de vingt dieux !

Le commissaire tournait autour de son fauteuil en se tenant le menton.

« Pourquoi diable n'a-t-on attaché aucune importance à cette série de coïncidences ? Pour une raison fort simple : d'ordinaire, les griffes et marques de tailleur ou de chemisier ne servent qu'à identifier les victimes, s'il y a lieu, au même titre que les prothèses dentaires. Or, dans tous les cas, c'était inutile, puisque, à chaque fois, la victime nous était parfaitement connue ! Je n'y ai attaché aucune importance ! Et le juge Chabrand, qui est si intelligent, non plus ! Mais, est-ce que ça en a vraiment une d'importance ? Je viens de recevoir une illumination, soit ! Mais est-ce que c'est la première de ma vie ? Est-ce que j'en ai jamais eue une seule — une seule, tu entends bien ? — qui ne se soit révélée à l'usage complètement utopique ? Tout de même... Il faut vérifier. Et si tu t'en foutais ? Après tout, tu n'es pas chargé de l'enquête ! »

Il contrôla dans le programme que le film d'horreur ne débuterait qu'à vingt-deux heures trente, après que les enfants seraient couchés.

« J'ai le temps, se dit-il. Voyons ! Qui peut, à cette heure, me renseigner sur cette madame de Térénez ? Mes services ? Je suis sceptique. Les gendarmes ? Ils vont tourner autour du pot et vouloir d'abord apprendre ce que je veux faire de ces renseignements. " Tu n'es pas chargé de l'enquête, tu n'as qu'à t'en foutre. — Je sais, tu l'as déjà dit. " Oh mais ! Et mon vieil ami Parini ! Voilà un homme qui peut savoir ! Président du syndicat d'initiative, membre du Rotary, deuxième adjoint au maire ! Formidable ! »

Il décrocha le téléphone, forma un numéro.

Une voix fatiguée, compétente et condescendante, lui coupa son « allô » au ras des lèvres.

« Le docteur Parini est souffrant et ne visite pas. Veuillez, je vous prie, vous adresser à son suppléant, le docteur...

— Je ne suis pas malade. Ce n'est pas au docteur

que je veux parler, mais à M. Achille Parini, deuxième adjoint au maire. Je suis le commissaire Laviolette.

— Ah ! bonsoir commissaire ! dit Mme Parini, dont la voix n'était plus que parfaitement normale. Je ne vous reconnaissais pas ! Je vous passe mon époux ! Tiens, c'est pour toi !

— Ah ! c'est vous commissaire ? Ne vous approchez pas trop de l'appareil ! J'ai une grippe consternante. Si je n'étais pas médecin, je croirais qu'elle peut passer même au long des fils !

— Alors, excusez-moi. J'en ai pour cinq minutes ! Térénez, ça vous dit quelque chose ?

— Parfaitement, oui. *Térénez Créations*. C'est là que je fais faire tous mes ensembles de tennis.

— Créations... pour femmes ?

— Mais non. Pour hommes uniquement. D'où sortez-vous ? C'est le magasin pour hommes le plus élégant de Digne, à peu près le seul, du reste.

— Et Térénez, villa du Mexicain, c'est quoi ?

— La même chose.

— Mais il y a : " Mme Vve A. de " ?

— Exact. C'est la veuve d'un amiral, ou plus exactement d'un amiral posthume. L'amiral de Térénez allait être promu et il exerçait son dernier commandement à la mer quand il a péri tragiquement. L'hélicoptère où il avait pris place s'est abîmé en rade de Toulon. On l'a nommé amiral à titre posthume. Quand on l'avait affecté à Toulon, comme sa femme ne supportait pas le climat, il avait acheté cette villa avec un nom à coucher dehors...

— Popocatepetl.

— C'est ça, oui ! Il l'avait achetée aux Visitandines qui venaient d'en hériter. »

Le commissaire posa la question suivante en retenant son souffle :

« Ces de Térénez ont-ils des enfants ?

— Deux. Un garçon et une fille.

— De quel âge ?

— Euh ! Treize ou quatorze ans, je crois, pour le garçon, et dix-huit ou dix-neuf pour la fille... Il y a quelque chose d'ailleurs, avec la fille... Je ne sais trop quoi, au juste, n'étant pas le médecin de la famille.

— Et cette Mme de Térénez ? quel âge a-t-elle ?

— Ah ça ! Elle ne me l'a jamais dit ! répondit le docteur en riant. Voyons... Trente-sept... Trente-huit... Pourquoi ? Vous voulez lui faire la cour ?

— Peut-être, dit Laviolette. Comment est-elle ?

— Comment, comment est-elle ?

— Ben oui, justement : est-elle appétissante ? Est-elle sexy ? Est-elle belle ? Est-elle jolie ? Est-elle... Bref, vous me comprenez... »

Laviolette entendit que, dans un silence, le docteur tirait deux ou trois fois sur sa pipe (« avec sa grippe ! » se dit-il) avant de répondre :

« Si vous voulez mon avis très franc, en dépit de ma femme qui m'écoute et qui lève les yeux au ciel, je vous dirai que trente-sept, trente-huit, c'est l'opinion du docteur. L'opinion de l'homme, s'il existait encore, serait beaucoup plus flatteuse. Bref, c'est à la fois tout ce que vous avez dit et ce n'est pas tout à fait ça. Vous vous êtes servi de mauvais mots. Si vous voulez mon avis, Irène, c'est autre chose. »

« Bon, voilà qu'il l'appelle Irène ! »

Il posa sa dernière question, la mémoire rivée sur un souvenir récent. Dans les trois cartes perforées qui venaient de tomber, trois cases se superposaient déjà.

« Vous souvient-il, demanda Laviolette, du prénom de cet amiral posthume ?

— Vous êtes vraiment exigeant ! Attendez donc ! J'ai vu son prénom imprimé l'autre jour, ce qui m'a fait souvenir fortuitement de lui, d'ailleurs... Ah ! j'y suis ! Il s'appelait Alcide. »

A. de T. Laviolette voyait le divisionnaire lui tendre cette paire de jumelles découverte chez la douairière et où étaient gravées ces initiales : *A. de T.* Alcide de Térénez ! Peut-être... Mais peut-être pas...

En tout cas, comme sur quatre cartes perforées dont les vides coïncident, Laviolette apercevait le jour à travers ces vides. Un jour qui désignait clairement la villa Popocatepetl.

Il remercia Parini chaleureusement, lui prescrivit, pour sa grippe, un bon vin chaud avec de la cannelle et un soupçon de noix muscade. Parini promit avec enthousiasme d'expérimenter le remède tout de suite. Laviolette raccrocha.

Le commissaire décrocha de nouveau, forma un autre numéro.

« Passez-moi le commissaire Moracchini.

— Mais il est neuf heures du soir !

— Et alors ? Il n'est plus là ?

— Malheureusement si, mais...

— Je suis le commissaire Laviolette. Passez-le-moi. »

Il l'eut au bout d'une minute.

« Ah ! c'est vous, Laviolette ? Quel bon vent ?

— Vous êtes... très occupé ?

— Hélas ! Je ne serais pas là ! J'ai deux bandes de truands sardes qui vont tenter de s'entre-tuer cette nuit place Victor Gelu. Renseignement sûr. J'ai des hommes planqués partout. Je vais essayer de sauver un ou deux de ces intéressants personnages. Parce que, vous savez, ces combats qui cessent faute de combattants, ça ne nous fait pas des amis auprès des avocats...

— Oui, je comprends... Alors vous ne pouvez pas monter à Digne ?

— Vous avez du nouveau ?

— Oh ! quelque chose de très ténu... Trop long à vous expliquer par téléphone. Si vous pouviez monter...

— Mais oui, demain matin à la première heure, je suis à Digne ! »

Laviolette raccrocha après les saluts d'usage.

« C'est ça ! Demain matin à la première heure ! Et qui me dit à moi que le cirque ne va pas recommencer ? Depuis mai, depuis la douairière, ça fait presque six mois... Ça commence à faire long... S'il y avait une seule chance, si j'ose dire, je ne me pardonnerais jamais ! Je vais aller prendre conseil auprès du juge ! »

Il ferma à regret la télévision où le show se prolongeait en attendant le film et il poussa un soupir en contemplant sa casserole vide de vin chaud. Quel bien voulez-vous que ça fasse, ce remède radical, si l'on va, tout de suite après l'avoir dégusté, s'exposer, en octobre, à la nuit de Digne ? Il boutonna un gilet de laine par-dessus son chandail, enfila son veston, son pardessus, ses gants ; décrocha au porte-manteau son chapeau et le plus long de ses quatre cache-nez. Ainsi équipé, il posa la main sur le loquet de la porte. Alors il se ravisa, réfléchit, revint sur ses pas, entra dans la chambre à coucher, choisit une clé à son trousseau et la fit jouer au pêne de l'un des tiroirs du secrétaire.

Il prit l'écrin qui s'y trouvait et le posa sur la tablette pour l'ouvrir. Douillettement couché sur le velours bleu, un Smith & Wesson, couleur de corbeau, dormait là depuis longtemps, attendant en vain l'occasion d'être utile.

C'était le somptueux cadeau de rupture d'une éleveuse de crus des Côtes-de-Nuits qu'il avait eue pour maîtresse, du temps où il sévissait à Beaune. La conjoncture l'avait contrainte d'aller faire l'amour au Japon, pour sauver ses crus, grâce aux yens d'un commanditaire désintéressé. Laviolette n'avait pas su apprécier cette facétie. D'où la rupture et le cadeau. Il le caressa un peu, vaguement ému, s'assura qu'il était chargé, fit glisser une balle dans le canon.

Partir à la chasse éventuelle d'un assassin qui avait déjà tué quatre fois avec une telle sûreté de coup d'œil, ça réclamait certaines précautions.

Dehors, la nuit était superbe. Devant une demi-lune très lumineuse, les nuages se retiraient vers le sud. On entendait d'ici la Bléone gonflée par la fonte des neiges trop précoces et les pluies diluviennes de ces derniers jours. Elle dévalait sur ses galets mobiles, avec un bruit de broyeur de grains.

Le commissaire, engoncé dans ses vêtements chauds, se carra tant bien que mal au volant, avec cette seule prière : « Pourvu qu'elle démarre ! Si je dois la démarrer à la manivelle comme l'autre jour, je suis foutu ! » C'est qu'elle n'avait guère que vingt-trois ans et deux cent trente mille kilomètres (au compteur), cette Vedette vert pomme.

Elle démarra. « Merde ! se dit Laviolette, j'aurais dû en rouler une avant de partir ! Le diable m'emporte ! »

Il l'emporta au petit trot jusqu'au Tampinet. Les fenêtres du juge étaient obscures. « Il ne dort quand même pas déjà ? » Le garage de l'Europe, en revanche, jouxtant le noir immeuble où logeait Chabrand, était encore en pleine activité. Le patron et deux apprentis devaient mettre au point les voitures pour la prochaine édition du Rallye des Chrysanthèmes.

Laviolette gravit les deux étages sombres qui conduisaient au palier du juge. Il toqua. Pas de réponse. Il tenta du loquet. La porte était fermée à clé. Laviolette redescendit, tout en roulant la cigarette qu'il s'était promise au départ.

« Pardon, messieurs... »

Il pouvait toujours parler. L'un des apprentis était à plat ventre sous un châssis ; le deuxième, la baladeuse à la main, vérifiait un train avant dans la fosse ; quant au patron, il était plongé jusqu'à mi-corps sous le capot d'un monstre. Un capot sous lequel il était malaisé de travailler (comme sous ceux de toutes les voitures de prix). Par là-dessus sévissait un transistor qui faisait profiter tout le voisinage des programmes à mouvement perpétuel de France-Inter.

Laviolette s'avança jusqu'au patron et toucha son chapeau.

« Excusez-moi, je venais voir le juge. Vous ne l'auriez pas aperçu par hasard ?

— Ah non ! je regrette ! On ne regarde pas souvent dehors, vous savez !

— Oui, je sais bien...

— Moi je l'ai vu ! » cria l'apprenti de la fosse qui avait entendu, par miracle.

Laviolette s'approcha de lui et se pencha.

« Il est parti tout à l'heure sur un Buttafocchi tout titane !

— Qu'est-ce que c'est que ça ?

— Un vélo, pardi ! Même qu'il a dû le payer bonbon !

— Merci ! Merci bien ! »

Le commissaire regagna la Vedette, complètement abasourdi.

« Le juge Chabrand à vélo ! A dix heures du soir par les rues de Digne ! A vélo ! “ Est-ce qu'il t'avait jamais dit qu'il faisait du vélo ? — Non, jamais ! — Ça lui serait venu brusquement alors ? — Comme aux trois autres... — Qu'est-ce que tu dis ? ” »

Il en avait les yeux qui lui sortaient de la tête, le commissaire Laviolette.

« Comme aux trois autres ! Jeannot Vial, Jules Payan, Chérubin Hospitalier... Les trois morts ! Ils faisaient du vélo depuis peu, eux aussi ! “ Oui, oh ! ne t'excite pas comme ça ! A Digne, il doit bien y avoir cinq cents personnes qui font du vélo ! — Mais, d'abord, les témoignages concordent, ces trois-là n'en faisaient pas depuis très longtemps ! Mais le juge Chabrand ! Avec sa haute taille ! Sa maigreur ! Ses jambes comme des allumettes ! Dieu me pardonne, le juge Chabrand, un juge de course ! Avec sa peur du ridicile ! C'est pas croyable ! ” »

Il tenait toujours entre ses doigts son ébauche de cigarette qui n'attendait plus que le coup de langue et il ne se résignait pas à le donner.

« Quatre trous encore qui s'enclenchent dans les cartes perforées. Mais le quatrième... Pourquoi le juge Chabrand ? »

Alors il se souvint. Alors un petit frisson électrique lui refroidit la racine des cheveux.

« Le carrick, vingt dieux ! »

Il voyait : certain soir d'hiver où il était allé attendre le juge à son cabinet, le carrick vert forestier était négligemment jeté au dossier d'un fauteuil et l'on apercevait, à l'envers du col, un beau label tout en Anglaises : « *Irène de Térénez, Créations.* »

Le juge Chabrand ! Il ne s'agissait plus de se dire qu'il y avait bien deux cents Dignois à se vêtir chez Irène de Térénez, qu'il y en avait bien cinq cents qui, eux aussi, faisaient du vélo. Il fallait vérifier tout de suite si tous ces éléments étaient purement fortuits. C'était la première fois qu'on tenait un morceau de fil. Il fallait savoir s'il n'y avait pas une bobine au bout.

Le commissaire Laviolette aurait dû agir de telle sorte qu'on pût écrire : « Il se jeta dans sa voiture, démarra en trombe et mit le cap sur la villa Popocatepetl. Il frémissait comme un berger belge sur la piste de l'assassin. »

On écrivit à peu près cela quelques jours plus tard, dans les journaux, avec des bonheurs divers. Mais c'était faux.

Par les rues désertes de Digne, cette nuit-là, le commissaire Laviolette, à toute petite allure, retardait tant qu'il pouvait le moment où il lui faudrait apprendre la vérité.

10

Il claqua la portière et contempla sous la lune l'horrible édifice qui s'offrait à sa vue, au centre de trois hectares de pré jauni par l'automne, sur un fond de chênes et de cèdres bleus qui méritaient vraiment autre chose que cette bâtisse.

C'était une villa anglo-normande comme on en construisait au début du siècle, mais conçue d'une façon toute personnelle : l'ensemble faisait penser à quatre cabines de bains juxtaposées (on voyait cela avant Quatorze, sur les plages de Cabourg) ; chacune d'elles haute d'un étage sur rez-de-chaussée surélevé et coiffée d'un grenier à pignons ; de sorte qu'il y avait quatre toits à deux pans, distincts l'un de l'autre, chacun armé, séparément, d'un paratonnerre et d'une girouette. Cet ensemble, éclairé par de vastes fenêtres, ne manquait cependant pas d'un certain équilibre, grâce au savant décrochement des façades. L'horreur que l'on éprouvait venait de la couleur des colombages et des gênoises vernissées, uniformément peintes en rouge étal-de-boucher.

Popocatepetl ! Il y avait bien longtemps que Laviolette n'était venu contempler de près ce chef-d'œuvre qui le captivait et dont il s'était fait raconter l'histoire.

Un certain Baudouin, natif de Fouillouse, lorsqu'il eut douze ans, comme beaucoup de ceux de la vallée, décida d'aller voir ailleurs s'il n'y aurait pas moyen de gagner quatre sous. Il prit la filière du Mexique où certains avaient réussi, où d'autres avaient échoué. Lui, il réussit. Il revint trente-cinq ans plus tard. D'un bon Bas-Alpin à tête ronde qu'il était au départ, il s'était si bien coulé dans le moule d'un haciendero qu'il en avait pris tout le faciès : teint basané, rouflaquettes, moustache cirée et le cigare inamovible entre des lèvres charnues qu'il était parvenu à rendre cruelles.

Il ne revenait pas seul : le suivaient, deux gros sacs de pièces d'or à l'effigie d'Abraham Lincoln et quatre virements de banque à banque qui lui attirèrent tout de suite la considération des directeurs locaux.

Il répartit d'abord équitablement ses avoirs et ses titres entre quatre établissements, de manière à ne pas mettre tous ses œufs dans le même panier ; ensuite, il acheta dix hectares à la sortie nord de la ville, vers les Thermes, et il manda le plus grand architecte du moment. Le plus grand architecte du moment ne se laissa pas mander. Il invita royalement, pour un mois, le Mexicain dans sa propriété de l'Eure. Il avait fait fortune avec cette formule : « Je construirai votre maison selon votre génie. » Il invitait ses clients, apprenait à les connaître et leur pondait une demeure selon ce qu'il avait cru déduire de leur observation. Ça donnait des résultats surprenants et quelquefois inhabitables. Il en avait ainsi construit une suivant cette formule à Auteuil, pour un grand écrivain qui ne l'habita jamais que par esprit de mortification. Pour le Mexicain, ça avait donné Popocatepetl.

On contait que cet architecte avait cru discerner dans

l'âme de son client une telle confusion d'appétits refrénés qu'il lui avait ménagé partout, dans cette villa, de quoi enfin les satisfaire.

Ce Mexicain et son château avaient fait rêver de stupre toutes les âmes sevrées de Digne et d'alentour. Nul n'était allé y voir de près, mais l'imagination n'a que faire d'un support réel. Il passa dans la tête des Dignois des images à peine soutenables où l'horreur le disputait aux délices.

Ce que savait la police à l'époque et que Laviolette s'était fait raconter, c'est que le Mexicain de Fouillouse était une sorte de satrape, toujours bien pourvu en filles de toute sortes. Il appointait une organisatrice de loisirs, toujours vêtue en amazone et qui conservait sa jeunesse par des bains hebdomadaires de lait d'ânesse, à la Poppée.

Ce satrape mourut de quelque excès et sa dernière facétie fut de constituer pour légataire universel, l'Ordre des Visitandines. Ces dignes sœurs ne vinrent jamais vérifier sur place le fondement des croyances populaires. Elles se débarrassèrent de Popocatepetl comme si elles avaient tenu en main un charbon ardent. Néanmoins, comme elles ne voulaient tout de même pas le donner, il y eut quelque difficultés, car le satrape, grâce à de hautes protections, s'était fait enterrer dans la propriété, assez vaste et assez à l'écart à l'époque, pour autoriser ce coûteux privilège. La concession était à perpétuité et constituait une servitude exprimée dans le cahier des charges.

Rares sont les gens qui peuvent, dans leur château bien gagné, prendre avec quelques amis l'apéritif du samedi soir sous la tonnelle, le nez fiché sur le tombeau de quelqu'un qui n'appartient même pas à leur famille.

Aussi, l'amiral posthume devait-il avoir eu ces dix hectares et ce castel pour un prix fort abordable, après que plusieurs acheteurs se fussent récusés.

C'est ce que pensait Laviolette, en contemplant ce chef-d'œuvre, sous la lune. De sa place, il entendait cliqueter dans le vent les oriflammes en fer des girouettes.

La propriété était ceinte de murs, mais, en revanche, aucun portail ne défendait l'allée rectiligne et sans arbres qui menait au perron. Seuls, deux termes coiffés de lares au sourire faunesque limitaient le mur d'enclos.

Laviolette s'engagea entre ces deux termes fatifiques, avec la triste impression d'incarner le destin à lui tout seul. Lorsque, plus tard, il contait cette histoire, il avouait qu'à aucun moment, cette nuit-là, il n'avait pavoisé. « Mais, ajoutait-il, c'est parce que, en vérité, je n'étais pas un bon flic. »

A gauche, au milieu du pré, se dressait le tombeau du satrape. C'était le cadeau posthume de l'architecte reconnaissant, mais déjà fort dépassé, qui était venu le lui construire d'après les plans inclus dans le testament.

C'était le sacrilège d'une couronne en forme de Sacré-Cœur, cœur debout sur sa pointe et surmonté d'une croix, mais que transperçait en diagonale une flèche qui l'apparentait à ces serments dérisoires gravés par les amoureux dans l'écorce des hêtres. L'ensemble, construit avec des blocs de rocaille enfilés sur une armature de fer, arrondissait son diadème jusqu'à plus de trois mètres du sol, comme un défi à l'équilibre. Le vent, les pluies, les gelées et le temps délabraient peu à peu cette œuvre d'art, de sorte que la rocaille s'effritait, partait en lambeaux, et qu'on ne distinguait plus, en certains points, de la flèche et du cœur, que l'armature en fer rouillé. Sous la lune, cette armature invisible ne reliait plus entre eux les blocs hideux de rocaille poreuse, qui paraissaient tenir seuls, suspendus dans l'air de la nuit par une sorte de miracle maléfique de lévitation saugrenue.

Laviolette n'attendait rien de bon du site qu'un tel détraqué avait façonné à son image.

Il leva les yeux vers la façade. L'aile gauche commandait une terrasse où les marches basses d'un large escalier descendaient doucement vers un jardin dont on devinait qu'il était autrefois à la française. Deux grandes fenêtres y luisaient d'une lumière bleutée, au rez-de-chaussée surélevé. Des rideaux étaient tirés devant les croisées et Laviolette rêva devant cette lumière. Elle évoquait un calme cossu et sans histoire ; la soirée de quelqu'un qui savait s'arranger avec la vie. « Une lumière, se dit-il avec amertume, dont personne ne m'a jamais fait l'aumône. Je n'ai jamais connu que des lampes suspendues au plafond. »

Il soupira.

A l'étage, une fenêtre du même type, au centre du bâtiment, brillait elle aussi, mais d'une lumière crue et sans pénombre. Un rideau y était également tiré. Une silhouette s'y découpait, mouvante, mais d'un mouvement bizarre et saccadé, à la hauteur de quelqu'un d'assis. Parfois, à ses côtés, surgissait une autre silhouette, mais debout celle-ci, et qui gesticulait.

Laviolette leva les yeux plus haut encore. Pris dans la pente d'un pignon, un œil-de-bœuf reflétait lui aussi une lumière, mais aussi douce et tamisée, sur un autre registre, que celle du rez-de-chaussée.

Il s'avança vers le perron, monta les six marches qui conduisaient à la porte principale, aux vitraux de couleur protégés par du fer forgé et qu'une marquise abritait.

A sa gauche, tout près de lui, les rideaux de la pièce à la douce clarté ondulaient nonchalamment sous un courant d'air probablement chaud.

« Tu n'as pas de mandat, et d'ailleurs, il est onze heures du soir bientôt. Tu vas sonner à cette porte. Quelqu'un va venir et te demander ce que tu désires. Et qu'est-ce que tu vas répondre ? Qu'est-ce que tu peux bien désirer ? Et si tu te contentais de rester planqué dans le parc jusqu'à demain matin ? »

Cette perspective lui glaça les os jusqu'à la moelle. Il levait la main vers la sonnerie lorsqu'il s'avisa que la porte était entrouverte. Il demeura quelques secondes, la main dirigée vers la sonnette, l'œil rivé sur l'interstice lumineux. Enfin il n'y tint plus, abaissa le bras et poussa le battant.

Il ne glissa que la tête par l'ouverture précautionneuse qu'il venait de ménager. Il vit un vestibule énorme, à peine diminué par un escalier de bois, au fond, qui montait en trois ou quatre volées vers la verrière des combles qui luisait sous la lune. De là-haut, au bout d'une longue tige de fer, descendait une lanterne oscillante à verres de couleurs. Le luminaire devait dater du premier propriétaire car, dans la clarté qu'il diffusait, on voyait s'enchevêtrer sur les vitraux à plomb de curieuses figures du Moyen Âge, soudées en une attitude érotique.

Cette pénombre feutrée et la dimension du vestibule, autant que la douce chaleur qui baignait la maison, dissipèrent les derniers scrupules de Laviolette. Il entra carrément et repoussa sans bruit le battant derrière lui.

Il aurait pu d'ailleurs se dispenser de tant de précautions, car, dans les profondeurs des étages, quelqu'un de probablement sourd suivait à la télévision le film d'épouvante dont le commissaire comptait faire ses délices, ce soir, si rien n'était venu l'interrompre.

Une musique macabre descendait des cintres, scandée soudain par le cri d'hystérie d'une femme mordue par un vampire aux dents rouges et, grâce à une savante amplification, on entendait d'ici chuter les gouttes de sang sur un sol de parquet.

Laviolette soupira. Ce film, qu'il avait vu naguère, devait être commencé depuis vingt bonnes minutes, et lui, il était là, victime du devoir.

Soudain, il détourna les yeux. Un autre bruit, réel celui-ci et bien huilé, venait de se mêler au vacarme. Il distingua, à droite de l'escalier, la cage d'un ascenseur. C'était un Otis-Pifre hydraulique de l'antiquité, dont le piston s'enfonçait dans le sol, avec une majestueuse lenteur. Quelqu'un descendait des étages. Laviolette évalua rapidement ses chances de retraite. Il ne voulait pas ressortir. L'atmosphère de la maison l'invitait au contraire à s'en imprégner plus encore. Il avisa, à sa droite, une porte à rinceaux et s'en approcha. Il en tourna doucement le bouton, voulut la pousser, s'avisa qu'elle s'ouvrait vers lui. Cela servait son dessein. Il s'infiltra dans la pièce noire qui sentait le parquet encaustiqué et le fumet d'une vieille vaisselle serrée en des bahuts craquants. Il laissa le battant entrebâillé.

De ce poste d'observation il commandait l'étendue du vestibule, sauf le corridor, qu'il avait évalué large de trois mètres et qui s'enfonçait à sa droite. Mais il distinguait très bien l'ascenseur, le départ de l'escalier, la muraille, en face de lui, où s'ouvrait, vis-à-vis, la porte à rinceaux d'une autre pièce et, jouxtant cette porte, à même le mur, deux vieux battants patinés de lit normand qui devaient dissimuler un placard.

L'ascenseur descendait toujours. Un bon vieil Otis-Pifre hydraulique du temps jadis ça met près d'une minute à relier deux grands étages, comme étaient ceux de cette maison. Il s'immobilisa enfin et la porte s'ouvrit. Laviolette, dans la pénombre, vit se préciser un fauteuil roulant où était installée une jeune fille. Elle se présentait de face, droit devant lui, dans l'entrebâillement de la porte.

Éclat d'un teint qui ne devait pas aimer la lumière du jour ; éclat d'un regard qui accrochait le moindre lambeau de clarté dans l'immensité des prunelles ; les lèvres luisantes, rouges, sans l'apport d'aucun fard ; un visage (combien Laviolette en avait-il vus ?) qui était un livre ouvert pour les mâles à l'affût ; mais frappé dans sa sensualité inutile par un désespoir hiératique, définitivement figé.

« Une sirène ! » murmura Laviolette.

Elle était dans son fauteuil roulant, à deux mètres de lui. Il aurait voulu caresser la matière de ses cheveux, la consoler... La consoler, imbécile ! La consoler comment ?

Sous la transparence d'un chemisier bleu pâle, les seins ne serviraient jamais à rien ni les épaules larges, solides, faites pour soutenir le poids d'un enfant, les coups bas de la vie et qui ne les assumeraient jamais car les membres inférieurs atrophiés se dissimulaient, se perdaient sous les plis d'une ample jupe. Deux mollets démusclés dépassaient, où ne subsistait plus, sous le bas fin, que la peau collée à l'os. Ce fragile squelette de jambe était renforcé par une tige chromée que prolongeait une ridicule paire de bottines dont la semelle, au cours de toute une vie, ne s'userait jamais.

Quelqu'un dont les traits émergeaient de l'ombre poussait le fauteuil hors de l'ascenseur. C'était un adolescent maigre vêtu d'un survêtement bleu et portant des chaussures de tennis. Il avait un regard d'adulte. Ce regard qu'on pouvait difficilement discerner dans le retrait de la pièce où il se tenait, Laviolette le recevait pourtant en pleine face, fixe, sans prunelles, opaque d'un désespoir encore plus creusé que celui de la jeune fille.

Le fauteuil changeait de direction. Les deux personnages tournaient le dos à Laviolette. Lentement, très lentement, comme s'ils évoluaient en dépit d'eux-mêmes, aspirés par une irrésistible attraction, ils se dirigeaient vers les battants du lit normand qui dissimulait sans doute quelque penderie.

L'adolescent se détacha du fauteuil devant ce placard et s'avança seul. Il regarda la jeune fille. Par deux fois, elle inclina la tête. Sa main se leva et l'index dressé désigna le battant.

L'adolescent ébauchait des gestes hésitants qu'il refrénait soudain. Alors, dans un creux du silence que ménageait la télé, Laviolette entendit siffler la voix de l'infirme, en un murmure rageur dont il ne saisit pas les paroles. L'adolescent s'arc-bouta contre l'un des panneaux avec précaution mais avec effort et réussit à le déplacer.

Laviolette ne perçut pas ce bruit. Là-haut, la séquence silencieuse était terminée à la télé ; lui succédait un miaulement de scie circulaire et les hurlements de l'héroïne, qu'un agresseur sans pitié poussait vers le disque denté, comme une vulgaire bûche.

Pendant ce temps, l'adolescent roulait doucement le fauteuil vers la porte ouverte de la penderie où Laviolette distinguait des cintres vides. Il n'engagea pas entièrement le véhicule dans la cavité, mais, le soulevant par-dessus la glissière, il laissa reposer à l'intérieur les deux roulettes avant.

Maintenant le dos du garçon masquait le fauteuil et l'intérieur du réduit. Laviolette considérait cette carrure, ces muscles saillants déjà sous le survêtement qui lui moulait bras et jambes. Pas de protubérance aux genoux. Pas de jour suspect entre les cuisses et les tibias parfaitement galbés. Aucune trace de *genu valgum*.

Plusieurs séquences tonitruantes de télévision se succédèrent, avant que le couple à moitié engagé dans la penderie fît un mouvement. De sa planque, Laviolette distinguait les épaules de l'adolescent bizarrement secouées.

Soudain, le bras de l'infirme hors du fauteuil esquissa une sorte d'adieu ; un geste qui parut au commissaire exprimer la détresse ou l'abandon ; un petit geste empreint de chagrin impatient ; un geste qui n'était pas naturel, mais qui, en tout cas, soulignait bien la volonté de la jeune fille de s'éloigner, de partir, de s'échapper. L'enfant recula le fauteuil et, toujours avec les mêmes soins, remit en place le battant de la penderie. Il fit pivoter le fauteuil vers la lumière et se remit à le pousser lentement vers le corridor, à la suite de la cage d'ascenseur.

Ils venaient de face vers Laviolette, stupide d'étonnement devant leurs visages défigurés, tuméfiés par les sanglots. Les larmes leur coulaient des yeux sans retenue. Ils n'essayaient pas de se consoler l'un l'autre.

Ils disparurent et Laviolette sortit de sa cachette. Il

regarda la penderie. Il regarda le couloir où les deux personnages venaient de s'enfoncer. Il les aperçut ouvrant une autre porte à rinceaux bleus et or, au fronton orné d'un masque d'acteur grec aux yeux vides, à la bouche béante sur un cri inexprimé.

L'adolescent passa devant le fauteuil pour actionner un commutateur. Laviolette se colla au mur, derrière une console qui supportait un énorme bouquet de feuillages en cire. La lumière soudain répandue lui fit craindre d'être repéré. Raide contre la cloison, il s'avança latéralement vers la porte qui n'était pas repoussée. Ses précautions inutiles auraient bien fait rire Courtois car, avec son embonpoint, son chapeau et son pardessus, Laviolette avait beau jouer les rasant-les-murs, il ne pouvait échapper à l'attention de personne.

Mais le regard de ceux qu'il épiait était tourné vers l'intérieur d'eux-mêmes. Laviolette put s'accroupir devant la porte ouverte et surprendre leur secrète occupation.

C'était la pièce maîtresse dont l'architecte avait nourri les illusions du Mexicain : un théâtre minuscule, pourvu d'une scène plus haute que large et d'une dizaine de fauteuils à bascule.

La rumeur publique supputait qu'autrefois le satrape faisait jouer là, pour lui et quelques intimes, les scènes qui berçaient ses nuits de pauvre hère, quand il était maigre et jeune.

Un théâtre ! Un vrai théâtre qui avait dû enchanter ces deux enfants, lorsqu'ils l'avaient découvert et dont leurs parents, indulgents, leur avaient laissé la libre disposition. Un théâtre pour rire, au rideau de carton toujours levé et retenu, dans ses plis de carton, par de gros nœuds dorés, et où l'on avait aménagé un praticable en plan incliné pour que l'infirme puisse aisément gagner le plateau.

Mais ce que ces deux acteurs représentaient maintenant sur ce théâtre pour rire, et qui donnait des sueurs froides au commissaire Laviolette, dissimulé presque à plat ventre, derrière la dernière rangée de fauteuils, les paroles immortelles qu'ils se jetaient à la face, ce n'étaient plus des paroles d'enfants.

S'ils allaient jusqu'au bout de ce chant de haine alternativement scandé, et tout portait à croire qu'ils allaient s'y livrer sans retenue, ils en avaient pour un bon moment à être hors du monde.

Alors, Laviolette tourna le dos et se dirigea d'un pas ferme vers la penderie.

C'étaient deux bonnes vieilles portes à glissières où l'on dissimulait jadis les lits, en pays d'Auge. Des générations de Normands, trop riches pour aimer l'air, s'y étaient enfermés pour dormir. Comme elles étaient immenses, le satrape qui les avait fait transporter ici sur les conseils de son architecte devait les avoir eues pour une bouchée de pain. On y avait sculpté deux trognes enluminées et des guirlandes de têtes de veau.

Laviolette s'approcha d'elles. Il posa avec un peu d'appréhension la main sur la poignée. A vouloir la débloquer en silence comme il l'avait vu faire, à l'effort qu'il dut y consacrer, il comprit quelle force peu commune, pour son âge, les bras de l'adolescent recélaient.

Il y parvint pourtant. C'était un trou noir, vide de tout vêtement, certainement hors de fonction depuis les soirées fines que le satrape organisait ici autrefois. Une odeur subtile de cigarettes, « Abdullah petites à bout doré », que parfumaient les femmes de 1950, y flottait encore comme un souvenir. Quelques cintres pendaient, vides, un peu de travers. La poussière et quelques discrètes toiles d'araignée occupaient seules les lieux.

Pourtant, les deux jeunes gens s'étaient attardés ici ; pourtant, lorsqu'ils s'étaient éloignés, ils pleuraient tous deux à chaudes larmes.

Laviolette demeurait dubitatif devant ce trou noir qui, en lui-même, ne signifiait rien. Bien que ce fût seulement devant ce battant que les deux adolescents s'étaient tenus, il voulut vérifier la profondeur obscure qui se continuait derrière l'autre panneau. Il alluma sa torche, éclaira la cavité et, pour mieux vérifier, il posa le pied à l'intérieur.

Alors, il entendit une sorte de soupir bien huilé, dans l'ombre à côté de lui, comme un chuchotement, comme une invite.

Lorsqu'il referma cette porte, quelques secondes, quelques minutes après (il ne sut jamais dire combien de temps il y était resté ni même se le préciser à lui-même), il serrait sa main gauche sur la bouche comme s'il avait mal aux dents et il secouait sa main droite comme s'il venait de se taper sur les doigts.

Il entreprit d'escalader sur la pointe des pieds l'escalier de bois qu'on eût entendu gémir si, là-haut, les hurlements de la télévision n'en avaient étouffé les craquements. C'était la fin du film d'épouvante que Laviolette avait déjà vu autrefois. Un horrible grésillement dominait les glapissements d'un vampire en train de se dissoudre, sous les assauts conjugués d'un crucifix et d'un soleil radieux.

Guidé par ce vacarme et les mains toujours posées sur ses lèvres comme pour s'interdire d'exprimer à haute voix les sentiments qui l'agitaient, Laviolette gravit les quatre volées de l'escalier.

D'une porte entrebâillée, face aux dernières marches, provenaient manifestement les ultimes accords de la bande sonore du film. Il toqua discrètement. Pas de réponse. Il frappa plus fort. Toujours rien. Le courant grésillait dans le récepteur maintenant muet. Il poussa le battant.

C'était un studio spacieux. Une lumière douce flottait autour d'un abat-jour vert sur une table d'angle. La télévision trônait au beau milieu de la pièce. Devant elle, dans un profond fauteuil, quelqu'un était enfoui, les jambes posées sur une table basse. C'étaient des jambes de femmes gainées d'un collant, les pieds chaussés d'escarpins vert jade en fausse écaille de tortue et montés sur de hauts talons. Le désordre d'une chevelure blonde à la teinture fatiguée dépassait du dossier et un bras abandonné pendait mollement hors de l'accoudoir. La main aux ongles nacrés avait lâché sur la moquette un mégot de cigarette qui achevait d'y faire un trou, d'ailleurs frère de plusieurs autres antérieurs.

« Si elle a cette grande baraque à entretenir toute seule, se dit Laviolette, ça ne m'étonne pas qu'elle s'endorme devant la télé. »

Il contourna le fauteuil pour contempler la dormeuse. Elle ronflotait tout doucement, la bouche ouverte, les narines épatées.

C'était une femme de vingt-cinq ans qui s'était fait, à grand-peine, la tête d'une actrice sur le déclin. Mais ainsi, livrée sans défense, paupières bleu de Prusse, faux-cils qui se décollaient peu à peu, menton de Bretonne, elle offrait l'image pathétique de ces pauvres filles capables de gagner un pauvre homme grâce à la beauté du diable, capables de vivre une mauvaise petite vie sans histoire, si la nature facétieuse ne les avait pourvues d'une anatomie à la Maillol. Car si la tête était quelconque, le corps, lui, était un corps de vedette. Même dans cette position avachie, il ne perdait rien de son charme pervers, de ses attraits, de son opulence. Ça durerait ce que ça durerait, mais pour l'instant c'était superbe et ça devait occasionner plus de déboires que de satisfactions.

Ainsi philosophait Laviolette, se demandant comment il allait éveiller cette nymphe sans provoquer ses hurlements. Mais le temps commandait. De la main droite, il exhiba son coupe-file tricolore, de l'autre il tapota l'épaule de la dormeuse.

Elle était encore sous le charme des morsures du vampire dont elle avait suivi, jusqu'à mi-film à peu près, les résurrections quotidiennes, avant de sombrer dans le sommeil. Elle s'étira, ouvrit grands les yeux et la bouche, s'apprêta à pousser un cri strident. La vue du coupe-file et de la grosse figure de Laviolette, un doigt posé en travers des lèvres, l'arrêta net. Mais alors, une autre sorte de panique s'empara d'elle. Elle s'avisa que ses charmes débordaient de toute part son court déshabillé transparent. Elle se dressa toute droite hors de son fauteuil, bondit vers la patère, y crocha une espèce de chose insignifiante dont elle prétendit se draper, ce qui n'arrangea rien. Elle s'efforçait d'empêcher sa poitrine de sortir de ce semblant de peignoir, mais c'était sans grand résultat.

« Oh ! écoutez, ça va ! murmura Laviolette, agacé. Arrêtez votre cirque ! Remettez-vous dans votre fauteuil et dites-vous bien que je ne suis pas preneur. J'ai d'autres chats à fouetter ! Alors du calme et répondez-moi ! »

Elle soufflait comme un gibier débusqué.

Il avisa sur la table basse un verre et une bouteille de Glen Grant Pure Malt dont elle avait dû user au début du film pour accroître son délice. Il l'emplit à moitié et le lui tendit. Elle le prit, tout étonnée. On ne devait pas avoir souvent des égards pour elle.

« Et maintenant, murmura Laviolette, vous allez répondre à voix basse à toutes mes questions. Vous entendez bien ? A toutes ! »

Ils restèrent ainsi, dans l'intimité de l'abat-jour vert, comme de vieux amis évoquant le passé, mais, à mesure qu'il posait ses questions, le visage de Laviolette s'assombrissait de plus en plus et, à mesure qu'elle y répondait, elle se recroquevillait davantage dans son fauteuil.

Sa courte intelligence commençait à percevoir, dans les paroles du commissaire, ce qu'il voulait l'amener à comprendre. Elle répondait dans un chuchotement, avec véhémence, comme à un confesseur, tâchant désespérément d'exciper de son innocence, de son imbécillité.

Comme leur voix n'était qu'un murmure, ils sentaient respirer la maison autour d'eux. C'était l'horloge du Queyras, dans le couloir, qui égrenait les secondes. C'était, très lointain, le bruit d'une chasse d'eau. Et puis, soudain, c'était la machinerie asthmatique de l'Otis-Pifre qui haletait dans les profondeurs de la maison.

« Chut ! » fit Laviolette.

Il se dressa, écarta sans bruit le battant de la porte. L'ascenseur s'arrêta avec un soupir d'air comprimé. On entendit glisser des pas sur le parquet, à l'étage au-dessous. Une porte encore s'ouvrit à deux battants, sans doute pour le passage du fauteuil de l'infirme ; deux battants qu'on refermait ; des pas encore, feutrés, infiniment las, traînant la semelle.

Par l'entrebâillement, Laviolette guettait l'escalier en face. Quelqu'un montait la première volée du second étage, respirait sur l'un des paliers, reprenait son ascension. Dans la pénombre, Laviolette vit se préciser la silhouette de l'adolescent en survêtement qui, tout à l'heure, poussait le fauteuil de l'infirme. Il gravissait les marches à la manière d'un vieillard, dodelinant de la tête, s'aidant de la rampe, butant à chaque degré.

Immobile maintenant en haut des marches, il considéra pensivement l'entrée de cette chambre de bonne qui ne fermait jamais sa porte ; il observa longuement la pendule, avec son vieux bouquet de fleurs sur le panneau et qui battait tranquillement au fond de l'ombre.

Laviolette entendait toute proche frémir sa respiration.

Soudain il fit volte-face et se dirigea vers le fond du corridor. Il ouvrit la dernière porte, disparut derrière elle, la referma.

« Le grenier ! » souffla la bonne.

Elle était venue, claquant des dents, se coller contre Laviolette, pour guetter elle aussi, par l'interstice de la porte, au-dessus de lui, car elle était plus grande. Il sentait à travers son pardessus, son veston, son gilet, le cœur de la fille battre la chamade, sous ses déshabillés dérisoires. Ils restèrent là, haletants, la fille collée contre le dos du commissaire. Tous deux subjugués par ce qu'ils savaient maintenant.

« Par pitié ! souffla-t-il, ne claquez pas des dents ! »

Car ce bruit organique s'entendait aussi distinctement que celui de l'horloge. Elle porta la main à sa bouche pour la mordre avec force.

La porte du grenier se rouvrit en grinçant. Laviolette vit s'encadrer de dos, dans le chambranle, un personnage de noir vêtu qui referma la porte et se retourna.

La bonne cravatait de son bras le cou puissant de Laviolette et le serrait à l'étouffer. Il lui tapotait les fesses derrière lui, doucement, pour la rassurer.

Le personnage qui leur faisait face maintenant, c'était l'enfant de tout à l'heure. Il était en pèlerine à capuchon, culottes courtes, chaussettes noires montantes, béret alpin. Il tenait à la main, par les lacets noués, une paire de brodequins. Quelque chose était passé à sa ceinture scoute, mais on ne distinguait pas ce que c'était. Il descendait l'escalier de la même allure exténuée qu'il avait en le montant tout à l'heure.

Lorsqu'il eut réussi à détacher de lui, un à un, les membres de la fille mourante de peur qui lui soufflait de ne pas l'abandonner, quand il eut réussi à lui faire boire un autre demi-verre de whisky destiné à l'abrutir, Laviolette sortit dans le corridor.

La porte de la maison venait de se refermer. Laviolette descendit à son tour.

11

La mort le cadrait dans son collimateur et cette certitude ne le troublait pas. Le juge Chabrand éprouvait au contraire un enivrement sans bornes. « Je vais savoir » se dit-il, renonçant à se préciser s'il songeait au néant ou au mystère de Digne.

Il était dans un tel état de joyeuse exaltation qu'il se demandait s'il n'allait pas tout simplement se laisser tuer avant que l'abandonne ce comble de bonheur hors duquel, désormais, tout lui paraîtrait sans grâce.

« Irène... Qui était Irène ? Qui était réellement Irène ? »

Il y avait si peu de temps qu'il l'avait quittée qu'à chaque bouffée d'air de la nuit qu'il respirait c'était d'abord son odeur à elle qui pénétrait ses narines, bien avant la senteur humide des feuilles mortes.

« Irène... »

Il répétait ces syllabes rauques avec le ravissement d'un collégien au matin de sa première nuit d'amour.

« Irène... »

Mais qui était Irène ? Délicatement blonde, le cou long comme celui d'une Anglaise, pas belle, le front trop haut, trop bombé, la bouche aux lèvres parcimonieuses, au pli tombant, mais qu'un rire muet élargissait soudain...

Comment l'avait-il connue ? C'était sa coquetterie presque féminine qui l'avait conduit, certain jour, vers ce magasin étroit sur le boulevard où la vitrine, toujours renouvelée, révélait toujours des choix d'un goût très sûr. Il y était entré timidement, persuadé que dans cette boutique, tout était hors de ses moyens. Elle était venue vers lui très simplement, sans sourire, sans accentuer sa démarche, sans lui marquer la moindre attention particulière.

Elle portait en sautoir une paire de lunettes qu'elle chaussait de temps à autre, sans gêne et sans ostentation, simplement parce qu'elle en avait besoin. Jusqu'à la semaine précédente, leurs relations ne furent jamais que de commerçante à client. Elle était jeune encore, mais respectable. Parfois, à son sujet, une intuition très vague le traversait à la voir se déplacer à travers les vitrines ou à contempler sa main un peu potelée courir sur les échantillons ou caresser les tissus ; mais elle s'efforçait à une telle uniformité de paroles, d'aspect et de contenance qu'il était impossible d'imaginer qu'on ne se trompait pas.

La semaine précédente seulement, soudain, et d'une manière imprévisible, le masque avait sauté. Il l'avait vue en pleine lumière pour la première fois.

Quand il entra ce jour-là, il y avait des mois qu'il n'était pas venu, n'ayant pas les moyens de s'offrir souvent des fantaisies coûteuses. Il la trouva égale à elle-même, mais, sous cette façade, elle semblait désorientée, absente. Elle jetait souvent des regards furtifs vers la rue. Ils étaient seuls.

« Quel temps ! » dit-elle.

Il pleuvait depuis trois jours. Les passants défilaient sous leurs parapluies et allaient chercher des illustrés pour se distraire, à la librairie voisine, et repassaient, pressés.

« Un temps, dit-il avec désinvolture, à faire l'amour tout le jour ! »

C'était l'une de ses plaisanteries favorites, quoique un peu usée. Il la servait, par temps de pluie, aux femmes qu'il rencontrait, sans se départir de son air le plus incorruptible, comme s'il énonçait une éventualité qui, de toute façon, ne le concernait pas.

« Ah, ne dites pas ça ! »

Elle lui tourna le dos pour aller se coller contre le carreau de la porte, à scruter le dehors. Elle chuchota contre la vitre qu'elle embua de son souffle :

« Il y a des mois que je ne l'ai pas fait... »

Ces paroles étaient dites à voix si basse, à l'intention peut-être des passants, qu'il était impossible à quiconque de les interpréter ou d'y répondre.

Pourtant, il sentit que, si loin de lui, elle venait d'énoncer quelque chose de capital et une nouvelle image d'elle se modela dans son esprit, mais finalement si subtilement semblable à l'ancienne qu'il la trouva toute naturelle.

Elle revenait, cherchant dans les rayons le chandail de coloris particulier qu'il avait vu en vitrine l'hiver précédent et qu'il convoitait. Elle triturait un centimètre de couturière qu'elle enroulait et déroulait autour de ses doigts.

« Si vous... dit-elle. Mais non... Je ne dois pas ! »

L'atmosphère de la boutique se transformait. Les passants dans la rue n'étaient plus que fantoches, bien que toujours aussi réels et ennuyés ; la pluie ne tombait plus, bien que toujours aussi obstinée. Il planait maintenant une panique muette sur leurs soudains nouveaux rapports.

Entre eux se dressait la largeur étroite d'une vitrine à cravates. Mais, en vérité, toutes les choses tangibles disparaissaient rapidement. Bientôt, il n'y eut plus de vitrine, plus d'étalage de bon goût. Ce fut l'antichambre vide où le souvenir, plus tard, n'identifie plus nul objet. Ils remplirent soudain à eux tout seuls tout l'espace, de leurs seules respirations retenues. Ils serraient les lèvres. Les prochaines paroles qu'ils prononceraient ne pourraient plus être insignifiantes.

Elle continuait à tripoter le centimètre dont manifestement elle n'avait que faire, les yeux obstinément baissés. Il savait qu'elle allait parler, qu'elle parlerait au bois du comptoir et non à lui et que, s'il ne saisissait pas ces paroles, tout, entre eux, allait tout de suite se refermer. Il était aux aguets, penché vers la chevelure blonde qu'il surplombait. Et pourtant, il eut du mal à reconstituer ce qu'elle venait de souffler rapidement :

« Avez-vous peur de la mort ? »

Il savait que s'il répondait « non », mensongèrement, comme l'eût fait n'importe quel fat avant d'avoir réfléchi, cette minute sacrée qui s'éternisait entre eux allait reprendre sa durée normale, s'évanouir banale dans le passé, ne plus être digne de regret.

« Depuis trente ans, j'essaye de m'habituer à elle peu à peu, dit-il humblement.

— Non ! protesta-t-elle sourdement. Ce n'est pas à celle qui vous guette d'ici trente ou quarante ans avec cancer ou infarctus. Non ce n'est pas à cette mort-là que je pense... »

Elle leva la tête et le regarda en pleine face :

« Croyez-vous que je vaille la mort ? dit-elle. C'est ça que je voulais vous dire : si vous deviez mourir tout de suite, si vous deviez mourir par moi, accepteriez-vous ? »

Elle avait vivement avancé la main, bien dissimulée par sa carrure à lui qui la masquait tout entière aux passants ; elle la lui avait posée bien à plat sur le revers du veston. Ainsi appuyé, il sentait battre son cœur.

Alors il la vit pour la première fois.

Si quelqu'un venait à entrer, elle retirerait sa main. C'était là tout son souci.

Mais personne n'entra. Par une gouttière bouchée qui surplombait le seuil de la boutique et déversait des cataractes, le destin avait fait un barrage entre eux et le reste du monde.

Non, elle ne la retirait pas, et par le simple truchement de cette longue main sur l'étoffe de son veston, il sentit couler en lui toute la chaleur qu'elle accumulait en elle. Il comprit qu'elle n'était pas ordinaire, mais délicieusement anormale. Il comprit à son visage clair, à ses yeux trop candides, qu'elle était pleine de détours, de contresens, que sa nature lui ordonnait de luxueux caprices et que la connaître l'enrichirait, lui, pour toujours.

« Oui », dit-il simplement.

Elle ôta sa main en soupirant, abaissa son regard.

« Je ne vous parle pas par énigmes, dit-elle.

— Je sais.

— Je vous invite.

— Je vous réponds que j'accepte.

— On meurt dès qu'on me touche.

— Je ne l'ignore pas.

— Vous savez ? »

Elle eut un mouvement de crainte.

« Maintenant, je sais. Et vous ? Savez-vous qui je suis ?

— Vous êtes le juge, mais, à partir de ce moment, ça ne change plus rien. J'ai levé les yeux sur vous. J'ai osé ! Quelqu'un sait peut-être déjà ! Vous êtes déjà condamné ! Quelqu'un a déjà deviné ce que vous êtes devenu. J'ai déjà peur ! Croyez-vous, croyez-vous, répétait-elle sombrement, croyez-vous que je vaille vraiment la mort ? J'ai peur, mais je n'en peux plus ! Je regrette mais je déborde d'impatience. Avez-vous bien réfléchi ?

— Non. Je n'ai pas bien réfléchi. Je n'ai pas envie de réfléchir.

— Vous m'aimez ?

— Non. Comment voulez-vous ? Mais je suis sûr qu'avec vous, on peut oublier la vie.

— Alors, vous viendrez ?

— Oui.

— Il faudra faire très attention. Avez-vous une bicyclette ?

— Non. Mais je vais m'en procurer une.

— Oui. Venez à bicyclette. J'habite Popocatepetl. Tout le monde sait où est Popocatepetl. Vous monterez par la côte du Cimetière Vieux, ce n'est pas du tout éclairé. N'allumez pas votre lanterne. Vous passerez par une brèche dans la clôture qui donne sur le bois de cèdres. Vous laisserez votre vélo au plus profond des arbres. Vous descendrez en longeant l'orée des marronniers. Les derniers arbres ombragent ma terrasse. Les feuilles tombent, mais il y fait encore très sombre. Pour vous, venant d'en haut, ce sera l'aile droite de la maison. La lumière sera à mes quatre fenêtres, vous la verrez à travers des rideaux bleutés. Il y a deux portes-croisées qui donnent toutes deux sur la terrasse. Elles seront entrebâillées toutes les deux.

— Quand ?

— Dans huit jours, le soir, vers dix heures. Non non ! Pas avant ! Ne me tentez pas, je vous en supplie ! Et ne venez plus d'ici là ! On doit me guetter ! On doit tout savoir de moi ! Mon Dieu ! si je veux que vous viviez il faut que ma vie soit la plus unie et la plus morne possible ! Mon Dieu ! il y a déjà trente minutes que vous êtes là ! Tenez ! Emportez cette chemise ! Et cette cravate ! Et ce chandail ! Il faut que vous soyez chargé de paquets !

— Qui ? demanda-t-il.

— Je ne sais pas ! Je vous jure que je ne sais pas ! »

Elle se détourna brusquement et le laissa partir sans l'accompagner. Elle continuait à rouler et à dérouler le centimètre entre ses doigts. Elle balbutiait :

« Huit jours... Huit jours... »

Elle n'osait même pas s'avouer tout bas combien ces huit jours seraient au-dessus de ses forces.

Huit jours... Il y avait huit jours de cela... et c'était ce soir... Et c'était fini. Dans sa tête sonnante comme un bourdon d'église fulguraient les images d'Irène les yeux ouverts. Il l'entendait encore lui dire :

« On brûlera en enfer tous les deux ! »

C'était tellement agréable de tout provoquer avec l'enfer en perspective comme un soir d'été, le rouge du Couchant.

« Tu me prends pour une Messaline ? Mais si tu savais comme je suis sage, rangée, bonne croyante, bonne cuisinière ! Si tu savais comme j'aime mes enfants ! J'ai une fille handicapée... Si tu savais comme je m'enlaidis pour elle ! Si tu savais comme je prends soin de ne jamais lui montrer aucun plaisir sur mon visage qui ne vienne pas de son plaisir à elle ! Qui ne soit le reflet des pauvres plaisirs que je peux lui offrir... »

Elle poussait un petit rire d'enfant.

« L'été dernier, quelques graves dames aux visages ravagés sont venus me proposer de rejoindre leur association : " Les mères méritantes. " Et on voyait qu'elles y prenaient une peine infinie, que ça ne leur était absolument pas naturel d'être méritantes... »

Soudain, elle s'était dressée, mais ne pensant plus à l'amour. Soudain, elle lui échappait, redevenait quelqu'un d'autre.

« Mère méritante ! souffla-t-elle. Je l'aurais été si j'avais eu le courage de la tuer quand je me suis aperçu qu'elle avait perdu la moitié de son corps. Mais elle avait déjà cinq ans ! Et, à ce moment-là, elle avait une telle envie de vivre cette moitié de vie ! Je ne me le pardonne pas ! Je ne me le pardonnerai jamais ! Elle, elle ne savait pas ! Mais moi ! Moi, je savais ! »

Elle était venue se rouler contre lui, lui quémander l'oubli, le prier de la faire taire, de la rendre folle, de lui masquer la face terrible de sa vie. Il s'était prêté à ce jeu, d'abord glacé dans l'âme, puis oubliant lui aussi, prenant l'habitude, au grand miroir du chevet, d'observer leurs arabesques, en une attention curieuse qui effaçait tout.

« Irène... »

Les deux coups de feu claquèrent, en même temps — ou bien était-ce avant ? — que miaulait à ses oreilles ce galet de Bléone qu'il attendait, depuis qu'il s'était glissé hors de la chambre, par la porte-croisée à l'abri sous l'ombre des marronniers. On avait dû l'attendre, le guetter, profiter du moment où il se profilait à découvert, sous la lune. Les coups de feu — décidément c'était avant — avaient surpris le tireur, avaient fait dévier la sûreté de sa main.

Il était là, sur la pelouse, à dix mètres devant le juge, de face, en pleine clarté, avec ce visage mince de chouan, encadré d'une longue chevelure, casquée par le béret alpin bien enfoncé.

Il fit la dernière chose à quoi le juge s'attendît : il lui fonça dessus tête baissée comme un taureau dans l'arène. Le juge s'affermit pour soutenir le choc, mais l'autre le loba comme un joueur de rugby, le frôla, le dépassa ; à vingt mètres de là, penché à ras de terre et sans ralentir sa course, il cueillit dans un rond d'herbe le galet qui avait raté son but pour la première fois. Il sauta dans l'ombre des arbres.

Cette masse vivante et chaude dont il respirait la trace et qu'il avait distinguée en plein clair de lune, le juge avait eu le temps d'y reconnaître, décomposée, remaniée, redistribuée d'une autre manière, l'essence même d'Irène qu'il venait de quitter. Et le sillage d'effort de cette masse lancée à pleine énergie laissait flotter derrière elle cette odeur, mais plus secrète, plus informulée, que le juge respirait sur lui-même avec délices depuis qu'il était entré dans la nuit.

« Ne tirez pas ! » cria-t-il.

Et, désormais, ce cri allait être les seules paroles qu'il prononcerait au cours de cette nuit. Il les répéterait inlassablement. En lui-même d'abord ! A tous ceux qu'il rencontrerait, ensuite.

Il s'était élancé, à son tour, à la poursuite de l'ombre.

Laviolette était déjà relégué à trois cents mètres de là, au milieu de la pelouse, devant le cœur percé d'une flèche du tombeau saugrenu ; avachi contre lui, pantelant d'avoir couru, incapable de faire un pas de plus, forcé de laisser le juge face à face avec l'assassin.

Il se remit pourtant péniblement en marche. Il était impartial. Il ne se disait pas : « Tu vois le résultat de la guerre ? Le résultat des parachutages, quand tu te recevais mal ? Tu vois ce que tu as gagné à sauter dans l'eau froide de la Manche, avec le fusil au-dessus de ta tête ? D'être resté un jour entier, trempé, à plat ventre sur le sable mouillé de la plage, pendant qu'il pleuvait ? (Et je ne parle pas des obus et des mitrailleuses, ça n'influe pas sur les rhumatismes.) Tu vois ce que tu as gagné à tirailler tout l'hiver 44 derrière les sapins des Vosges, au lieu de sucer leurs bourgeons ? » Non. Il se disait : « Tu vois le résultat des pastis quotidiens ? Du paquet de Caporal bleu quotidien, et des quelques cigares en tube ? Tu vois : à cinquante-deux ans, tu n'es même plus foutu de courir un cent mètres ! C'est pas la tête qui fout le camp, ce sont les jambes ! Le téléphone ! Non, pas le téléphone ! Dans la maison, j'ignore où il est. Il va falloir le découvrir. Il va me falloir dix minutes pour me débarrasser des femmes, altertées par les coups de feu ! Non, plutôt aller à la rencontre d'une patrouille. »

Désolé, le Smith & Wesson à bout de main, il regagna la Vedette en toute hâte, pour donner l'alerte, pour que tout le monde encercle le secteur. Mais la Vedette en avait assez pour ce soir Ce qu'il avait craint tout à l'heure se produisait maintenant : il avait beau tirer sur le démarreur, il n'obtenait qu'un gargouillis poussif et une espèce d'incongruité que lâchait le pot d'échappement.

La vie du juge ! Vingt dieux ! la vie du juge Chabrand

parce que cette bourrique de Laviolette s'enorgueillissait d'avoir fait durer une voiture pendant vingt-trois ans ! Que faire ? Il était à un bon kilomètre du centre de la ville... La démarrer à la manivelle ? Ça pouvait prendre un gros quart d'heure, dans l'état où il était, et encore ! Non ! Regagner le centre. Siffler de temps à autre. Peut-être aurait-il la chance de tomber sur une patrouille...

Il s'engagea sur le chemin désert où défilaient les ombres des grands arbres devant la lune, sous le vent du Nord qui s'était levé. Il allait au petit trot, s'appuyant de l'épaule presque contre chaque tronc ; arrachant à ses poumons de petits coups de sifflet ridicules qui ne devaient pas s'entendre à dix mètres. Il tira encore en l'air : deux balles. Des fenêtres s'illuminèrent aux villas des environs. Quelqu'un, affolé, allait sûrement appeler les flics. Laviolette écarta les bras, découragé. On allait converger vers lui de toutes parts, se rassembler ici, où c'était inutile, car il y avait maintenant un gros quart d'heure que le juge et le meurtrier s'étaient enfoncés sous les arbres. Où avaient-ils obliqué ? Dans quelle direction l'un entraînait-il l'autre ?

Que de temps perdu par sa faute à lui, Laviolette ! Il revint vers la Vedette, découragé, désespérant de regagner la ville par ses propres moyens. Il s'affala lourdement au volant, tira machinalement sur le démarreur.

Le moteur se mit à ronronner doucement son beau bruit de huit cylindres increvables.

C'était donc un duel. L'assassin détalait devant le juge, passait de l'ombre à la lumière, franchissait le portail absent, obliquait sur la droite, vers les Arches, vers le bruit de la Bléone en crue qui grondait au loin. Il devançait le juge mais sans hâte excessive, lui donnant l'illusion qu'en forçant un peu l'allure il serait aisé de le rattraper. Au vent de sa course se choquaient dans les poches de sa pèlerine alourdie les quelques galets dont il s'était muni.

D'une longue foulée régulière, le juge Chabrand refaisait peu à peu son retard. Il sentait de nouveau dans le sillage de celui qu'il forçait comme un gibier cette odeur, identique mais différente, de celle d'Irène. « Sa mère ! C'est sa mère ! Mon Dieu qu'ils ne tirent pas ! Pourvu qu'ils ne tirent pas ! »

Il ne pouvait avertir personne. Il ne pouvait que s'efforcer de ne pas perdre la trace. Il acceptait les risques. Il était dominé par une seule idée : ceinturer l'assassin, le serrer contre lui, lui tourner de force la tête vers lui, le regarder au fond des yeux et lui demander : « Pourquoi ? Mais pourquoi ? »

Ce n'était plus qu'une question de secondes. Encore quelques mètres à gagner. J.-P. Chabrand s'y appliquait avec patience, sûr de lui.

Soudain, comme s'il butait sur quelque racine, l'enfant se pencha presque à l'horizontale, déboula tête baissée pendant cent mètres au moins. En quelques secondes, il avait creusé l'écart entre lui et son poursuivant.

Le juge, médusé, allongea sa foulée, grignotant peu à peu le terrain perdu. Sur ces chemins à résidences, bordés de villas grillagées et de vergers policés, dans la succession des murs bas, il n'existait aucune échappée possible. Le quartier des Arches recèle tout un ensemble de culs-de-sac fermés de portails et de clôtures.

Bien qu'ayant ramené à vingt mètres son handicap, le

juge était toujours un peu plus loin qu'au début de la poursuite, à son grand étonnement. L'enfant jeta un regard en arrière, se pencha de nouveau comme rasant le sol, rétablit les trente mètres de distance qu'il avait gagnés, s'en laissa reprendre dix, fonça de nouveau, la tête en avant.

Le juge ne se laissa pas berner. Il fonça aussi, en même temps, reprit cinq mètres, six mètres... L'autre accéléra encore, s'effaça brusquement au coin d'une remise. Le juge tourna aussi, s'aperçut que l'intervalle avait encore grandi, voulut se surpasser. Mais alors, il constata, comme dans un rêve, que sa volonté seule le portait en avant ; ses jambes, elles, n'obéissaient plus ni son cœur, qui lui paraissait sur le point de remonter dans sa gorge pour l'étouffer. Il ouvrit largement la bouche, s'immobilisa, asphyxié, s'appuya contre une arbre. Trente ans ! Qui lui avait dit, autrefois, que la vieillesse commence à seize ans ? Trente ans ! Plus une inlassable soirée d'amour qui l'avait pourtant rendu si fier de sa jeunesse !

A cinquante mètres devant lui, l'enfant s'était retourné, revenait rapidement sur ses pas. Il tirait de sa ceinture scoute, d'un geste vif, quelque chose que le juge ne distinguait pas. Il fit deux ou trois mouvements précis. Son bras soudain levé tournoya. Le juge se jeta à plat ventre. Le galet siffla au-dessus de lui, alla avec un bruit mat percuter un grillage de verger.

L'enfant fuyait de nouveau. Le juge se releva. Il comprit soudain qu'il n'avait pas à se presser. Son adversaire ne cherchait pas à le semer, au contraire, il s'arrangeait pour rester à portée, pour que la distance ne devînt pas irrémédiable.

« Il ne veut surtout pas que je lui échappe ! se dit Chabrand. Il veut m'abattre ! Il veut me tuer ! »

Il l'entraînait vers les impasses du quartier, courant avec méthode. Par les ruelles ombragées de fruitiers, le juge maintenant courait cahin-caha, zigzaguant un peu quelquefois.

Il faillit se laisser piéger. L'enfant, devant lui, avait armé sa fronde sans ralentir. Il fit volte-face. Son bras tournoya l'espace d'un éclair, remarquable de sang-froid, de précision, d'une longue habitude, joueur de fronde issu de générations et de générations de joueurs de fronde, comme il y a des violonistes de génération en génération.

Le juge n'eut que le temps de s'effacer. Le galet lui érafla la pommette, brisa une branche de ses lunettes qui, déséquilibrées, tombèrent au sol. Il les ramassa, se les assujettit tant bien que mal sur la seule branche intacte. Le sang gouttait contre sa pommette tuméfiée. Il réfléchissait vite : « Combien en a-t-il encore dans ses poches ? Trois, quatre ? Non. Ç'aurait été beaucoup trop lourd. Il vient d'en perdre deux qu'il n'a pu récupérer. Je dois lui donner l'occasion de les utiliser tous. Il ne doit pas lui en rester plus de deux. " Tu paries donc qu'il ne lui en reste plus que deux ? — Je parie ! " »

Ils s'éloignaient de plus en plus de la ville. La Bléone en crue était toute proche. Resserrée entre ses berges, on l'entendait rouler ses agrégats comme tombereaux de pierres.

L'enfant courait posément, d'une foulée régulière, donnant toujours l'impression trompeuse qu'on pouvait facilement l'atteindre.

Devant lui, sous des charmilles de bignonias débordant des jardins, une impasse touffue se discernait à peine. Il s'y glissa, absorbé par l'ombre. Le juge s'immobilisa. A ses pieds, la lune tranchait au ras des murailles une large arène de lumière où, s'il s'y engageait, il serait une proie rêvée pour celui qui le guettait masqué par l'obscurité.

Au loin, vers la ville, mugit une sirène de police.

« Pourvu qu'ils n'arrivent pas trop vite ! se dit Chabrand. Pourvu qu'ils ne tirent pas ! »

L'image d'Irène était fixée sur sa rétine, mais elle se transformait peu à peu. Ce n'était plus l'artiste d'amour qu'il recréait avec tant de bonheur, inlassablement ; c'était une étrangère au même visage, mais dont l'âme soudain affleurait et qui demandait des comptes.

« Et si je mourais sous les coups de son fils ? Si je mourais volontairement ? Il me suffit d'avancer de deux mètres et tout est dit ! Je ne revivrai jamais plus une nuit comme celle-là ! Elle m'a dit : " mourir par moi ". Elle n'aurait pas eu le temps de m'user. Je lui resterais inoubliable... »

Il se secoua, se souvint à propos que ses trois prédécesseurs ne l'avaient pas été, eux, inoubliables. Peut-être n'en valaient-ils pas la peine ? Illusion ! Le juge Chabrand était d'un orgueil inflexible, mais il était imperméable à la vanité. En amour, il ne se croyait pas plus fort qu'un autre ; plutôt moins, même. Inoubliable ? Et ta sœur !

Il affronta tout de même son adversaire. Mais auparavant, il arracha son couvercle à une poubelle de zinc, et s'avança muni de de bouclier comme un CRS.

« Pourquoi ? cria-t-il. Mais pourquoi ? »

Il n'eut que le temps de distinguer le mouvement de la fronde et de lever son couvercle. Le choc assourdissant qui frappa contre le zinc le fit reculer d'un mètre. Un énorme berger belge se mit à sauter jusqu'à deux mètres de hauteur derrière un grillage de villa en faisant un raffut du diable. Son splendide poil noir luisait sous la lune. Une lanterne s'alluma au porche d'une maison.

« Ils vont donner l'alerte ! se dit le juge. Ils vont nous localiser ! »

Le gosse, une fois de plus, le feinta dans l'ombre, se défila pendant qu'il avait encore le bouclier levé, se fondit au tournant d'une ruelle.

Maintenant il fonçait droit vers la route de Barles qui longe la Bléone et la traverse sur un pont. On entendait, sur le macadam, le bruit de ses souliers ferrés.

Au fond de l'horizon, semblant chercher leur direction, mugissaient sur deux tons plusieurs sirènes de police. Il sembla au juge qu'elles se rapprochaient. Il se retourna. Des lueurs de phares tournaient dans le quartier des Arches.

Le gosse avait maintenant plus de cent mètres d'avance sur lui. Le juge s'élança de toutes ses forces à sa poursuite, car il venait d'entendre démarrer, à la caserne des Mobiles, deux motos dont la trompe se rapprochait vertigineusement.

Le pont jeté sur la Bléone après son confluent avec le Bès se profila devant lui.

« Ne tirez pas ! cria-t-il. Ne tirez pas ! »

Il parlait pour personne. Il était encore tout seul dans la nuit, avec l'assassin qui le précédait, mais tout convergeait vers eux. Il voyait tourner les motos dans les ruelles des Arches. Au fond de la ligne droite d'un kilomètre où brillait le centre de la ville, une armada d'agents se ruait à l'hallali.

Soudain, le juge ne vit plus les victimes, il ne vit plus Irène, il ne vit plus la société qu'il représentait. Il vit ce pauvre gosse, là devant, qui allait s'engager sur le pont Ce pauvre gosse en lutte avec l'immense République des gens heureux, pauvrement armé de sa fronde dérisoire contre ce monstre : le monde des adultes.

« Mais pourquoi ? Pourquoi ? »

« Arrête ! cria-t-il. Je peux te comprendre ! Tu ne comprends pas que je peux te comprendre ? »

Il parlait pour la nuit seule. Le vacarme du torrent submergeait sa voix. Et la distance entre lui et l'enfant était encore d'au moins soixante mètres.

Il atteignit le pont en même temps que, de la route perpendiculaire, débouchaient deux motards qui stoppaient en travers de la chaussée. Leurs phares révélaient l'enfant juché sur le tablier du pont.

« Ne tirez pas ! Je vous donne l'ordre de ne pas tirer ! Vous entendez ? Je suis le juge Chabrand ! Je vous interdis de tirer ! »

Il allait gagner. Il avait toujours son ridicule bouclier de zinc à la main et il avançait vers son adversaire qui s'était déplacé, hors de portée des phares.

« Juge ! » dit Laviolette, à bout de souffle.

« Foutez-moi la paix ! Et surtout ne tirez pas ! Dites-leur de ne tirer en aucun cas ! Vous me répondez de sa vie ! »

Plus que quelques secondes. Un dernier duel entre l'assassin et lui-même. Quand il aurait lâché son dernier projectile, il lui bondirait dessus, le coincerait contre lui, lui ferait un rempart de son corps contre tous les autres et pourrait lui demander enfin les yeux dans les yeux :

« Pourquoi ? Mais pourquoi ? »

Autour de lui, maintenant, vingt-cinq flics respiraient avec force et contemplaient incrédules cet obstacle dérisoire qui pendant un an et demi les avait tenus en échec : ce pauvre gosse avec sa fronde.

Le juge s'avança pas à pas. Entre eux, il n'y avait plus

que cinq mètres. Le gosse leva sa fronde, l'abaissa, la leva de nouveau. Le juge leva son couvercle de poubelle Le gosse balança sa fronde, l'abaissa. Le juge leva son couvercle, l'abaissa. Le dernier galet lui siffla aux oreilles.

« Ne tirez pas ! » hurla le juge.

C'était inutile. Le gosse s'était détourné et avait sauté dans le vide.

« Goulven ! »

Ce cri déchira la conscience du juge.

Il grimpa sur le tablier pour sauter à son tour dans le courant. Ils étaient déjà quatre à le ceinturer. Il lutta à coups de poing, à coups de pied. Laviolette prit dans les côtes un coup de coude qui l'eût étendu pour le compte en temps normal, mais il tint bon.

« Ne faites pas le con ! » dit-il.

Maintenant tous les phares convergeaient vers le lit de la Bléone noire qui sautait, folle, sur ses quartiers de roc.

L'enfant avait plongé trop près. Il s'était écrasé sur l'épi qui protégeait les piles du pont. Il s'était brisé les vertèbres cervicales. Il était mort.

A travers les orties, les coudriers et les dépotoirs de la berge, quelqu'un se jetait à corps perdu vers ce cadavre, et qu'on n'avait pu retenir. C'était Irène. Elle s'abattit, dans son peignoir mordoré, sur ce pauvre corps disloqué qu'elle appelait encore.

« Goulven ! Mon petit ! Mon pauvre petit ! Qu'est-ce qu'ils t'ont fait ? Qu'est-ce qu'ils ont voulu te faire ? Il n'est pas mort, au moins ? »

Elle tourna vers les vingt-cinq hommes apitoyés, penchés autour d'elle, son visage de mère, insoutenable. Ils baissèrent tous la tête.

Le juge avança la main.

« Madame..

— Ne me touchez pas ! Allez-vous-en ! Vous êtes une brute ! Je vous ai en horreur ! Vous n'êtes pas digne de vivre ! Vous vous êtes servi de moi pour le tuer ! Vous n'aviez pas le droit ! Pas le droit ! Pas le droit ! »

Elle meurtrissait son petit poing contre les galets de l'épi, à travers le grillage.

Laviolette avait recueilli, à côté de la main ouverte du cadavre, ce jouet qu'il avait laissé échapper. C'était une très vieille fronde patinée et vénérable comme un rouet d'aïeule au coin d'une cheminée froide. Elle avait dû voyager d'Armor en Argoat, au poing de quatre générations de hobereaux paysans en révolte éternelle contre tout ce qu'ils ne pouvaient pas comprendre.

« Venez ! siffla Laviolette exténué, en tirant le juge en arrière.

— Foutez-moi la paix !

— Venez ! répéta Laviolette avec obstination. Elle ne veut plus... de vous... Et nous... On a encore... quelque chose... à faire... ensemble !

— Il y a donc encore quelque chose que vous n'avez pas fait ?

— Oui fit signe Laviolette à bout de souffle. Encore... quelque chose... Arrêter l'assassin ! »

12

« Elle va le suivre sur la dalle de la morgue, y rester toute la nuit à le sentir se raidir entre ses bras, refroidir, sans qu'elle puisse jamais plus le réchauffer. Nul n'aura le triste courage de l'y arracher. Elle attendra tout le temps qu'il faudra pour qu'on lui rende le corps de son petit. Vous avez remarqué ? Elles ne disent jamais : “ Mon fils ”, “ mon enfant ”. Elles disent “ mon petit ”, toutes ! »

Laviolette soupira.

Le juge Chabrand ne donna pas signe de vie. La voiture filait par les ruelles et les chemins vers Popocatepetl. Le commissaire avait prié Courtois de prévenir le procureur :

« Nous avons encore quelque chose à faire, le juge Chabrand et moi. Vous direz au procureur que ce n'est pas en tant que juge que je l'amène avec moi, c'est en tant que témoin ! »

Il jeta un coup d'œil à la dérobée sur son compagnon, considérant sa tenue bizarre : survêtement bleu lavande, chaussettes à losanges rouges et jaunes, chaussons de cycliste. « L'amour est aveugle aussi sur soi-même, se dit Laviolette. S'il pouvait se voir : lui ! Le juge Chabrand ! »

Le sang avait séché sur la pommette, maintenant enflée et tuméfiée.

« Ça vous fait mal ? » demanda Laviolette.

Chabrand haussa les épaules sans répondre.

« C'est elle qui vous a demandé de venir à bicyclette ? »

Pas de réponse.

« Naturellement ! grogna Laviolette. Dans une ville où il est du dernier galant d'aller en voiture jusque devant son épicier, ou chercher son journal, un homme à pied, ça se remarque. Tandis qu'un cyclotouriste en tenue, sur une belle bicyclette de course, objet de tous ses soins, comment deviner qu'il s'en va seulement s'entraîner à faire l'amour ? D'autant qu'une bicyclette bien réglée, ça ne fait aucun bruit. Un pas dans la nuit, ça fait aboyer les chiens. Une bicyclette, non. Ai-je raison ? »

Pas de réponse.

Ils arrivaient devant Popocatepetl. Cette fois, Laviolette ne resta pas dans le chemin vicinal. Il s'engagea dans l'allée, vint se ranger devant le perron. A part la porte d'un garage ouvert et vide de voitures, rien n'avait changé. Aux fenêtres de la chambre d'Irène les rideaux se gonflaient toujours doucement, devant cette lumière azurée. L'œil-de-bœuf qui éclairait la chambre de la bonne offrait toujours ses reflets verts. Seule, au milieu de la façade, au premier, la grande croisée était obscure, là où, avant cette course dans la nuit, deux ombres gesticulaient.

Chabrand n'avait pas remué. Il s'efforçait de rassembler les morceaux épars de cette soirée. Il était pareil à un enfant. Le rêve et le cauchemar qu'il venait de vivre, se heurtaient tous deux à son incompréhension incrédule. « Si près dans le temps et jamais plus... Mais comment, en une heure à peine, cette ivresse légère et agréable s'est-elle transformée en cet amour désolé ? »

Laviolette lui tenait la portière ouverte et il n'en avait pas conscience.

« Alors, vous venez ? »

Il descendit, complètement abasourdi, et se dirigea machinalement vers les fenêtres aux rideaux azurés · dans la trame brisée de sa fulgurante aventure, sa mémoire, pour de futurs regrets, lui magnifiait leur vieille couleur passée au soleil.

« Pas par là ! dit Laviolette qui le retint par le bras. Par ici ! »

La porte était toujours entrebâillée. La lanterne dans l'immense vestibule oscillait toujours au bout de sa tige de fer. Au fond du grand couloir, la porte du théâtre était maintenant fermée. En revanche, au bas de l'escalier, les deux battants du lit normand étaient béants sur la penderie noire.

« Je n'avais pas plus tôt le dos tourné, se dit Laviolette, que la bonne a dû se ruer chez sa maîtresse, se jeter à ses pieds, et, tandis qu'elle lui déballait tout, tout à trac, elles ont entendu ensemble les deux coups de revolver que j'ai tirés en l'air. Mais pourquoi l'infirme ne les a-t-elle pas entendus, elle aussi ? Ou alors, elle les a entendus, mais, pour une raison quelconque, elle n'a pas pu descendre par l'ascenseur. Non... ce n'est pas ça ! Elles ont dû avoir le temps de venir jusqu'ici. C'est devant cette penderie qu'elles ont entendu les coups de feu. C'est pourquoi, affolées, elles n'ont pas pris le temps de les refermer. Quant à l'infirme, elle a dû épier, depuis le premier étage, entendre les exclamations, les lamentations... Puis sa mère sortir en courant, aller jusqu'au garage, mettre la voiture en marche, et, maintenant, elle doit attendre... »

« Parlez bas ! dit-il à Chabrand. Quoi qu'il advienne, ne vous exclamez pas. »

Ils s'approchèrent de la penderie. Laviolette avança le pied à l'intérieur, le posa sur une latte du parquet. Le soupir qu'il avait entendu, lors de sa première expérience, se renouvela docilement.

Et, devant les yeux du juge, apparut derrière le mur noir, comme si un rideau s'était soudain levé, l'intérieur de la chambre d'Irène, sa lumière azurée, le lit, au premier plan, très large, au ras du sol.

« Le miroir ! souffla-t-il.

— Oui, dit Laviolette à voix basse, ce judas, qui n'a jamais si bien porté son nom, c'est l'envers d'un miroir sans tain. J'aurais dû me douter que le satrape assaisonnait tous ses autres vices avec celui de voyeur. L'architecte devait être fier de lui avoir aménagé cette mécanique. C'est ingénieux, n'est-ce pas ? »

Il soulevait son pied, et docilement une trappe étroitement ajustée glissait devant le judas indiscret et l'on voyait, sur le large lit, trépigner de contrition, la bonne de la famille.

« Je suis atterré ! dit Chabrand.

— Vous le serez bien plus encore lorsque je vous aurai avoué que l'assassin vous a vu avant moi. Et probablement dans une attitude qui, dans son esprit malade, constituait une véritable provocation au meurtre. »

Le juge était raide comme un piquet et son pâle faciès était maintenant livide. Il revoyait le gosse et ce visage impitoyable qu'il lui montrait chaque fois qu'il l'apercevait de face.

« Venez », dit Laviolette.

« Elle doit l'attendre, se dit-il. Rien ne peut l'inquiéter. Elle le prend maintenant pour le héros invincible dans la peau duquel elle l'a fait entrer. Le vrai danger du bourrage de crâne, c'est que ceux qui racontent des histoires finissent par y croire aussi. »

Il commença de gravir l'escalier. Malgré sa fatigue, il devançait le juge qui s'aidait de la rampe à chaque degré. Laviolette devait fréquemment se retourner pour l'attendre.

Au second, la porte de la bonne n'était toujours pas fermée, mais Laviolette tourna à droite. Il se dirigea vers la cloison du fond, d'où il avait vu surgir, hier soir, le personnage décrit, à l'automne dernier, par les chasseurs des Sieyès.

Il ouvrit la porte d'où ce fantôme était sorti. Le juge suivait tant bien que mal, l'œil vide.

La pièce où ils pénétrèrent était un grenier de famille plein de témoins d'événements joyeux : des cerceaux, des chevaux mécaniques, l'œil de bois encore expressif, une robe de petite fille d'avant la guerre de Quatorze, sur un mannequin d'osier.

Laviolette furetait parmi les caisses, les casiers à bouteilles vides, les chaises dédorées et bancales de salons disparus. Enfin, au dossier d'un canapé faux Louis XIV effondré, il aperçut un survêtement bleu ciel et, sur le canapé lui-même, une paire de chaussures de tennis, l'une après l'autre jetées. Il se pencha. Derrière le canapé, une malle légère à ferrures vertes parlait de vacances d'enfant. Elle était coincée contre le mur.

« Regardez ! » dit Laviolette.

Il fit briller, sur le couvercle de la malle, une plaque de cuivre :

ALCIDE DE TERENEZ
Lycée de Rennes

« Voilà ! dit Laviolette. C'est la malle de collégien de son père. C'est avec la pèlerine de lycée, les culottes courtes et les chaussures à clous pointure 39 de celui-ci qu'il se déguisait pour aller tuer les amants de sa mère. Le *genu valgum* ce n'était pas lui. Il avait les jambes droites comme des I et parfaitement galbées. Les jambes d'Irène... dit-il pensivement. Non ! Le *genu valgum*, c'était son père. Regardez ! »

Il ouvrit la malle.

L'intérieur du couvercle recélait trois croquis de crâne humain : de face, de profil, de dos, grossis deux fois et soigneusement punaisés. Sur chacun d'eux, calqués en noir d'après une planche anatomique, un ou deux petits cercles dessinés en rouge au compas cernaient exactement un gros point noir.

« Inutile, je pense, de vous faire un autre dessin ? dit Laviolette. Quand nous perquisitionnerons cette maison, nous trouverons probablement une encyclopédie médicale soigneusement annotée et souvent consultée. Nous dénicherons, dans quelque coin, un *memento mori* fixé sur un bâton ou sur un mannequin décapité. Et tout me porte à croire que ce crâne, grandeur nature, sera dans un triste état »

Il égrena dans la malle ouverte les deux pièces du survêtement, les chaussures de tennis, l'une après l'autre, qui ne serviraient jamais plus à personne. Il laissa retomber le couvercle.

« Voilà ! dit-il. Pour aller tuer Egisthe et Clytemnestre, Oreste revêtait l'armure d'Agamemnon et se ceignait de ses armes. A-t-il aussi déniché la fronde dans la malle ? Nous l'apprendrons peut-être. »

Il leva les yeux. Dans l'œil-de-bœuf, juste au-dessus de la malle, s'encadrait en surplomb, à quelques centaines de mètres à peine, à vol d'oiseau, une haute demeure, dans un écrin de jardins en terrasses, où se mourait, dans le clair de lune, un luxuriant automne, et qui dominait le torrent des Eaux-Chaudes.

« Et voilà pourquoi la douairière est morte aussi. Il ne se méfiait pas. Il devait se déguiser devant cette fenêtre, sans aucune précaution. Comment aurait-il pu se douter qu'il était épié précisément avec une paire de jumelles qui avait autrefois appartenu à son père ?

— Oreste... murmura Chabrand.

— Tout commence il y a deux ans, dit Laviolette. Excusez-moi, mais Jeannot Vial, première victime, n'était pas le premier amant d'Irène. Depuis la mort de son mari (il n'est pas dans mes intentions, rassurez-vous, de remonter avant ce décès), depuis la mort de son mari, donc elle avait dû, en toute quiétude, en user déjà un ou deux. Mais si discrètement que rien n'en transpirait. Un ou deux certainement encore vivants, ayant femme et enfants et qui se garderont bien de se faire connaître. Or, il y a deux ans, la gourde que vous avez admirée, répandue sur le lit et qui s'appelle Marie-Aimée, ne vous déplaise, s'amène de Bretagne, d'où on l'a expédiée pour l'éloigner d'un chagrin d'amour dont elle ne se remet pas. »

Il s'était assis sur la dernière marche de l'escalier et il en roulait une pour se reposer un peu. Il invita le juge à s'asseoir à côté de lui. Ce dernier obéit.

« Or, poursuivit-il, vous ne vous en douteriez peut-être pas, mais cette Marie-Aimée est un bourreau de travail. En un temps record, elle remet en état toutes les pièces de la maison, dont on avait condamné le tiers, six femmes de ménage y ayant déjà déclaré forfait. Elle repeint les salles de bains, ratisse les allées, élague les arbustes, fait la cuisine, lave, repasse, et il lui reste toujours une ou deux heures pour aller faire du lèche-carreaux sur le boulevard. »

Le commissaire s'interrompit pour coller d'un coup de langue sa cigarette et l'allumer.

« Un soir, désœuvrée, dit-elle, et ne voulant pas rester seule avec ses pensées — ses pensées ! —, elle erre dans le vestibule : " Qu'est-ce que je pourrais bien faire ? » se disait-elle. Elle avise ces portes de lit normand que nul, depuis l'emménagement des nouveaux propriétaires dans la villa, ne s'est avisé de tirer. Les maçons sont passés par là, pourtant, et les peintres et les plombiers ! Mais quand le diable a dessein sur quelque chose, il endort tout son monde. Bref ! Elle les ouvre, ces portes ! C'est une penderie garnie seulement de poussière et de toiles d'araignée. Bonne affaire ! C'est une œuvre de longue haleine. Pour inspecter le travail et songer, cette nuit, à l'organiser, ce qui, dit-elle, la distraira, elle pénètre dans l'antre... Et elle fout le pied sur cette latte malencontreuse ! Et elle aperçoit soudain, devant elle, Irène de Térénez, madame la Comtesse, comme elle dit, aux prises avec un gaillard dont, à part tout le reste, elle n'aperçoit que la barbe ! " Je me suis évanouie ! " m'a-t-elle avoué. Passons. Quand elle revint à elle, dit-elle, elle n'eut que la force, elle si vaillante, de se traîner vers son lit. " Mes jambes ne me portaient plus ! " dit-elle. Là encore, pas de commentaires. »

Ils avaient descendu un étage, l'un derrière l'autre. Le juge ne prononçait toujours pas un mot et son regard était fumeux derrière ses lunettes de guingois. A voix basse toujours, Laviolette poursuivit :

« J'arrive à la partie la plus scabreuse de la confession de Marie-Aimée. Elle aurait dû — c'est toujours elle qui parle — courir chez Madame dès le lendemain, la prévenir de l'existence de ce judas, pour qu'on le bouche, me dit-elle, pour qu'on dresse un mur devant ! Mais non ! Elle remet ! Elle temporise ! Elle est dévorée par les scrupules, et pendant cette valse-hésitation de sa conscience, dès le lendemain et les soirs suivants, elle revient se repaître du spectacle. Malgré moi ! dit-elle. Irrésistiblement attirée et se tordant les mains et souffrant mille morts, mais regardant. Et là, elle s'est abattue en pleurant contre mon épaule : " Vous comprenez, mon fiancé m'avait lâchée parce que je ne savais pas faire l'amour ! Et je voyais Madame qui le faisait si bien ! C'est elle qui m'a appris à faire la cuisine. Il n'y avait aucune offense, n'est-ce pas, monsieur, à ce qu'elle m'apprenne aussi à faire l'amour ? Mais je ne pouvais pas le lui demander en face, j'aurais eu trop honte ! " »

Le commissaire s'interrompit et soupira.

« Eh oui ! Ça existe encore des bécasses de cette taille ! Et naturellement, certaine nuit, l'irréparable se produit : elle est surprise. Non par Madame, ce qui ne serait que demi-mal, non ! Elle est surprise par les enfants ! Elle n'a pas le temps de retirer son pied de la latte. Elle est paralysée par l'affolement. Ils voient tout, tous les deux, d'un seul coup d'œil, en même temps qu'elle. Ce qui s'ensuivit, quelqu'un d'autre va vous le raconter. »

Ils étaient au rez-de-chaussée. Laviolette se dirigea à pas lents vers le fond du couloir, vers la porte fermée du théâtre. Il fit jouer le pêne et poussa le battant.

Chabrand allait entrer machinalement. Laviolette le retint. Ils restèrent tous deux au seuil de cette pénombre.

« Oreste ? » dit une voix.

Cette voix était merveilleusement modulée, caressante, haute et pleine comme celle d'une actrice consommée.

Laviolette entra. La pièce avec ses dix fauteuils et son haut plafond était plongée dans l'obscurité. La scène, large de cinq mètres, était à peine surélevée. Une rampe l'éclairait de bas en haut. Laviolette eut le temps d'imaginer l'amiral posthume et son épouse enjouée visitant cette maison, pensant au ravissement de leurs enfants découvrant ce théâtre pour rire ; se décidant peut-être à l'achat de cette inquiétante demeure, à cause de ce théâtre, peut-être autant que pour l'ascenseur qui permettait à leur pauvre infirme de circuler partout, du haut en bas de la maison.

L'infirme était là, sur ce plateau miniature, le buste bien droit dans son fauteuil, offrant son profil à la pénombre. Elle tenait un livre ouvert sur les accoudoirs du fauteuil.

« Non Electre ! prononça Laviolette. Oreste ne viendra plus, cette nuit, jouer le dernier acte de cette tragédie. Vous ne congratulerez plus Oreste à ses retours, pour son courage, pour sa vaillance. Oreste a été vaillant une fois de trop. Oreste est mort !

— Mort ? »

Elle fit violemment pivoter son fauteuil. Elle fit face au commissaire. Elle réussit à le dévisager en dépit de la rampe qui dressait un mur de lumière entre elle et lui. Elle comprit.

« Vous l'avez tué !

— Non, Electre. C'est vous qui l'avez tué. Et vous le savez bien ! »

Elle s'effondra la tête dans les mains, les cheveux éparpillés autour d'elle.

« Goulven ! Mon Goulven ! Mon petit frère chéri ! C'est pas vrai ! Il n'est pas mort ! Il ne peut pas mourir ! C'est un héros !

— C'était ! » dit Laviolette, impitoyable.

Le juge se tenait en retrait. Laviolette ne faisait pas un mouvement vers l'infirme qui s'abîmait de plus en plus sur elle-même, chancelant dans son fauteuil, les mains crispées sur les accoudoirs, esquissant de pitoyables efforts pour se dresser, pour fuir, pour courir vers ce frère, apprendre de son visage ou de son corps la vérité.

Chabrand n'y tint plus. Il s'avança. Il franchit le praticable par où l'infirme faisait monter le fauteuil sur la scène. Debout devant elle, il se pencha.

« Non ! cria Laviolette. N'oubliez pas qu'elle vous a vu ! Elle vous a vu ! Comprenez-vous ? »

L'infirme tira son visage d'entre ses mains et ses cheveux. Elle imprima un brusque mouvement en arrière aux roues de son fauteuil. Elle hurla :

« Non ! Pas lui ! Pas lui ! Pas vous ! Je n'ai jamais vu ma mère comme ce soir ! Elle garde les yeux fermés d'habitude ! Elle détourne la tête ! Elle a honte ou elle s'ennuie ! Ce soir, elle avait les yeux ouverts ! Les yeux grands ouverts ! Ses beaux yeux ! La tête toujours tournée vers toi ! Non, jamais comme ce soir ! Jamais je n'attends Goulven ! J'ai peur ! Je claque des dents quand il rentre ! Ce soir je l'attendais ! Je voulais savoir tout de suite que tu étais mort ! Toi ! Surtout toi ! Et tu es vivant ! »

Elle lui cracha à la figure.

Chabrand ne s'essuya même pas le visage. Il la comprenait mieux qu'il ne se comprenait lui-même. Il aurait voulu garder pour toujours ce crachat sur sa face.

Il ne quittait pas des yeux, subjugué, ces prunelles qui essayaient de le tuer par leur seul éclat ou de mourir, pour n'y avoir pas réussi ; toute cette volonté tendue à le réduire en poussière et qui, pourtant, aurait pu fondre de bonheur contre lui, si ce corps avait été entier. Et c'est cette certitude probable qui la fit lui cracher à la figure encore une fois.

Irène ! C'était le visage d'Irène dix-huit ans auparavant. C'était aussi, libres sous le chemisier, ses seins, ses épaules et ses mains. Quelle envie on avait de prendre ce corps contre soi pour le bercer et lui offrir son abri, sa force.

Mais elle avait reculé son fauteuil jusqu'au fond de la scène. Elle flamboyait de haine, de toute son âme.

« Oui, c'est moi ! C'est moi qui les ai tués ! Il fallait que je détruise sur le visage de ma mère cette couleur joyeuse qu'elle arborait certains soirs. Et pourtant, cet éclat, chez elle, comme je l'aimais, avant de savoir à quoi il était dû ! »

Laviolette étendit la main.

« Vous n'êtes pas obligée de parler ! Nous n'avons pas le droit d'être là ! Réfléchissez bien !

— Réfléchissez bien ! Non ! Je veux parler ! Je veux parler ! Goulven est mort ! C'est ma faute ! Je veux que tout le monde le sache ! Je veux parler ! Ça m'étouffe ! Ce n'est pas moi qui dois avoir honte, c'est vous ! C'est vous ! »

Elle ne désignait pas Chabrand, mais Laviolette. Il représentait mieux, à ses yeux, le reste du monde que le dernier amant de sa mère, au visage luisant de salive.

« Elle aurait dû me tuer... dit-elle à voix basse. Elle est impardonnable. Elle, elle savait, moi je ne savais pas... Je ne savais pas, maman, je ne savais pas que c'était si terrible, cette absence, ce manque... »

Elle se prit le visage dans les mains. Elle resta de longues minutes ainsi, à pleurer sans bruit. Aucun des deux hommes ne pouvait rien pour elle.

« Reposez-vous, dit Laviolette. Vous parlerez plus tard. Nous reviendrons...

— Non non ! Je veux parler maintenant, tout de suite ! Vous serez bien forcé de m'entendre ! Ne croyez pas que c'est vous qui allez partir la conscience tranquille parce que vous m'aurez prise en pitié ! »

Chabrand s'était lentement retiré vers le fond de la salle. « Elle m'a vu avec sa mère faire l'amour ! C'est comme si nous avions mangé ensemble un bon repas devant un enfant affamé depuis huit jours ! Sans partager avec lui ! Elle m'a vu ! Je ne peux pas rester devant elle ! Je ne peux pas la regarder en face ! » Sa large conception du monde sombrait corps et biens comme ces somptueux paquebots illuminés qui disparaissaient autrefois dans l'Atlantique sans laisser de traces.

« J'ai aimé ma mère follement, jusqu'à treize ans. Vous voulez vraiment que je vous raconte comment, à treize ans, je me suis aperçue que j'éprouvais tous les désirs des autres filles, mais que jamais nul ne viendrait pour moi ? Vous voulez vraiment que je vous raconte ça aussi ? »

Laviolette fit signe que non. Il avait le cou enfoncé dans son pardessus, le visage presque pâle. Il tentait vainement de se rappeler les pires moments de la guerre, pour se donner des excuses d'être là, confortable encore, riche de souvenirs, devant cette fille, sans jambes... qui n'aurait jamais de souvenirs. Il se secoua violemment.

« C'est là que j'ai commencé à me dire qu'elle aurait dû me tuer. Mais je me disais aussi qu'elle m'aimait trop pour ça, qu'elle ne vivait que pour moi, qu'elle n'aurait jamais eu le courage. Quand mon père est mort, on s'est serrés les uns contre les autres, tous les trois. On s'est bien aimés. Bien plus qu'avant. J'ai toujours adoré le théâtre. C'est ça qui me sauvait. Je connaissais les rôles par cœur. Tous ceux du théâtre classique. Tous ceux d'aujourd'hui aussi. Mais... pour mon malheur, pour celui de Goulven aussi, celui que j'ai toujours préféré à tous, c'est celui-ci ! »

Elle leva le livre qui était sur l'accoudoir du fauteuil. C'était *L'Orestie* d'Eschyle.

« Oui, pour mon malheur. Comme si le destin n'en avait pas fini avec moi et qu'il veuille encore plus s'amuser...

— Ne vous faites pas tout ce mal, dit Laviolette.

— Ah non ! monsieur le policier ! Votre pourvoi en grâce est rejeté : vous m'entendrez jusqu'au bout ! A dix ans, avant de savoir, j'aimais déjà Electre. J'étais captivée par cette fille. A partir de treize ans, je connaissais par cœur toutes les paroles qu'on lui a fait prononcer. »

Elle regarda droit devant elle.

« Ma mère... Maman... a été inconsolable de la mort de mon père... Pendant six mois... Alors, elle a acheté ce magasin pour se distraire. Et puis, un soir, elle est revenue radieuse, mais elle essayait de le cacher. Seulement, moi, de ma fenêtre, je la voyais arriver, sauter joyeusement de voiture, claquer la portière, grimper légèrement les marches du perron... Comme... Comme si elle avait des ailes. Dès qu'elle était avec nous, pourtant, elle essayait de se faire triste, de se forcer pour être gaie avec nous. Ça a duré quelque temps ainsi, puis elle est redevenue réellement triste et elle n'avait plus besoin de feindre pour se forcer à rire avec nous. »

Elle ajouta à voix très basse :

« Je ne comprenais pas très bien pourquoi elle était gaie puis à nouveau triste... C'est à cette époque que notre grand-mère nous a dépêché de Bretagne cette Marie-Aimée qui avait un chagrin d'amour. Et un soir... Un soir... »

Elle haletait. Son visage était penché en avant, vers la vision aiguë de ce proche passé, de cette minute précise où s'était déclenché le désastre. Laviolette craignait qu'elle s'évanouît, mais c'était une forte Bretonne, solide, de bonne race. Et c'était la première fois qu'elle pouvait parler.

« Nous revenions tranquillement d'ici, où nous nous étions bien amusés l'un l'autre, à nous jouer *Le Testament du Père Leleu.* Goulven me poussait. Nous marchions sans bruit vers l'ascenseur, quand nous avons vu Marie-Aimée devant la porte ouverte de cette penderie que nous n'avions jamais utilisée. Elle était immobile, de dos. Comme elle aurait dû être dans sa chambre, à cette heure-là, ça nous a intrigués... On s'est approchés... Goulven a vu et a compris le premier. Il m'a brusquement lâchée. Il s'est rué sur Marie-Aimée pour la repousser, pour voir à sa place, pour l'empêcher de voir, est-ce que je sais ? Puis il s'est rué, presque du même mouvement, sur la porte de la chambre de ma mère. »

Elle s'interrompit. Elle soufflait comme une cardiaque. Elle revivait cette terrible minute.

« J'avais eu le temps de voir, moi aussi, reprit-elle. En

un éclair. Ma mère... attentive comme si elle priait, longuement, les yeux fermés, avec cet air adorable qui la rendait pareille à un enfant de dix ans... Ma mère... Et l'autre... Avec une barbe noire... Tout bouclé... Tout noir... Tout... Comment ai-je eu la présence d'esprit de me cramponner à Goulven, de lui crier à voix basse qu'il allait me faire tomber, me faire mal, qu'il en aurait un mortel regret... Comment ai-je pu dire à Marie-Aimée de l'empêcher de hurler. Tout ça en trois secondes peut-être, je ne sais pas... Je ne sais plus... Goulven n'avait pas encore douze ans... Marie-Aimée, qui est forte comme un cheval, avait pourtant toutes les peines du monde à lui interdire d'ouvrir la porte chez ma mère. Elle lui avait posé sa main sur la bouche, mais on l'entendait quand même proférer : " Je le tuerai ! Je le tuerai ! " »

Elle s'arrêta, complètement épuisée. Laviolette poussa un énorme soupir.

« Eh oui ! se dit-il, j'avais toujours imaginé que la vengeance d'Agamemnon n'était pas le seul mobile d'Oreste ! En vérité, il n'y a pas que le soleil et la mort qui ne se puissent regarder en face. Voir sa propre mère... Voir de ses yeux... Pour un enfant de douze ans comme spectacle insoutenable... Reporte-toi à tes douze ans... Imagine ta mère... »

L'infirme reprit un ton plus bas.

« On est restés immobiles tous les trois, à se serrer à s'étouffer, de peur que Goulven nous échappe ; j'ai dit à Marie-Aimée à voix basse : " Si tu prononces un seul mot là-dessus, je perdrai un bijou et je t'accuserai de me l'avoir volé ! " J'ai dit à Goulven que j'allais m'évanouir, qu'il fallait me ramener chez moi. Il était épuisé lui-même. Bouleversé. Il tremblait. D'habitude, quand il avait un gros chagrin, il courait vers maman, pour qu'elle le console, à n'importe quelle heure. Il lui arrivait de courir d'une traite d'ici jusqu'au magasin. Il pleurait. Il avait un chagrin comme jamais il n'en avait eu et cette fois, il lui fallait le subir seul ! Ils m'ont couchée tous les deux, Marie-Aimée et lui. Il n'a pas voulu aller dans sa chambre. On n'a pas dormi. Il s'est allongé contre moi. J'étais son dernier refuge. Toutes les demi-heures, il répétait : " Je le tuerai ! " Il s'est assoupi une heure. Quand il s'est réveillé, il m'a affirmé : " Je te jure que je le tuerai ! — Et comment ? Et avec quoi ? " lui ai-je demandé. Il n'a pas répondu. Il s'est levé. Il est parti pour l'école. En semaine, maman partait toujours avant lui. Il n'y avait que les jours de congé où elle venait folâtrer dans nos chambres, avec nous.

« Le soir, on s'est retrouvés tous autour de la table. J'avais dit à Goulven, qui était venu me chercher pour le dîner : " Tu te tairas ? " Il avait répondu : " Oui, sois tranquille, mais je le tuerai. Avec ça ! " Il était allé chercher dans sa chambre une fronde qui avait appartenu à mon grand-père et qu'on avait transportée, par mégarde, lors du déménagement. Il l'avait trouvée, un jour de pluie, au grenier, parmi les drapeaux bretons de mon grand-père. C'était son jouet préféré. Il jouait avec, contre tous les arbres du parc, depuis l'âge de six ans. " Tu ne pourrais jamais ! Et puis je ne veux pas ! " J'avais prononcé ces derniers mots avec tant de mollesse qu'il m'a regardé en dessous et qu'il m'a répondu tristement : " Mais si, tu veux ! "

« J'ai fait semblant de ne pas le prendre au sérieux, mais, deux jours plus tard, il m'a rapporté des planches qu'il venait de calquer dans une encyclopédie médicale qui avait appartenu à mon père. Elles représentaient des crânes humains. Il me montrait des points précis sur ces crânes. Il me disait : “ Là et là et là, tu vois ? Il faut frapper droit, juste et fort. Le crâne, c’est une noix. Tu le sais que c’est une noix ? Si tu le casses, ça n’a pas d’importance, c’est la coquille ! Ce qu’il faut essayer de léser, c’est l’amande qui est dedans, le cerveau, tu comprends ? Alors, en passant là, là ou là... Tu vois ? Juste au bon endroit ! Tu verras que je serai assez subtil ! Tu verras que je le tuerai ! ” Je lui disais : “ Non ! Tu ne pourras pas et je ne veux pas ! ” Mais il me répétait, avec la même triste obstination et en me tenant la main : “ Mais si, tu veux ! ” Et c’est moi, huit jours plus tard, comme si je voulais lui donner un exemple à suivre, qui lui ai fait lire *L’Orestie*. Je jouais Électre et je lui demandai de me donner la réplique pour Oreste et les Chœurs. La cuirasse, l’épée, le casque d’Agamemnon ! Il était subjugué. Tout allait dans son sens. Il n’avait aperçu jusque-là que sa mère souillée. Maintenant, il commençait à voir aussi la mémoire de son père trahie. Ce soir-là, on est allés tous les deux, tout seuls et sans trembler, à la penderie, et on a encore regardé. J’ai compris que Goulven étudiait avec passion le crâne de... Je ne peux pas dire le mot ! Lui, le pauvre gosse, il imaginait ma mère avilie, méprisée, battue peut-être ? Mais moi ! Moi ! J’y voyais bien autre chose : tout ce que je n’aurais jamais ! Jamais ! Elle aurait dû s’interdire ça pour toujours ! Elle n’aurait jamais dû m’infliger ça ! Je ne pouvais pas l’endurer ! Je ne pouvais pas le comprendre ! Alors, peu à peu, j’ai affermi Goulven dans le rôle d’Oreste. Je l’ai fait approuver, aider, encourager, par les dieux de la Grèce. Je lui ai fait apprendre tous les rôles : ceux d’Eschyle, d’Euripide, de Sophocle et de tous les Modernes. Il étincelait. Il forcissait. Il me disait : “ Tu verras ! Il n’y en a plus pour longtemps ! J’ai trouvé comment je le tuerai ! Je m’entraîne ! Je connais le truc ! ” »

Elle s’arrêta, haletante, la tête basse. Passa sur la maison le bruit paisible de l’avion-courrier quotidien qui rappelait la simple vie.

« Je me souviendrai toujours, reprit-elle, de ce soir où maman est arrivée et où elle nous a dit : “ Mangez sans moi ! Je suis très fatiguée ! ” Elle est rentrée chez elle. Elle avait abandonné le journal sur la console du salon. Je l’ai ouvert. J’ai vu la photo de... J’ai demandé à Goulven : “ C’est toi ? ” Il m’a répondu “ Non, qu’est-ce que tu crois ? ” Mais on continuait à jouer Électre et Oreste tous les deux et en pleine ivresse, en pleine liesse ! Et on voyait maintenant, à chaque repas, maman de nouveau triste et s’efforçant d’être gaie pour nous. Ça a duré sept mois. Et un jour, de nouveau, j’ai vu reparaître sur le visage de ma mère ces couleurs vermeilles que je détestais, cet air de bonne santé qui me rappelait ma famine... Et j’entendais le bruit joyeux de la portière claquée... Le pas vif montant le perron. Les pas... Les jambes.

— Et tous les soirs, dit Laviolette, accablé, vous vous asseyiez en face les uns des autres ! Tous les soirs, vous vous comportiez normalement. Vous vous passiez les plats... Vous demandiez à votre mère de vous faire une crème anglaise avec îles flottantes, pour le lendemain...

— Comment avez-vous deviné ça ? dit l’infirme subjuguée.

— Parce que, dit Laviolette, c’est exactement ce que j’aurais fait à votre place. »

Le juge sortit de son abîme pour contempler le commissaire comme un homme qu’il n’aurait jamais vu jusque-là.

« Oui, tous les soirs, dit l'infirme. Et avec Marie-Aimée qui nous servait et qui ne flanchait pas non plus. Le soir de ce nouveau bonheur, nous sommes allés identifier dans la penderie le visage qu'il allait nous falloir effacer pour toujours. Le deuxième... a été expédié au bout de huit jours. Huit jours... »

Laviolette appela :

« Chabrand ? Je vous avais bien dit, certain jour : " Ou bien elle ne peut pas imaginer... " Comment vouliez-vous que cette femme imagine ? Comment vouliez-vous qu'elle puisse imaginer ça ? »

« Mon Irène... » pensa Chabrand.

« Je ne savais pas... dit l'infirme à voix basse, que j'allais être punie encore un peu plus par la vie, que le destin n'en avait pas fini avec moi. J'avais un prof de philo qui me donnait des leçons particulières. Il était doux, gentil, pas du tout pitoyable. Il ne s'apercevait pas de mon infirmité. Il me traitait en personne normale. Jamais il ne poussait ma voiture. Jamais il ne m'avançait un objet qui n'était pas à ma portée. Il me laissait toujours me débrouiller par moi-même, me laissant tout le temps nécessaire pour cela, mais sans jamais cesser d'être naturel. Il me disait que si je voulais, je pourrais mener une existence beaucoup plus normale. " En ne me comparant pas aux autres ", disait-il. Je le persiflais : " En tant que femme aussi, naturellement ? " Il me regardait d'une façon étrange : " Pourquoi pas ? disait-il. Je vous expliquerai... " Il disait aussi : " C'est curieux votre engouement pour Eschyle et cette vieille fille d'Électre. C'est de la nourriture tout juste bonne pour les romanciers et pour les vieillards. "

— Il s'appelait Chérubin Hospitalier, dit Laviolette Et lui, en mourant, il a compris d'où le coup lui venait.

C'était “ Oreste ” qu'il voulait ecrire dans la neige, naturellement, pour nous aiguiller. Mais c'était trop fort pour nous.

— Je ne voulais pas ! cria-t-elle. Je ne voulais pas ! Je m'étais mise à l'aimer. Même quand je l'ai vu dans le lit de ma mère. J'ai supplié Goulven de l'épargner. Il ne voulait plus rien entendre. Il m'a répondu cette chose terrible : “ Maintenant c'est trop tard ! C'est trop facile de tuer ! ”

— Et vous n'êtes pas devenue folle... soupira Laviolette.

— Qu'en savez-vous ? »

Laviolette se leva lourdement. Au fond du théâtre, Chabrand était appuyé contre le mur, rigide et vacillant à la fois.

Depuis quelques minutes, craintivement, Marie-Aimée était entrée dans la pièce, les yeux immenses, un mouchoir serré entre ses dents.

« Vous, dit Laviolette, vous allez me faire le plaisir de ne pas la quitter une seconde ! »

Il se tourna vers l'infirme.

« Tout à l'heure, on va venir vous arrêter pour complicité de meurtre. Vous devrez répéter tout ce que vous nous avez dit et répondre à bien d'autres questions. D'ici là, vous allez me promettre...

— De ne pas me suicider ? »

Elle émit un rire de gorge.

« Quelle erreur, commissaire ! Si vous saviez comme je me délecte à l'idée de passer en cour d'assises ! Ils vont en faire une tête les jurés, quand ils vont me voir débarquer dans mon fauteuil roulant ! Et quand ils vont entendre mon histoire, je ne voudrais pas être à leur place ! »

« Moi non plus .. » pensa Laviolette.

Il se détourna. Il alla prendre Chabrand par le bras, ils sortirent dans le couloir et ils sortirent de la maison.

Dehors, un sale matin se levait sur Digne. Des floches de brume jouaient au fantôme autour du tombeau du satrape.

« Je resterai auprès d'Irène, murmura Chabrand. Je la défendrai contre elle-même. Je la défendrai contre tous. Je démissionnerai. Elle croit m'avoir éloigné pour toujours avec sa haine ? Elle se trompe. Moi, je la connais à fond maintenant. Mais elle, elle m'ignore encore. Je me ferai connaître. Je m'imposerai Je m'expliquerai. On sera plus nus encore que cette nuit. Rien ne restera dans l'ombre. On se sortira ensemble de ce jeu de massacre. Je l'aimerai Vous entendez, commissaire ? Je l'aimerai !

— C'est la grâce que je vous souhaite, et mieux vaut tard que jamais ! Mais enfin, si au lieu de tant lire Marcuse, Van Schupfel et la littérature albanaise, vous vous étiez un peu nourri des tragiques grecs ces temps derniers, ça vous aurait évité d'être pris au dépourvu par ces simples phénomènes de la vie courante qui viennent de se dérouler autour de nous. »

Le juge ne répondit pas. Il s'en allait, les épaules lourdes, vers tout ce qu'il lui restait à assumer.

Et le commissaire Laviolette le contemplait de dos avec une certaine sympathie et beaucoup d'espoir en l'avenir de cet homme. Car le juge Chabrand commençait à souffrir.

DU MÊME AUTEUR

Aux Éditions Denoël

LA MAISON ASSASSINÉE
LES COURRIERS DE LA MORT
LA NAINE
L'AMANT DU POIVRE D'ÂNE
LE MYSTÈRE DE SÉRAPHIN MONGE
POUR SALUER GIONO
LES SECRETS DE LAVIOLETTE
PÉRIPLE D'UN CACHALOT
LA FOLIE FORCALQUIER
LES ROMANS DE MA PROVENCE (*album*)
L'AUBE INSOLITE
UN GRISON D'ARCADIE

Aux Éditions Gallimard

Dans les collections Folio et Folio Policier

LE SANG DES ATRIDES (Folio Policier *n° 109*)
LE SECRET DES ANDRÔNES (Folio Policier *n° 107*)
LE TOMBEAU D'HÉLIOS (Folio Policier *n° 2210*)
LES CHARBONNIERS DE LA MORT (Folio Policier *n° 74*)
LA MAISON ASSASSINÉE (Folio Policier *n° 87)*
LES COURRIERS DE LA MORT (Folio Policier *n° 79*)
LE MYSTÈRE DE SÉRAPHIN MONGE (Folio Policier *n° 88*)
LE COMMISSAIRE DANS LA TRUFFIÈRE (Folio Policier *n° 22*)

L'AMANT DU POIVRE D'ÂNE (Folio *n° 2317*)

POUR SALUER GIONO (Folio *n° 2448*)

LES SECRETS DE LAVIOLETTE (Folio *n° 2521*)

LA NAINE (Folio *n° 2585*)

PÉRIPLE D'UN CACHALOT (Folio *n° 2722*)

LA FOLIE FORCALQUIER (Folio Policier *n° 108*)

L'ARBRE (Folio *n° 3697*)

Aux Éditions Fayard

LES ENQUÊTES DU COMMISSAIRE LAVIOLETTE

Aux Éditions du Chêne

LES PROMENADES DE JEAN GIONO (*album*)

Aux Éditions Alpes de lumière

LA BIASSE DE MON PÈRE

COLLECTION FOLIO POLICIER

Dernières parutions

	Auteur	Titre
1.	Maurice G. Dantec	*La sirène rouge*
2.	Thierry Jonquet	*Les orpailleurs*
3.	Tonino Benacquista	*La maldonne des sleepings*
4.	Jean-Patrick Manchette	*La position du tireur couché*
5.	Jean-Bernard Pouy	*RN 86*
6.	Alix de Saint-André	*L'ange et le réservoir de liquide à freins*
7.	Stephen Humphrey Bogart	*Play it again*
8.	William Coughlin	*Vices de forme*
9.	Björn Larsson	*Le Cercle celtique*
10.	John Sandford	*Froid dans le dos*
11.	Marc Behm	*Mortelle randonnée*
12.	Tonino Benacquista	*La commedia des ratés*
13.	Raymond Chandler	*Le grand sommeil*
14.	Jerome Charyn	*Marilyn la Dingue*
15.	Didier Daeninckx	*Meurtres pour mémoire*
16.	David Goodis	*La pêche aux avaros*
17.	Dashiell Hammett	*La clé de verre*
18.	Tony Hillerman	*Le peuple de l'ombre*
19.	Chester Himes	*Imbroglio negro*
20.	Sébastien Japrisot	*L'été meurtrier*
21.	Sébastien Japrisot	*Le passager de la pluie*
22.	Pierre Magnan	*Le commissaire dans la truffière*
23.	Jean-Patrick Manchette	*Le petit bleu de la côte Ouest*
24.	Horace McCoy	*Un linceul n'a pas de poches*
25.	Jean-Bernard Pouy	*L'homme à l'oreille croquée*
26.	Jim Thompson	*1275 âmes*
27.	Don Tracy	*La bête qui sommeille*
28.	Jean Vautrin	*Billy-ze-Kick*
29.	Donald E. Westlake	*L'assassin de papa*
30.	Charles Williams	*Vivement dimanche !*
31.	Stephen Dobyns	*Un chien dans la soupe*

32.	Donald Goines	*Ne mourez jamais seul*
33.	Frédéric H. Fajardie	*Sous le regard des élégantes*
34.	Didier Daeninckx	*Mort au premier tour*
35.	Raymond Chandler	*Fais pas ta rosière !*
36.	Harry Crews	*Body*
37.	David Goodis	*Sans espoir de retour*
38.	Dashiell Hammett	*La moisson rouge*
39.	Chester Himes	*Ne nous énervons pas !*
40.	William Irish	*L'heure blafarde*
41.	Boileau-Narcejac	*Maléfices*
42.	Didier Daeninckx	*Le bourreau et son double*
43.	Sébastien Japrisot	*La dame dans l'auto avec des lunettes et un fusil*
44.	Jean-Patrick Manchette	*Fatale*
45.	Georges Simenon	*Le locataire*
46.	Georges Simenon	*Les demoiselles de Concarneau*
47.	Jean Amila	*Noces de soufre*
48.	Walter Kempley	*L'ordinateur des pompes funèbres*
49.	Tonino Benacquista	*Trois carrés rouges sur fond noir*
50.	Dashiell Hammett	*Le faucon de Malte*
51.	Hervé Jaouen	*Connemara Queen*
52.	Thierry Jonquet	*Mygale*
53.	Auguste Le Breton	*Du rififi chez les hommes*
54.	Georges Simenon	*Le suspect*
55.	Emmanuel Errer	*Descente en torche*
56.	Francisco González Ledesma	*La dame de Cachemire*
57.	Raymond Chandler	*Charades pour écroulés*
58.	Robin Cook	*Le soleil qui s'éteint*
59.	Didier Daeninckx	*Le der des ders*
60.	Didier Daeninckx	*La mort n'oublie personne*
61.	Georges Simenon	*L'assassin*
62.	Howard Fast (E.V. Cunningham)	*Tu peux crever !*
63.	Maurice G. Dantec	*Les racines du mal*
64.	René Barjavel	*La peau de César*
65.	Didier Daeninckx	*Lumière noire*
66.	Chester Himes	*La reine des pommes*

67. Sébastien Japrisot — *Compartiment tueurs*
68. James Crumley — *La danse de l'ours*
69. Marc Villard — *La porte de derrière*
70. Boileau-Narcejac — *Sueurs froides*
71. Didier Daeninckx — *Le géant inachevé*
72. Chester Himes — *Tout pour plaire*
73. Sébastien Japrisot — *Piège pour Cendrillon*
74. Pierre Magnan — *Les charbonniers de la mort*
75. Jean-Patrick Manchette — *L'affaire N'Gustro*
76. Jean-Bernard Pouy — *La Belle de Fontenay*
77. A.C. Weisbecker — *Cosmix Banditos*
78. Raymond Chandler — *La grande fenêtre*
79. Pierre Magnan — *Les courriers de la mort*
80. Harry Crews — *La malédiction du gitan*
81. Michael Guinzburg — *Envoie-moi au ciel, Scotty*
82. Boileau-Narcejac — *Le bonsaï*
83. W.R. Burnett — *Quand la ville dort*
84. Didier Daeninckx — *Un château en Bohême*
85. Didier Daeninckx — *Le facteur fatal*
86. Didier Daeninckx — *Métropolice*
87. Pierre Magnan — *La maison assassinée*
88. Pierre Magnan — *Le mystère de Séraphin Monge*
89. Jean-Patrick Manchette — *Morgue pleine*
90. Georges Simenon — *Les inconnus dans la maison*
91. Stephen Humphrey Bogart — *Le remake*
92. Mark McShane — *Les écorchés*
93. Boileau-Narcejac — *Terminus*
94. Jerome Charyn — *Les filles de Maria*
95. Robin Cook — *Il est mort les yeux ouverts*
96. Georges Simenon — *L'homme qui regardait passer les trains*
97. Georges Simenon — *Touriste de bananes*
98. Georges Simenon — *Vérité sur Bébé Donge*
99. Georges Simenon — *Le cercle des Mahé*
100. Georges Simenon — *Ceux de la soif*
101. Georges Simenon — *Coup de vague*
102. Boileau-Narcejac — *Carte vermeil*
103. Boileau-Narcejac — *Celle qui n'était plus*
104. Boileau-Narcejac — *J'ai été un fantôme*
105. Chester Himes — *L'aveugle au pistolet*
106. Thierry Jonquet — *La Bête et la Belle*

107. Pierre Magnan	*Le secret des Andrônes*
108. Pierre Magnan	*La folie Forcalquier*
109. Pierre Magnan	*Le sang des Atrides*
110. Georges Simenon	*Le bourgmestre de Furnes*
111. Georges Simenon	*Le voyageur de la Toussaint*
112. Jean-Patrick Manchette	*Nada*
113. James Ross	*Une poire pour la soif*
114. Joseph Bialot	*Le salon du prêt-à-saigner*
115. William Irish	*J'ai épousé une ombre*
116. John Le Carré	*L'appel du mort*
117. Horace McCoy	*On achève bien les chevaux*
118. Helen Simpson	*Heures fatales*
119. Thierry Jonquet	*Mémoire en cage*
120. John Sandford	*Froid aux yeux*
121. Jean-Patrick Manchette	*Que d'os !*
122. James M. Cain	*Le facteur sonne toujours deux fois*
123. Raymond Chandler	*Adieu, ma jolie*
124. Pascale Fonteneau	*La puissance du désordre*
125. Sylvie Granotier	*Courier posthume*
126. Yasmina Khadra	*Morituri*
127. Jean-Bernard Pouy	*Spinoza encule Hegel*
128 Patrick Raynal	*Nice 42e rue*
129. Jean-Jacques Reboux	*Le massacre des innocents*
130. Robin Cook	*Les mois d'avril sont meurtriers*
131. Didier Daeninckx	*Play-back*
132. John Le Carré	*L'espion qui venait du froid*
133. Pierre Magnan	*Les secrets de Laviolette*
134. Georges Simenon	*La Marie du port*
135. Bernhard Schlink/Walter Popp	*Brouillard sur Mannheim*
136. Donald Westlake	*Château en esbrouffe*
137. Hervé Jaouen	*Hôpital souterrain*
138. Raymond Chandler	*La dame du lac*
139. David Goodis	*L'allumette facile*
140. Georges Simenon	*Le testament Donadieu*
141. Charles Williams	*La mare aux diams*
142. Boileau-Narcejac	*La main passe*
143. Robert Littell	*Ombres rouges*
144. Ray Ring	*Arizona Kiss*

145. Gérard Delteil	*Balles de charité*
146. Robert L. Pike	*Tout le monde au bain*
147. Rolo Diez	*L'effet tequila*
148. Yasmina Khadra	*Double blanc*
149. Jean-Bernard Pouy	*À sec*
150. Jean-Jacques Reboux	*Poste mortem*
151. Pascale Fonteneau	*Confidences sur l'escalier*
152. Patrick Raynal	*La clef de seize*
153. A.D.G.	*Pour venger pépère*
154. James Crumley	*Les serpents de la frontière*
155. Ian Rankin	*Le carnet noir*
156. Louis C. Thomas	*Une femme de trop*
157. Robert Littell	*Les enfants d'Abraham*
158. Georges Simenon	*Faubourg*
159. Georges Simenon	*Les trois crimes de mes amis*
160. Georges Simenon	*Le rapport du gendarme*
161. Stéphanie Benson	*Une chauve-souris dans le grenier*
162. Pierre Siniac	*Reflets changeant sur mare de sang*
163. Nick Tosches	*La religion des ratés*
164. Fréderic H. Fajardie	*Après la pluie*
165. Matti Yrjana Joensuu	*Harjunpää et le fils du policier*
166. Yasmina Khadra	*L'automne des chimères*
167. Georges Simenon	*La Marie du Port*
168. Jean-Jacques Reboux	*Fondu au noir*
169. Daschiell Hammett	*Le sac de Couffignal*
170. Sébastien Japrisot	*Adieu l'ami*
171. A.D.G.	*Notre frère qui êtes odieux...*
172. William Hjortsberg	*Nevermore*
173. Gérard Delteil	*Riot Gun*
174. Craig Holden	*Route pour l'enfer*
175. Nick Tosches	*Trinités*
176. Féderic H. Fajardie	*Clause de style*
177. Alain Page	*Tchao Pantin*
178. Harry Crews	*La foire aux serpents*
179. Sréphanie Benson	*Un singe sue le dos*
180. Lawrence Block	*Un danse aux abattoirs*
181. Georges Simenon	*Les soeurs Lacroix*
182. Georges Simenon	*Le cheval blanc*
183. Albert Simonin	*Touchez pas au grisbi*

184. Jean-Bernard Pouy	*Suzanne et les ringards*
185. Pierre Siniac	*Les monte-en-l'air sont là !*
186. Robert Stone	*Les guerriers de l'enfer*
187. Sylvie Granotier	*Sueurs chaudes*
188. Boileau-Narcejac	*Et mon tout est un homme...*
189. A.D.G.	*On n'est pas des chiens*
190. Jean Amila	*Le boucher des hurlus*
191. Robert Sims Reid	*Cupide*
192. Max Allan Collins	*La mort est sans remède*
193. Jean-Bernard Pouy	*Larchmütz 5632*
194. Jean-Claude Izzo	*Total Khéops*
195. Jean-Claude Izzo	*Chourmo*
196. Jean-Claude Izzo	*Solea*
197. Tom Topor	*L'orchestre des ombres*
198. Pierre Magnan	*Le tombeau d'Hélios*
199. Thierry Jonquet	*Le secret du rabbin*
200. Robert Littell	*Le fil rouge*
201. Georges Simenon	*L'aîné des Ferchaux*
202. Patrick Raynal	*Le marionnetiste*
203. Didier Daeninckx	*La repentie*
204. Thierry Jonquet	*Moloch*
205. Charles Williams	*Le pigeon*
206. Francisco Gonzalez Ledesma	*Les rues de Barcelone*
207. Boileau-Narcejac	*Les louves*

Impression Bussière Camedan Imprimeries
à Saint-Amand (Cher),
le 15 avril 2002.
Dépôt légal : avril 2002.
1er dépôt légal dans la collection : janvier 2000.
Numéro d'imprimeur : 021748/1.

ISBN 2-07-041027-7./Imprimé en France.
Précédemment publié par les Éditions Fayard.
ISBN 2-213-00544-3.

12518